# Droppar av evigheten

David Lewin

# Droppar av evigheten

Omslagsdesign:    Cecilia och David Lewin

Omslagsfoton:     Somchaij/Shutterstock.com

                  Hareluya/Shutterstock.com (bakgrund)




*Förlag: BoD – Books on Demand, Stockholm, Sverige*

*Tryck: BoD – Books on Demand, Norderstedt, Tyskland*

ISBN: 9789178510399

# Innehåll

# Om Droppar av evigheten

Vi är alla troende – det är trots allt inte mycket vi vet säkert. Men om livet i sig är viktigt har det kanske betydelse att vi åtminstone vet vad vi tror om det?

Runt tre år gammal står jag på gräsmattan utanför mitt barndomshem i Dalarna och ser upp mot himlen. Det är en solig men blåsig dag och jag har fått syn på några bulliga moln.

Så börjar jag plötsligt gråta. Jag springer in i huset, till min mamma, och säger att jag inte vill bo någon annanstans. När hon till slut förstår vad jag upplevt förklarar hon lugnt: "Det är inte vi, utan molnen som flyttar på sig!"

Hur kunde jag ta så fel?

Ändå händer det fortfarande. Som då jag är övertygad om att det är det tåg jag sitter i som lämnar perrongen, när det i själva verket visar sig vara tåget intill som rör på sig åt motsatt håll. Och jag är nog inte ensam om att ibland förlita mig på en referenspunkt som visar sig vara ett mindre lyckat val.

Men tänk om vi misstar oss om viktigare frågor i våra liv? Tänk om vi inrättat oss efter en fast övertygelse i tro att den är helt sann, för att plötsligt se den fara ifrån oss. Hur ska vi i så fall veta vad som är sant? Det finns så många övertygelser i vår värld som spretar åt alla möjliga håll. Existerar det ens någon sanning som består och hur skulle vi kunna avgöra det i så fall? Och spelar det alls någon roll att jag hade fel om tåget – jag kom ju fram dit jag var på väg ändå till slut?

Vide, en av huvudpersonerna i *Droppar av evigheten*, menar att det finns svar på de här frågorna. Han hämtar vishet ur sina erfarenheter från seglatser på haven, från trädgården han arbetar i och från möten med människor, som den lilla flickan Curioso. Han har också lagt märke till att det tycks finnas en universell princip som är inblandad i alla viktiga processer, såväl levande som icke-levande. Denna kunskap förmedlar han till dem som vill och behöver höra det i den lilla byn där han bor.

Den grundläggande princip Vide bygger sin världsbild på är den om samverkan och balans mellan begreppen *ordning* och *frihet* (inte ordning och kaos!). Är de samband som uppenbaras mellan denna princip och vad som faktiskt manifesteras i verkliga livet en tillfällighet utan något större värde, eller är det en kod – kanske rent av en slags naturlag – som kan hjälpa oss förstå något av det vi ännu inte förstår? Till och med vad som ligger bakom hela universum? Det är upp till läsaren att bedöma.

*Droppar av evigheten* är en tidlös berättelse om människorna i en by vid Medelhavet som länge varit självförsörjande och levt i harmoni. Men sedan den outtröttlige entreprenören Maius förändrat spelreglerna har girighet och avundsjuka fått fotfäste i byn. Det här orsakar konflikter mellan människorna och mellan människor och natur, vilket lett till att byn hotas av en lokal naturkatastrof. En enda persons uppgörelse med sina mörka sidor utlöser till slut en händelse som kommer att få oerhörda konsekvenser på flera plan.

*Droppar av evigheten* är i slutänden en berättelse som handlar om Dig, så sök ledtrådar till svar på Dina frågor. Ibland är ledtrådarna uppenbara, ibland kräver de en mer omsorgsfull läsning för att upptäckas. Oavsett hur du väljer att läsa hoppas jag att du får ut lika mycket som jag själv fått av resan till ett tidlöst nu, där hemligheter uppenbaras genom att låta oss bli tilltalade.

David Lewin
Alingsås i april 2019


Mer om *Droppar av evigheten* hittar du på
www.dropsofeternity.com

# Persongalleri

**Curioso** [*italienska m.fl.: Nyfiken*]: Ung flicka som ständigt förundras över naturen och livet. Har en obotlig tro på att låta det goda segra. God vän till Vide och lillasyster till Delizio.

**Maldretto** [*italienska (mal diretto): Felriktad*]: Ung tanklös pojke som har ytterst svårt att vara hitta sin vänliga sida.

**Vide** [*latin, italienska: Se, Han såg*]: Äldre man, före detta handelsresande på haven, som ser lite djupare och klarare än de flesta andra i byn. Förmedlar gärna sina insikter om livet. Tog den föräldralöse Alejo under sitt beskydd då denne var mycket ung.

**Alejo** [*yoruba: Gäst*]: Ung man som fick en olycklig start i livet i västra Afrika. Blev under sina första levnadsår bortryckt flera gånger från sina anhöriga och har aldrig känt sig hemma någonstans. Söker svar på livets viktigaste frågor. Ser upp till Vide och älskar Amare djupt.

**Amare** [*latin, italienska: Älskar*]: Ung, ansvarstagande och kärleksfull kvinna som valt tacksamhetens väg, trots att hon på ett utstuderat vis slitits bort från sin älskade Alejo av sin kontrollerande far Iratus.

**Iratus** [*latin: Arg*]: Frustrerad och lättretlig far till Amare och Sine, boende på östra dalsidan. Har ett stort kontrollbehov men plågas bittert av en skada i benet han ådrog sig då han deltog i bygget av en akvedukt som gett hans sida av dalen stora fördelar.

**Ansioso** [*italienska, portugisiska: Ängslig*]: Välmenande kvinna, tärd av ett olyckligt äktenskap med Iratus, som hon försvarar, men stundtals går bakom ryggen på, driven av ett starkt behov av att följa sin inre röst.

**Sine** [*latin: Utan*]: Har vänt ryggen åt sin kontrollerande och bittre far Iratus. För en desperat och ödesdiger kamp i sina försök att återta kontrollen över sitt eget liv.

**Maius** [*latin: Mer*]: Framgångsrik, pragmatisk entreprenör som gått sina egna vägar sedan han blev änkeman. Har en stor övertalningsförmåga och han ser och tar vara på möjligheter i sin närhet, även om det innebär att människor och natur utnyttjas eller försakas.

**Mediana** [*latin m.fl.: Medianen (medelpunkten)*]: Keramiker som utgör informationsnavet i byn. Blandar sanningar och osanningar till en lockande – men inte ofarlig – brygd.

**Audite** [*latin: Hör*]: Rådets ledare. Behärskad och mån om att lyssna in den kunskap som finns för att kunna fatta de rätta besluten.

**Medicus** [*latin: Läkare*]: Byns läkare, med nitiskt vetenskaplig inställning till det mesta.

**Porque** [*spanska, portugisiska: Varför*]: Rådsmedlem från västra dalsidan som vågar ställa de obekväma frågorna.

**Pellicientes** [*latin: Instabil*]: Kusin till Iratus och ledare för byn Vizinha. Vill framstå som storartad, men är tämligen labil.

**Maison** [*franska: Hem*]: Maius son, vars högsta önskan är att återskapa ett hem och att återfå en relation med sin far. Nära vän med Sine och Delizio.

**Delizio** [*italienska: Glädja dig*]: Curiosos teatraliske och sorglöse storebror.

# DEL 1

*Och det är värt all tid i världen att vänta in dess budskap.*
*För det är rösten från urtiden.*

# I

## Curiosos upptäckt

"Jag vet inte", säger en pojkröst.

"Men hon måste ju ha tappat något, varför skulle hon annars glo så där fånigt ner i vattnet?" hörs en annan pojkröst, som tillhör Maldretto.

Curioso sitter på knä vid stranden i sin himmelsfärgade klänning. Hon lutar sig ut över ån så att hennes ljusbrunt lockiga hår nästan nuddar vattenytan. Lyckans å flyter lugnt förbi den unga flickan, genom byn Casavale i den gröna dalen och ut i havet. Tre pojkar har närmat sig henne.

"Curioso! Letar du efter något?" ropar Maldretto.

"Hej!" säger Curioso glatt. "Jag ser mig själv i vattnet!"

"Det gjorde fiskarna också. Men de blev så rädda att de försvann långt ut i havet!" säger Maldretto och skrattar med de andra pojkarna och känner sig uppmuntrad att fortsätta. "De såg dina stora ögon och din stora mun och trodde du var en jättefisk som tänkte glufsa i sig dem!"

Maldretto formar stora ringar med sina händer och håller upp dem framför sitt ansikte. Pojkarna skrattar ännu högre, men Curioso tycks inte bry sig om det.

"Det ser ut som att man sitter på botten och tittar upp genom vattnet. Vill ni se?"

Maldretto gör en grimas för sig själv när Curioso låter bli att reagera på hans skämt och han lägger samtidigt märke till de andra pojkarnas förväntansfulla blickar. Han svarar med att kasta en stor sten som landar i vattnet mitt framför Curioso så att det skvätter upp i hennes ansikte.

"Så! Nu slipper du se din spegelbild. För du måste väl också ha blivit rädd av den? Det skulle vi ha blivit i alla fall!"

Pojkarna hånskrattar.

"Varför gör ni aldrig något man blir glad av?!" ropar Curioso och reser sig upp medan hon torkar bort vattenstänk från ögonen.

Maldretto får syn på en rund, mjuk kaka som ligger på marken intill Curioso. Han plockar upp och smular sönder den över vattnet framför ögonen på henne.

"Det gör vi ju. Vi har jätteroligt. Och titta – nu ger vi dina lekkamrater mat!"

Maldretto vänder sig om och blinkar åt sina kamrater. Curioso ger honom en lång blick.

"Varför? Det finns inga fiskar här", säger hon.

Maldretto ser fånigt på henne.

"Vad menar du?"

"Jag har ju skrämt iväg dem. Buuh!" utbrister Curioso med uppspärrade ögon och fnittrar när Maldretto snubblar baklänges.

Maldretto går med sårad stolthet fram till Curioso och puttar ner henne i ån varefter han springer därifrån. De andra pojkarna tvekar, men följer till slut efter honom bort från flickan.

Curioso reser sig upp medan det söta vattnet som rinner av henne får sällskap av långsamma, salta tårar. Det gör ont i henne. Det är inte så här livet borde se ut. Inte i hennes värld. Hon känner sig vilse i sin egen by.

Curioso ser ner i ån igen, men känner inte igen sin spegelbild i det vatten som oroats då hon fallit ner i det. När hon arg och besviken slår på vattnet löser hennes ansikte upp sig och blir osynligt.

Långsamt blir ytan lugnare tills Curioso åter kan se sin spegelbild. Men hon ser djupare än så, ända ner till botten. Där nere finns något som fångar hennes nyfikenhet: ett litet, äggformat föremål. Hon petar försiktigt på det och känner att det är mjukt och läderartat. Då hon gräver runt omkring sig hittar hon fler.

Efter att ha bestämt sig för att de märkliga föremålen verkar ofarliga plockar hon försiktigt upp ett av dem och klämmer på det utan att begripa vad det är.

Curioso tar med sig några av dem upp på stranden och lägger dem i solskenet. Hon betraktar dem förundrat medan hon vrider ur sina genomvåta plagg.

"Curioso! Har du badat?" frågar en äldre man.

Hon vänder sig om.

"Vide!" utbrister Curioso, lättad över att få möta ett vänligt ansikte. "Det var inte jag som bestämde att jag skulle bada. Det var några pojkar."

"Jag mötte några som kan ha sett lite ångerfulla ut. Då förstår jag varför. Vad kan jag göra för dig? Du är ju alldeles blöt – vill du låna min mantel?"

"Tack, men det behövs inte. Jag tror att värmen från solen torkar mig snart."

Vide ler och får syn på de egendomliga tingen som Curioso lagt på stranden.

"Vad är det där för något?" frågar han.

"Jag vet inte", svarar Curioso. "Jag hittade dem på botten av ån."

"Då var det kanske inte förgäves du badade", säger Vide med ett leende. "Får jag se lite närmare på dem?"

Curioso nickar och Vide plockar upp tre av dem som han undersöker noggrant.

"Såg du fler sådana här?" frågar han allvarsamt.

"Massor! De ligger överallt. Alla ser likadana ut."

Vide ser först ner i ån och sedan längre in i dalen, mot vattenfallet som bryter sig ut genom klipporna högre upp.

"Vad är det Vide? Är det något fel?"

Vide är tyst en stund medan han tvinnar sitt silverfärgade skägg mellan fingrarna.

"Jag behöver göra en utflykt", säger han till slut.

"Vad roligt! Får jag följa med?"

"Inte den här gången, Curioso", säger Vide och hänger hennes klänning på en gren för att torka. "Inte den här gången. Det kan komma att bli en lite smärtsam utflykt, är jag rädd."

# II

## Den bubblande kitteln

Alejos mörka hand stryker längs den nedersta muren till Iratus terrassodling. Han följer omväxlande stenarna och gliporna mellan dem med fingrarna. Det är nu det ska ske. Han ska få återse Amare – om han bara lyckas ta sig förbi det ständiga hinder som skilt honom från Amare: Iratus, hennes far.

Alejo tog sitt första andetag i en hamnstad på en annan kontinent, långt söderut. Men från den stund modern blev varse barnets existens ville hon inte veta av honom. Då han fötts lät hon honom visserligen överleva, men inte så mycket mer. När fadern, som var handelsresande på haven, efter några år återvände till den stad där han först mött denna kvinna, fann han att pojken blivit omhändertagen av ett par äldre släktingar till henne. De hade gett honom namnet Alejo och fostrade honom med betydligt hårdare hand än vad Alejos far ansåg var nödvändigt. Han fattade då beslutet att ta med Alejo ombord på det skepp han själv seglade med för att kunna umgås med honom i förhoppning om att det trots allt skulle vara en bättre miljö för honom. Så var det kanske också, tills en olycka tog faderns liv. Därefter fanns ingen ombord på skeppet som kände något ansvar för Alejo. Ingen, utom Vide.

Alejo fick skura däck, laga segel, skala rotfrukter, täta skrovet eller vad som krävdes av honom för att få stanna kvar hos de enda han dittills stött på som låtit honom äta sig mätt. Han var ensamt barn ombord, förutom några äldre pojkar som bestämt sig för att de redan var unga män. De enda jämnåriga han träffade på var tillfälliga lekkamrater i de olika hamnar de besökte.

Ett par år senare, endast åtta år gammal, steg Alejo i land vid Casavale tillsammans med Vide, som vid det här laget tagit rollen som fosterfar åt honom. När sjöfararna fick det svårare att överleva på handeln beslutade sig Vide, som var en av de äldsta och erfarnaste ombord, för att lämna havet och gå i land i det grönskande Casavale tillsammans med pojken. Vide hade varit god vän med Alejos far och hoppades att både han själv och Alejo skulle kunna få en lite tryggare framtid som jordbrukare i den fruktbara dalen.

Vide lyckades skaffa dem en jordlott att dela på tills Alejo kunde bruka den på egen hand. Under årens lopp lyckades Vide samtidigt odla upp en prunkande trädgård på en annan del av den västra dalsidan, och överlät en dag jordlotten helt till Alejo. Det var en stor och lyckosam dag för Alejo.

Den största lyckan kände emellertid Alejo den dag han och Amare fann varandra. Det var första gången han upplevde en kvinnas kärlek. Hur ovärdig han än kände sig inför att ta del av detta mysterium, så visste han innerst inne att det måste vara meningen att även han hade rätt till det.

Men lyckan skulle visa sig bli kortvarig. Amares far hade nämligen planer för sin dotter. Planer som inte omfattade Alejo. En begränsad rörelseförmåga, vilken orsakats av en olyckshändelse, tillsammans med hustrun Ansiosos vädjanden, bidrog ändå till att han inledningsvis tillät Alejo att hjälpa till i familjens odlingar.

Iratus kunde i och för sig medge att Alejo arbetade mycket väl, men han hade nu inte bara släppt in Alejo i familjens odlingar, utan även in i Amares närhet. Det skulle han komma att ångra. Planen var ju att Alejo skulle överta hans arbetsuppgifter, inte överta hans dotter. Vad Iratus alltid velat se är i stället att en rik man med goda anor ska förena sig med hans familj. Alejo är inte av respektingivande härkomst och inte rik, åtminstone inte på det som Iratus söker efter.

Fick Ansioso bestämma så vore saken annorlunda. Hon bekymrar sig inte så mycket för Alejos bakgrund, däremot oroar hon sig för att ingen av traktens män ska kunna erbjuda Amare den famn hon behöver. Ansioso vill inte invänta någon rik man åt Amare, utan ser Alejo som en välkommen räddning för familjen. Men Ansioso är inte den som bestämmer.

När det gick upp för Iratus att Alejo hyste större kärlek till dottern än till hans vinodling fattade han ett beslut som skulle komma att få hela byn att ifrågasätta hans förstånd, i den mån de inte redan gjort det. Han valde att sända iväg Amare i åtta månader till en annan by och fick i stället två skickliga husbyggare i utbyte. Dessa hade som sina huvudsakliga uppgifter att bygga ett respektingivande hus åt Iratus, men halva tiden hjälpte de även till med att bygga ut bevattningssystemet i odlingarna. Till Alejo och de övriga invånarna i Casavale antydde han att Amare var sänd till andra sidan havet, men det var ett villospår. I själva verket bodde och arbetade hon hos sin fars kusin i byn Vizinha, endast en halvdags segling, eller en dagsvandring till fots, från Casavale. Att Amare ersattes av två män skulle visa för omgivningen att inte vem som helst var värdig henne. Nu hade visserligen Iratus låtit ersätta de två männen inte bara med Amare utan även med en inteckning av skörden, men inte heller det hade Iratus någon avsikt att röja för sin omgivning. Iratus lät meddela Alejo att han blivit överflödig som arbetskraft och inte behövde göra sig besvär att återkomma.

Dörren hade stängts för Alejo och det var smärtsamt. Hade han bara vetat vart Amare skickats skulle han ha seglat ut efter henne. Han försökte få svar från Ansioso, men hon hade sett livrädd ut varje gång hon mötte honom. Som om hon blivit påkommen med att stjäla smycken från någon med makt att ta hennes liv.

Utan Amare kände sig Alejo som en främling i dalen och han gav sig allt oftare ut med en liten roddbåt för att fiska på havet. Där kände han sig hemma och på något vis närmare Amare.

Efter åtta långa månader har så Amare äntligen kommit tillbaka och Alejo tänker trots allt göra sig besväret att ta sig till Iratus hem för att möjligen få en skymt av henne. Han passerar det lite enklare huset som tidigare varit deras hem. Det står fortfarande kvar, men endast Sine, Amares bror, bor fortfarande i det. I stället ståtar Iratus med ett stort, vackert, vitkalkat hus, som ligger högre upp längs sluttningen.

Huset må fånga en och annan beundrande blick från byborna, men Iratus har fått nya bekymmer. Utbytesarbetarna från Vizinha har återvänt hem, visserligen ersatta av Amare, men å andra sidan vägrar Sine hjälpa till med odlingarna efter att Iratus sände iväg henne. Eftersom Iratus dessutom satt sig i skuld på grund av utbytet måste därför Ansioso – och nu även Amare – slita dubbelt för att upprätthålla de vardagliga sysslorna i odlingarna och hushållet. Det är något Alejo inte kan låta ske.

Naturligtvis skulle Alejo kunna göra ett försök att få Sine att återvända till sin familjs jordbruk. Men vem halar seglet och sätter sig att ro när vinden för på öppet hav? Det här är ju Alejos möjlighet att av goda skäl erbjuda sina tjänster igen och – framför allt – att få återse sin kärleks längtan.

Alejo vill inte att det ska framstå som att han kommer enbart för Amares skull, men måste få veta vad hon känner för honom efter all tid som förflutit. Så med solen i ansiktet kliver därför Alejo upp för de stenlagda trappgångarna, genom de mustigt gröna terrassodlingarna, för att få möta hennes varma blick igen.

Alejo vill gärna greppa någon av alla de känslor som bubblar och rusar genom hans kropp när han tänker på Amare, men de vill inte låta sig fångas. Ju närmare huset han kommer desto mer bubblar det inuti honom. Han påminns om när han brukar koka upp vatten, då bubblorna blir allt fler och ivrigare när kitteln med vatten förs närmare elden, tills vattnet nästan kokar över.

*Tänk om jag själv kokar över så att elden släcks…*

Alejo skrattar till nervöst av sina egna tankar och blir inte lugnare av att höra sin förvrängda röst komma ur de övre regionerna i halsen. Han tar ett djupt andetag och i samma stund lyckas han greppa en av de känslor han har inom sig. Men det är inte någon av de goda känslorna. Det är oron. Iratus kommer inte att bli glad över att se Alejo. Inte idag heller. Särskilt inte efter att ha gjort mer än en far bör göra för att Amare och Alejo skulle glömma varandra. Skulle Iratus kunna sända iväg henne igen när han märker att Alejo har allt annat än glömt henne? Det vore outhärdligt.

*Men värre ändå vore om Amare har glömt.*

Alejo lyckas inte mota undan oron, som i stället växer till rädsla, närd av hans tvivlande tankar.

*Bara det inte är Iratus som öppnar dörren!*

Han fortsätter upp för trappgången mellan Iratus vinodlingar och närmar sig husets port. Snart ska han få svar på sina frågor och när Alejo i sina tankar återvänder till Amare så växer trots allt de goda bubblorna till igen. Bubblor av lust, glädje – och några av dem består definitivt av längtan. Själv har han inte glömt. Tvärtom – längtan har aldrig varit så stark hos honom som nu, större än den rädsla han nyss kände. Och dessutom med en viss förhoppning om att Iratus sover middag så här dags.

Alejo har kommit upp till platån där det nybyggda stenhuset ligger. Han tycker redan att huset ser mer levande ut nu när han vet att kvinnan han vill låta sig älska åter bebor det. Innan Alejo tar de sista stegen fram till porten vänder han sig ut mot vinodlingarna och konstaterar att det närmar sig skördetid. Tänk om han bara kunde lyckas få Amare med ut till odlingarna, för då skulle de kunna talas vid ostört. Han söker intensivt med blicken för att hitta några tecken från Amare inne eller ute, men finner inga. Lycka och oro bubblar om vartannat i kitteln.

Han vänder sig om och kliver upp på ett trappsteg där redan en gul-vitrandig katt ligger i skuggan under takutsprånget. Den verkar inte vara road av att dela trappsteget med någon annan och slår ogästvänligt med svansen. Alejo kliver över svansen och knackar på den tunga ekporten. Efter en stund öppnas den långsamt.

Det är Ansioso som står i öppningen och Alejo slappnar av något. Han hinner lägga märke till att hon rätar något på sin krökta rygg och ett leende drar i mungipan då hon får se honom, innan en djup oro kommer över hennes ansikte och blicken fladdrar iväg. Han väljer ändå att för sina framtida minnen bevara det korta leende hon smugit till honom. Ett otvunget leende är en fin gåva.

De står en stund och ser på varandra. Båda vet att han kommit för att träffa Amare, men ingen vågar nämna hennes namn. Alejo skådar inåt huset för att kanske få en skymt av henne. Han känner att tystnaden blir längre än den borde och försöker inleda ett samtal.

"Kan jag hjälpa er idag? Det närmar sig skörd för vinet."

Alejos nervositet gör att han inte kan kontrollera röststyrkan – eller så talar han omedvetet för högt därför att någonting inom honom hoppas att Amare kan råka höra honom. Han inser sitt misstag då han i stället hör en grov, nyvaken mansröst inifrån huset.

"Du?! Jag har ju sagt åt dig att du inte behöver komma hit mer!"

Iratus hade väckts ur sin slummer. Alejo blundar och bannar sig själv, men inser att han måste tänka ut något som kan rädda situationen.

"Mår du bra?" frågar Ansioso när han inte sagt något på en lång stund.

Alejo nickar, fortfarande med slutna ögon, och tar ny sats med hög röst.

"Är du säker, Iratus? Det är snart dags att skörda!"

Då Alejo öppnar ögonen finner han sig tala rakt in bröstet på Iratus, som oväntat hastigt tagit sig till dörröppningen och föst undan Ansioso. Han har tagit ett fast grepp runt dörrkarmen och synar Alejo uppifrån och ned. Hans kalla blick ur det grovhuggna och vitstubbiga ansiktet får Alejo att känna sig mörk. Hela Iratus gestalt känns ogästvänlig. Kroppen är stor och senig och benen har flera parvisa rivsår, som från en katt med endast två klor i behåll. Alejo sneglar på katten som irriterad ligger kvar på trappsteget och han finner en viss tillfredsställelse av tanken.

"Jag är säker", förtydligar Iratus. "Dessutom har vi fått *förstärkning*. Här finns *inget* för dig att skörda."

Dörren stängs igen.

Alejo kände ett obehag när Iratus inte ens ville nämna sin dotter vid namn. För Iratus var hon just nu bara en god ursäkt för att Alejo inte ska behöva komma tillbaka. Och Amare skulle nu antagligen tvingas jobba ännu hårdare bara för att hålla henne borta från Alejo.


Alejo vänder hemåt igen. Kitteln har definitivt dragits bort från elden.

# III

## Klättringen till bergets topp

Solen står högt på himlen och Vide behöver nå utsiktsplatsen innan det blir för sent att återvända. Det stramar i den seniga kroppen vid ansträngningen när den gamle kryper på den smala avsatsen under ett klipputsprång. Han tvingas vila några ögonblick. Då han vänder sig om och blickar nedåt ångrar han det genast. Ett fall skulle kunna vara dödligt. Men för Vide finns det bara en väg härifrån: framåt, uppåt.

Hjärnan spjärnar emot när han fortsätter klättringen. För att kroppen gör det, men också för att den syn som möter honom säkerligen kommer att göra ont, fast av en tyngre slags smärta. Han är medveten om att det han nu sliter för kommer att bereda honom sorg. Blåsten, tröttheten och avståndet till hjälp ökar ju högre upp han kommer. Trots det måste han få se. Han måste få veta.

*Om inte jag ser, vem kommer då att göra det?* tänker han.

I Casavale, byn nere i dalen som en gång kallades Gåvornas dal, är livet så enkelt. Åtminstone tycks det så, härifrån. Ändå tänker Vide att slutet för en epok i byn verkar vara nära och funderar på om han ska känna sorg för de som kämpar i dalen ovetandes om vad som är på väg att hända. Om det är så illa som han befarar kommer det att krävas att något väsentligt förändras i byns själ. Förändring har skett förr i byn. Och det var då det började gå fel.

Den gamle gör ett uppehåll i klättringen och sluter ögonen för ett ögonblick. Han återupplever bilden av träden som skymtade då han på väg upp passerade en öppning in mot Vattenmarken. Synen frambringade ett omedelbart mörker inom honom. Dessa träd som så här års borde vara fulla av liv och frukt såg ut att vara livlösa. Han gräver i fickan och tar fram en av de vanskapta frukter som Curioso hittade på åns botten. Han är övertygad om att de kommer från träden inne i Vattenmarken och det han sett hittills är inga goda tecken. Men han måste se helheten och det är inte möjligt att få den överblick han behöver från den positionen där han står nu.

Ingen tvingar honom till det han gör, men något gör det. Han behöver nå utsiktsplatsen. Att se sanningen uppenbarad är inte alltid bekvämt. Men alternativet kan vara betydligt värre.

# IV

## Pärlan

"Alejo!"

Alejo är nära att snubbla i stentrapporna när han hör hennes röst.

"Amare?"

"Hysch!"

Amare viker undan några vinrankor. I ljust brun och gul arbetsdress kliver hon fram med ett pekfinger framför läpparna. Alejo noterar att hennes mörka, lockiga hår är tämjt av ett diadem i silver med inlägg av kolsvart ebenholts. Amare för upp handen som för att dölja det då hon anar hans förlägenhet inför de tecken på rikedom som hennes far tvingat på henne.

"Jag trodde du var i huset", säger Alejo.

Han kliver av trappan och hukar sig framför terrassmuren. Amare glider följsamt ner intill honom.

"Jag arbetar i odlingarna. Men jag gömde mig när jag fick se dig på väg upp till huset."

"Du hade kunnat bespara mig din fars avvisning."

"Den hade du fått ändå, tids nog", svarar Amare och har svårt att dölja ett leende.

De ser på varandra och vet inte riktigt vad de ska göra. Alejo vet att han vill omfamna Amare, men de sitter på huk och han kommer inte på något lämpligt sätt. Kitteln bubblar över. De försöker läsa varandras ansikten. Amares är gåtfullt, han ser inga svar.

"Det är lång tid som gått", säger Alejo.

”Ja, jag har haft lång tid på mig.”

”Att arbeta?”

”Att tänka.”

De orden får Alejo att med ryggen mot muren glida ner på marken, sedan han försäkrat sig om att ingen följt honom ner för trapporna. Han tar upp en liten gren och börjar rita i sanden mellan sig och Amare. Nu kan hon råka nudda honom om hon vill. Också om hon inte vill, men Alejo vill gärna – då kanske det inte behöver pratas så mycket. Han spiller inte gärna för många ord när han är nervös, för de låter ändå sällan som han tänkt sig.

Amare ser ut över dalen. Solen fyller den till brädden. Ån längst ner i dalen ringlar långsamt ut mot ett glittrande hav som förenar byarna Casavale och Vizinha.

”Jag har förändrats”, säger Amare.

*Förändring,* tänker Alejo. *Är det bra?*

Alejos tankar irrar runt bland ord som byborna fällt. Många i byn önskar att saker inte förändras. 'Förändring är fördärv. Vi vet vad vi har och är nöjda – vad är nyttan med att ändra på det?' kunde de säga. Andra menar att förändring är en del av livet och inget vi kan välja eller välja bort.

*Vi hade varandra innan,* tänker Alejo. *Om det har förändrats … Ja, vad vore nyttan med det?*

”På vilket vis?” frågar han.

”Jag trodde jag hade allt, här i vår dal. Det var ju här jag föddes. Det här livet var allt jag kände till. Men jag insåg att det kanske finns något mer. Något annat.”

”Vad skulle det vara?”

”Min far trodde att han sände mig bort. Men jag tror han visade mig vägen hem.”

Alejo funderar på om han ska avslöja att han inte begriper. Han följer Amares blick ut mot havet och söker ledtrådar. Han ser bara vatten som långt borta möter den oändliga himlen.

Amare räddar honom.

"Det jag inte lyckades greppa här kunde jag ana på andra sidan berget. Jag fann något där, men jag kan inte förklara det just nu, Alejo. Jag behöver mer tid", säger hon och ser allvarligt på honom.

Alejo blir rädd. Två gånger om. Först känner han en obestämd rädsla för att kanske ha förlorat Amare till något annat, eller värre – till någon *annan*. Sedan blir han blir rädd för sina själviska tankar.

*Om Amare hittat en plats där hon vill vara, vem vore jag att hindra henne?*

"Vill du inte bo i vår dal längre?" frågar han.

"Alejo, jag… Jag vet inte var jag hör hemma just nu."

Någonting varmt kommer till Alejo, som lutar huvudet bakåt och trycker sina svarta, intensiva lockar mot muren. Han minns. Minns hur mycket han höll av den människa som någon tog ifrån honom under åtta långa månader.

"Men jag vet vad du *är*, Amare."

Amare ser på Alejo med en uppväckt nyfikenhet.

Alejo känner sig uppfylld. Men inte av bubblor. Det känns snarare som den varma ångan som strömmar upp från kitteln.

"Vad menar du att jag är, Alejo?"

"Du är en glimrande pärla i ett halsband, Amare. En enastående del av ett vackert mönster."

Alejo låtsas hålla ett halsband i luften och ser på Amare igenom det.

"Vart pärlan än flyttar sig bildas det ett nytt, vackert mönster kring den. Där *du* är – *det* är hemma!"

Alejo sätter ner ena handen i sanden. Amare nuddar honom.

# V

## Den urkokade grytan

Vide har nått bergets topp. Han hade nästan glömt hur kraftigt det kan blåsa ovanför den skyddade dal där han normalt vistas. Här är det bara solens strålar som kan värma och de tycks blåsa av honom idag. Han binder manteln tätare kring sig medan han betraktar en skara fåglar som skickligt balanserar på uppvinden. Sedan lutar han sig ut över klippkanten och riktar blicken ner mot Vattenmarken.

Mörkret kommer över honom igen, men nu tränger det ut i varje vrå i hans kropp. Området är så gott som livlöst, så när som på träden närmast ån som löper genom det mytomspunna bergspass som Vattenmarken utgör.

Vide backar tillbaka från kanten och sätter sig ner. Han har yrsel, och det är mer än den svindlande utsikten över land och hav som bidrar till det. Han sätter sig i någotsånär lä, tar ett djupt andetag och vänder blicken ut över landskapet.

Lyckans å strömmar genom den fruktbara dalgången och fyller på det blå havet. Dalen, med sina terrassodlingar som klättrar längs västra och östra sluttningarna, är hemvist för byn Casavale, där Vide och ytterligare hundratals människor lever sina liv. Besökande, som en gång i tiden förstod att ingenting fattades någon i dalen, såg att den liknade två kupade, framhållna händer som erbjöd sina gåvor. Det var så den fick den namnet Gåvornas dal. Från utsiktsplatsen kan Vide föreställa sig hur passande det namnet hade kunnat vara.

Den vackra dalen ligger öppen mot havet i söder. Det är soligt och varmt nere i dalen och vindarna från havet torkar lätt ut den. Människorna i dalen har i alla tider släckt dess törst och därför själva sluppit gå hungriga. Varje familj i dalen har fått en lott tilldelad som de inte ens behövt nyttja till fullo för att kunna odla allt de behöver. Lotterna är indelade med raka, låga murar från dalens nedre del till dess övre.

Förr – innan dalens invånare lät sig förändras av Maius och hans verk – var alla tillfreds. Men nu är det något som inte längre stämmer med dalen. Tillvaron håller på att kantra.

Från sin utsiktsplats kan Vide knappt urskilja de som arbetar på odlingarna och de flesta husen är i grunden tämligen anspråkslösa. Iratus hus på östra sidan är ett av undantagen. Möjligen kan man skymta ett par ljust klädda individer framför en av murarna nedanför hans hus. Lyckans å har kastat sig lekfullt ut igenom den klippvägg som döljer bergspassets innandöme mot blickar från dalen, men vattenfallet har försvagats och vattnet har upplevts grumligare sedan en tid. Det har fått Vide att ana oråd. När sedan Curioso visade honom de vanskapta frukterna började han på allvar tro att något är fel och nu förstår han att det finns skäl till det.

I bergspasset breder Vattenmarken ut sig – ett träsk varigenom Lyckans å passerar och bringar vattnet hälsobringande egenskaper, åtminstone enligt byborna själva. Vattenmarken är svårtillgänglig – det ser man tydligt från ovan. I söder sluter sig klippväggarna kring vattenfallet, i norr sluter de sig också till en smal öppning. En grund sjö klämmer sig igenom öppningen och gör det mycket besvärligt att ta sig in även den vägen. Uppströms bergspasset delas ån av i en gren som leder ner till byn Vizinha. Längs bergspassets sidor stupar berget brant och fullbordar inneslutningen av Vattenmarken, den plats där Vishetens träd växer. Eller borde växa.

Ingen vet egentligen så mycket om de mytomspunna träden i Vattenmarken. De växer långsamt, ett och ett. De som smakat frukten säger att upplevelsen är säregen. Men framförallt berättar de fåtal som besökt Vattenmarken att en känsla av vördnad kommit över dem då de trätt in där, en stillhet och närvaro av livet självt. Men när Vide reser sig för att från utsiktsplatsen följa åns lopp uppströms så är det en stillhet utan närvaro av liv han ser.

Sjön vid bergspassets övre ände finns inte längre.

Trots att Vide står på en fast klippa känns det som om det gungar under hans fötter. Hur har det kunnat bli så här?

Det finns alltid orsaker till att något sker. Från utsiktsplatsen ser han hur allt hänger ihop.

"Maius…", säger Vide till de obekymrade fåglarna nedanför.

Vide sluter ögonen, släpper tankarna fria. Han förnimmer en inre bild av en gryta som kokat ur och kött som blivit vidbränt. Långsamt går innebörden upp för honom.

*Vi har eldat på för häftigt och glömt hålla vakt. Att hastigt fylla på mer vatten i grytan kommer inte att hjälpa. Inte heller att dölja misstaget med kryddor. Grytan måste skrubbas, nytt kött läggas i och nytt vatten hällas på.*

*Men de hungriga matgästerna kommer att bli upprörda. Mycket upprörda.*

Vide förstår sig på hur man kokar en måltid, men om det handlat om matlagning hade han bekymrat sig mindre. Han känner trots detta en viss hunger på grund av synen, som långsamt tynar bort medan hans ögon åter börjar urskilja det landskap som ligger nedanför hans fötter. Han plockar fram ett äpple ur mantelfickan och tar några tuggor. Yrseln ger långsamt med sig och ersätts av närvaro med en smärtsam insikt.

*Vi håller på att ta livet av Vattenmarken och Vishetens träd!*

# VI

## Kristallstenen

Det är bara när Iratus sover som Ansioso vågar sig till henne. Iratus avskyr det Mediana ägnar sig åt. Hon är för svår att begripa sig på. Men framför allt avskyr han att Ansioso litar mer på en kvacksalvare än på honom.

Ansioso har en stark intuition – hon vågar bara inte förlita sig på den. Iratus kritiska sinne har förmått riva upp så många revor av tvivel att hennes tro på den långsamt sipprat ut. På så sätt har hon kunnat bli lättare att kontrollera. För han vill inte mista henne.

Egentligen önskar Ansioso bara bekräftelse på det hon känner, att få laga någon av revorna. Metoderna som Mediana använder sig av spelar mindre roll. Första gången skrämde de henne visserligen, fick henne att känna ett lätt obehag. Men när hon såg att hennes tankar – och därmed hon själv – faktiskt bekräftades kände hon sig i stället starkare. Det var behövligt vid det senaste tillfället hon var här och hon är i behov av det nu. Ansioso ser sig om innan hon knackar på hos Mediana.

”Låt mig öppna för dig”, säger Mediana.

Medianas intensiva, mörkervana blick identifierar omedelbart den nästan jämnåriga kvinnan och släpper snabbt in henne i det gulockrainfärgade kalkstenshuset.

Ansioso fäller ner den schal hon haft över huvudet för att skydda sig mot ljuset och andras blickar – även om de flesta ändå skulle ha känt igen hennes nätta, böjda kropp och skyndsamma gång. Hon stannar upp och ser sig omkring i det avlånga rummet, försöker vänja ögonen vid halvdunklet. Väggarna är fyllda av hyllor med keramik i alla tänkbara – och några mindre tänkbara – former. På flera väggpartier mellan hyllorna hänger vävar i mustiga färger. Här och var på hyllorna står tända oljelampor med fladdrande lågor. Skuggor efter föremålen som står i ljusets väg sveper fram och tillbaka över rummet.

Ansioso går runt bland vaser och kärl och letar efter något hon skulle kunna tänkas behöva för hemmet. Det är inte därför hon besöker Mediana, men det ger henne lite tid att komma i stämning för sitt ärende.

Hon lägger för första gången märke till att Mediana skrivit något på kanten på somliga hyllor. Ansioso lutar sig närmare för att tyda de sirligt skrivna tecknen. Det tycks vara olika teman på hyllorna: STUNDER AV GLÄDJE. STUNDER AV SORG. STUNDER AV KÄRLEK. STUNDER AV HAT. STUNDER AV LIKGILTIGHET. Ansioso vänder sig om för att fråga Mediana om vad det betyder.

”Det är i stunder av överväldigande känslor jag skapat kärlen och de har formats därefter.”

Mediana rör sig fram mot hyllan där Ansioso står.

”*Stunder av sorg* … Jag har inte orkat skapa kanter som omsluter, bara platta fat. Men det rymmer ändå många tårar.” Hon ler med halva ansiktet och lyfter sedan upp ett kärl från en annan hylla. ”*Stunder av kärlek*, då har mina händer format dessa kärl. De är rymliga, fast öppningarna har olika storlek.”

Ansioso rör vid kärlen och försöker ta in det Mediana säger. Mediana sveper med handen över en samling strax intill.

”*Stunder av glädje* – dessa är de mest fantasirika. Kärlek och glädje går hand i hand med skapande. Och som du ser är de rymliga och har stora öppningar.”

Ansioso fascineras av dess former och detaljrika vindlingar, låter fingrarna löpa över dem. När hon rör sig vidare får hon på en hylla längre ned syn på något knöligt utan öppning som inte verkar passa in bland de andra skapelserna.

”*Stunder av hat*, då har mina händer varit krampaktigt knutna”, erkänner Mediana medan Ansioso läser på hyllkanten. ”Jag är ju inte mer än människa. Det går inte att skapa något gott när man hatar, därför har jag bara lyckats

forma klumpar. De kan inte ta emot och inte heller ge ifrån sig något.”
Mediana skakar på huvudet och ler med avsmalnade ögon. ”Det enda du kan
ha dem till är att kasta dem på något du avskyr och hoppas att det förstörs.”

Ansioso backar instinktivt och fortsätter att studera hyllorna med keramik.
En av dem är tom. Ansioso stannar till vid den och läser högt:

”*Stunder av likgiltighet?*”

”Ja, den är tom”, svarar Mediana efter en stund och drar med fingrarna
genom dammet på hyllan. ”De stunderna har jag faktiskt inte kunnat skapa
alls.”

När Ansioso ser efter lite närmare upptäcker hon också en hylla med
blandade, men vackra, kärl som också har en rubrik: *Stunder av ånger, stunder av
upprättelse.*

”Vad menar du med detta?” frågar hon och studerar dem för att hitta en
ledtråd.

”De har varit något annat, kanske misslyckade kärl, som jag format om från
grunden. Det är ju fullt möjligt eftersom det är jag som gjort dem.”

Ansioso söker efter något att säga.

”Varför har du sorterat dem alla efter känslor?”

Mediana ser djupt in i Ansioso medan hon rättar till sin svarta hårfläta.

”Det finns två skäl till att lära känna dina känslor. Det första är att kunna ge
dem sina rätta namn – då kan du samtala med dem var och en för sig. Vilken
trubadur gör inte skillnad på lyrans strängar?”

Mediana ger inte Ansioso någon längre betänketid för att svara.

”Det andra”, fortsätter hon och smeker ett av de mer virtuost formade
kärlen ”är att lära känna och tämja deras inneboende styrka. För vem vill hålla
en vildhäst tjudrad så länge den lever?”

”Har du fler?” frågar Ansioso uppväckt av äkta nyfikenhet.

Mediana avvaktar något med svaret.

”Varje handling du begår, allt du skapar, allt du säger, men även det du väljer
att tro på – det har ett pris. Du betalar med en insats, en del av dig själv. Ibland
en större, ibland en mindre insats. Du tar risken att bli bedömd. Kritiserad –
eller hyllad. Bekräftad eller avvisad.”

Hon tar ett kärl skapat under *Stunder av kärlek* i sina händer.

"En krukmakerskas omsorgsfullt formade kärl utsätts för andras blickar. Hennes tankar har skapat, hennes händer har format, hennes ögon har granskat. Hon tror på det. Hon har drejat in en skuggbild av sitt innersta väsen i det. Och hon riskerar att det blir hånat, kanske avskytt. Eller älskat. Värst vore om ingen såg åt det alls. Hon är antingen modig eller dum om hon visar upp det för andra. Eller kanske bara förhoppningsfull."

Mediana ställer tillbaka kärlet och stannar upp.

"Men det kärl som faktiskt återspeglar hennes sanna jag måste hon behålla för sig själv. Det är för kärt. För dyrbart. För ömtåligt. Det visar hon för dem hon älskar, men gömmer för alla andra. Allt annat vore väl *dårskap*?"

Ansioso vacklar till och känner att hon behöver få sätta sig ner.

"Jag ... jag kom för att få prata med dig. Om Amare."

"Naturligtvis ... Följ med in."

De går in i ett bakre rum som vetter mot bakgården och Mediana visar Ansioso till en sittplats vid ett bord som står mitt på golvet.

"Jag vet inte om de är rätt för varandra, det vet jag inte", säger Ansioso efter att ha samlat sig.

Hon *vet* att de är rätt för varandra. Hon vågar bara inte tro på det. Mediana sätter sig mitt emot henne, lutad över bordet med båda händerna nära den märkliga bergskristallstenen. En stor eld i hörnet av rummet sprider värme, ljus och ett knastrande ljud.

"Så du vet inte. Men vad tror Iratus då?"

"Iratus, han ... Ja, du vet ... Han tänker på framtiden. Vill att det ska bli bra, för alla. Det vill han."

"Och det vill inte du?"

"Jo, men ... Vi tycker lite olika. Han klarar ju inte att arbeta så bra, med sin skada. Och Sine går sina egna vägar. Irrar runt mest. De går inte så bra ihop längre, Sine och Iratus."

"*Vem* går Iratus bra ihop med?"

Ansioso blir tyst en kort stund.

"Men Iratus säger att Amare borde ..."

"Jag vet vad Iratus *säger*", avbryter Mediana och skapar en lätt förvirring hos Ansioso. "Men Amare själv då?" fortsätter Mediana efter en stund.

Ansiosos tankar landar mjukt.

"Alejo är en bra man, det är han. Jag vet att de älskar varandra, fortfarande." Medianas ögon frågar vad som i så fall orsakar hennes tvivel och Ansioso känner att hon behöver besvara blicken. "Man skulle ju vilja veta … Ja, att det verkligen blir som det bör om det blir på det viset."

"Du vill veta att de blir lyckliga tillsammans, är det så?" Mediana smeker tankfullt sina händer över kristallen.

"Det skulle vara lättare, ja. Att veta om det jag tror är sant. Ja, så är det." Orden ramlar ur Ansioso.

"Så det räcker inte att du tror dig veta?"

"Jag skulle bara behöva se något – vad som helst – i samma riktning som mina aningar."

"Då så."

Mediana hämtar nio vaxljus, tar en lång trästicka och tänder den på den stora elden. Därefter förmedlar hon elden till vart och ett av de nio ljusen med stickan och placerar elegant ut dem på bordet, jämnt fördelade runt kristallen. Slutligen fyller hon ett krus med vatten från en stor kruka vid utgången till innergården och går fram till bordet. Hon häller försiktigt vatten över toppen på kristallen och backar undan, stående med kruset i handen. Hon ler mot Ansioso och visar med en vänskaplig gest att det är dags för Ansioso att själv söka svar.

Ansioso reser sig långsamt och ser på Mediana, fastän hon vet att hon inte kommer få någon ögonkontakt med henne under denna fas. I stället fokuserar Ansioso blicken på kristallen, vars utseende oavbrutet skiftar skepnad, allteftersom vattnet långsamt formar om den och ljus och skuggor ständigt bildar nya mönster. Efter en stund tycks allt klarare bilder träda fram ur mönstren och hon tycker sig faktiskt kunna urskilja det hon söker.

Stenen tycks ha rätt. Och Ansioso tycker sig ha haft rätt. Det stärker henne, för känslan är bra. Hon undrar varför hon inte kommit hit oftare.

# VII

## Grumligt vatten

Lilla Curioso sitter vid Lyckans å och ritar i vattnet med en pinne då hon får se ett välbekant, fårat ansikte i den blågröna krusiga spegeln.

"Vide!" ropar Curioso och tittar upp. Hon skärskådar honom uppifrån och ner. "Men vad har du gjort? Gör det ont?"

Vide betraktar sin egen sargade kropp och inser att han inte är någon vacker syn.

"Lite här och var. Jag har klättrat en del."

"Och ramlat? Jag brukar också ramla ibland när jag klättrar och leker. Vill du inte sitta här med mig? Vi kan rita i vattnet tillsammans!"

"Om du vill det så gör jag det gärna", säger Vide och sätter sig – något stelt – ner vid Curioso och studerar de rörelser hon gör i vattnet.

"Titta!" säger Curioso. "Vad jag än ritar i vattnet så försvinner det nästan bums!"

"Kanske det", säger Vide och lutar sig framåt. "Men du kanske också skapar saker under ytan som du inte ser."

"Som vadå?"

"Ibland har det gömt sig goda saker där man inte kommer åt att se så lätt. Kanske en liten fisk där nere blir glad över att pinnen vispar upp något att äta."

"Så det är bra att vifta runt så här i vattnet?"

Curioso rör så att det skvätter på dem båda och de skrattar.

”Ja, det *du* hittar på med vattnet skadar nog ingen i alla fall. Man blir ju bara lite blöt… Men, 'Vatten kommer, vatten går', eller hur?”

”Varför klättrade du egentligen?” frågar Curioso när de skrattat klart.

”Jag ville få insikt.”

”Utsikt, menar du väl?”

”Just så.”

”Jaha …? Men vad såg du då?”

”Dalen.”

”Men den ser du väl härifrån? Utan att ramla.”

Curioso ser på Vides skrapsår igen och rycker lätt på axlarna. Vide ler tillbaka.

”Jo, den ser jag härifrån. Men ibland behöver man se saker på nära håll, för att de då kan vara lättare att bedöma. Och ibland behöver man se saker på längre håll. För att lättare kunna förstå.”

Vide håller upp ett finger alldeles framför Curiosos ansikte.

”Vad gör du, Vide?”

”Berätta vad du ser!”

”Det är ju ditt finger. Men Vide, det är faktiskt ganska smutsigt!”

Vide konstaterar hummande att hon har rätt. Sedan håller han fingret längre bort från Curioso.

”Det är fortfarande smutsigt, Vide.”

”Jo, jo – men ser du inget mer?”

”Jag ser din hand. Och ärmen som är lite trasig. Och din arm, som har skrapsår.”

”Och armen sitter ihop med mig – vilket jag är tacksam för att den fortfarande gör! Men dessutom har ju mitt smutsiga finger flera smutsiga vänner. Titta!” säger Vide och viftar på alla fingrarna. ”Ibland förstår man lite bättre varför ett finger är smutsigt när man ser allt det andra också, hur allt hänger ihop.”

Curioso viftar på sina fingrar innan hon fortsätter att rita i vattnet med pinnen.

”Vide, kan du inte berätta om dalen? Allt som har hänt, du vet? Vill du det?”

Vide ser på Curioso och funderar några ögonblick.

”Du minns, när du rörde runt i vattnet för en stund sedan?”

”Ja, hurså?”

”Då blev det ganska grumligt av all sand som rördes upp.”

”Ja, men du sa att det var bra! En fisk kunde hitta något gott i grumlet.”

”Så är det. Men det är ändå grumligt – ända tills det gått så lång tid att sanden hunnit lägga sig i ordning på botten igen. Då blir vattnet klart och man kan se allting tydligt. Även saker som legat gömda innan.”

Curioso lutar sig över kanten och ser ner i vattnet.

”Det har lagt sig nu!” säger hon.

”Och jag tror att grumlet har lagt sig för mig också, efter att jag var uppe på berget. Jag ser saker lite klarare nu. Så nu, min lilla vän, ska jag gärna berätta för dig vad som egentligen hände här i dalen.”

# VIII

## Gåvornas dal

"Du ska få höra berättelsen om din dal, Curioso. Och om det som förändrade den från vad den en gång var", säger Vide när han samlat sig.

"En gång för alltför länge sedan var alla i dalen nöjda med att hämta upp det goda vatten som passerat genom Vattenmarken. Det användes för att odla det man behövde åt sin familj och åt varandra. Alla hjälptes åt och alla delade på allt. Det fanns tid att njuta av det vackra i och omkring dalen. Människorna mådde väl, dalen mådde väl. Ingen stod i skuld till vare sig någon annan eller till dalen själv, som då kallades för Gåvornas dal. Detta var innan Maius."

"Har Maius ställt till det? Har han gjort något ont?"

"Det var nog inte av ondska han gjorde det, Curioso. Det var egentligen goda egenskaper han burit sedan födseln som drev honom. En förmåga att se möjligheter, en arbetslust utöver det som egentligen var nödvändigt och – inte minst – en stor övertalningsförmåga. Han använde också en del av dessa egenskaper väl till en början. Han arbetade hårt och idogt med en kropp som förmådde att lyda hans vilja. Han odlade upp inte bara de lägre utan även de högre belägna marklotterna", säger Vide och sveper med handen mot dalens sidor. "Detta gav honom ett överflöd. Han tänkte också rättvist, för han insåg att hårt arbete borde belönas. Han var värd att få det bättre ställt än alla andra eftersom han hade en kropp som var starkare än alla andras. Och vem kunde klandra honom?"

"Gjorde någon det?"

"Nej, de flesta såg nog upp till honom. Det han odlade räckte gott och väl till att mätta hans egen familj och även till att byta till sig av alla sorters grödor som odlades i dalen. Men han ville gå lite längre. Han visste, sedan sina resor som ung, att grannbyn Vizinha ägde djur som kunde ge dem annan slags föda än den vi åt i Casavale. Inte minst uppskattade han Vizinhas rökta kött och dess fantastiska ostar. Bara doften kan få munnar tvärs över dalen att vattnas. Detta kunde han byta till sig med hjälp av det seglande handelsfolket."

"Du menar sjöfararna?"

"Ja, så kallades vi av folket här", svarar Vide efter en liten tvekan. "Och han hade fått en bra relation till sjöfararna. De levde av att byta varor mellan byarna längs kusten. Men just Gåvornas dal hade de tidigare seglat förbi, eftersom människorna här ändå var självförsörjande och förnöjda. De hade varken för lite eller för mycket av något. Därför fanns heller ingen riktig hamn i närheten av dalen."

"Men ville inte byborna komma ut och se världen utanför dalen någon gång?"

"Somliga ville säkert det redan på den tiden. Andra menade att var sak skulle vara på sin plats. Även folk."

"Varför då?" fnittrar Curioso.

"De menade att man utmanar ödet om något ändras. Men andra var helt enkelt nöjda med vad de hade.

"Är det inte bra att saker ändras?"

"Vi måste alltid vara beredda på förändringar. Det är en del av livets kretslopp, ibland rent av en förutsättning för det." Vide pekar på en av odlingarna strax ovanför dem. "Trädgårdsmästaren vill att hennes växter ska må bra, för då bär de också god frukt. Hon kan förkasta och kapa bort på ett sätt som för stunden ser smärtsamt ut, men hon ser samtidigt till att växterna har bästa tänkbara förutsättningar. Inte bara för att överleva, utan till och med för att frodas och ge riklig skörd."

"Så då är väl förändringar bra?" frågar Curioso.

"Ja, om trädgårdsmästaren är vis", svarar Vide. "Sedan finns det ju också förändringar som kan komma av de krafter som finns verksamma omkring oss. Krafter som vi inte rår på."

"Vilka krafter?"

"Skyfall, stormar, sjukdomar, vulkanutbrott, eldsvådor …" säger Vide. "Detta är ju också en del av vår tillvaro på jorden. De skapar förändringar som på kort sikt kan orsaka lidande och död, men kan ändå främja livet."

"Hur kan det göra det?"

"Därför att livet i stort tvingas att hitta nya vägar för att fortskrida. Det finner slumrande resurser inom sig som kan bli en styrka. Utmanas livet så kan det också utvecklas."

"Menar du att olyckor är bra, Vide?" frågar Curioso och ser med en blandning av besvikelse och upprördhet på den gamle mannen.

"Olyckor orsakar lidande och det är svårt. Vi söker oss då till det vi hoppas kan skänka oss tröst. Men när vi utsätts för lidande blir många saker tydligare för oss, som vilka vi själva är och vilka de andra runt omkring oss är. Varje medmänniskas lidande är även en möjlighet för oss att visa omtanke.

Men vi behöver ju inte utsätta oss för prövningar utan orsak. En blommande växt söker efter möjligheterna. Den låter sina frön spridas vart de vill, men undviker att bosätta sig där villkoren är för svåra. Se bara hur kala bergen är uppe vid toppen", säger Vide och pekar. "Människor, däremot, väljer ibland platser eller omständigheter där de vet – eller borde förstå – att allt en dag kan slås i spillror."

"Ja, men berätta mer om dalen nu!"

Vide ler.

"Maius lyckades vid ett tillfälle tillkalla sjöfararnas uppmärksamhet och fick deras skepp att lägga till utanför dalen. Han tog med sig vin och de bästa grödorna från sina odlingar i en roddbåt och rodde ut till sjöfararna där han bytte till sig varor som de hade med sig. De åt och drack tillsammans och blev vänner. Efter detta tillfälle började de föra med sig hans varor till Vizinha där de byttes mot ost och kött som de seglade tillbaka till Maius med."

"Behöll han det för sig själv?"

"Ja, först njöt han av upptäckten av allt det goda. Sedan njöt han av smaken. Därefter njöt han av känslan att ha tillgång till mer än vad de andra i Casavale hade, det har han själv berättat. Han var ju värd det. Och det var rättvist, för han kunde och gjorde ju mer än alla andra.

De övriga i Casavale var till en början mycket undrande till de nya ting som han tog till byn. 'Var sak hör hemma på sin plats', kunde någon säga, eller: 'Det han för hit är främmande för oss.' Men han märkte att allt fler efterhand blev nyfikna. Och när de såg hur han njöt av delikatesserna började även något annat väckas hos människorna här. Men det fanns inget namn för det. De kände helt enkelt en längtan efter att själva få ta del av det goda som de ännu inte hade."

"Det där vet jag vad det är", avbröt Curioso. "Min bror brukar läska mig ibland med saker jag inte får!"

"Just så. Men glöm då inte att om du kan vara glad över andras glädje äger du själv en glädjekälla som aldrig sinar!" skrattar Vide och fortsätter sedan att berätta.

"Nu förstod människorna i Casavale att de behövde anstränga sig lite mer för att uppnå det Maius uppnått. Fler började odla upp mark allt högre upp längs lotterna så att skördarna ökade. Maius vägledde dem sedan i handel med Vizinha genom förbindelsen han hade med sjöfararna. Och eftersom han hjälpte andra var det ju också rättvist att han själv blev belönad för detta. Med sina vinster kunde han byta till sig nästan allt vad han kände för. Han låg också bakom det som kallas för bördsdagar – alltså möjligheten att byta arbetskraft mot varor.

Allt detta gjorde honom mycket nöjd. Han var ju en lite bättre människa än alla andra."

"Var Maius det?"

"Nej, naturligtvis inte, min lilla vän. Ingen kan vara en bättre människa än någon annan. Är man en människa så är man en människa. Men av det han sade kunde man ana att hans egna tankar började röra sig i en annan riktning."

Vide håller upp ett finger, nu något renare efter att han tvättat sina händer i åns vatten.

"Efterhand började dalens invånare inse att de behövde odla betydligt mer än de dittills gjort för att kunna byta till sig vad de ville ha. Dels behöll nämligen Maius ganska stor del av det som byttes, dels ville de själva helt enkelt ha mer. Och därefter ännu mer. De behövde då odla även på odlingsbäddarna allra högst upp, vilket krävde mer kraft och tid eftersom avståndet ökade till vattnet längst ner i dalen. Så hur skulle de kunna få vatten till odlingarna på ett mindre ansträngande vis än att bära det, tror du?"

Curioso knycker på axlarna.

"Jo, Maius hade naturligtvis funderat ut en lösning på det. Vattnet fanns redan där uppe. Inte på samma plats, men det behövde bara ledas fram med en bevattningskanal, en akvedukt, från ån som rinner öster om vår dal ner mot Vizinha. På så sätt skulle östra dalsidan få tillgång till strömmande vatten uppifrån bergen. Förslaget lades fram i Rådet."

"Vad är *Rådet*?" undrar Curioso.

"Rådet hjälper vår by Casavale med viktiga beslut."

"Var det inte Maius som bestämde allt?"

"Han hade stort inflytande, men hans idé om akvedukten orsakade stor oenighet inom Rådet. Man funderade på hur klokt det egentligen vore att ändra balansen i naturen. Oron för förändringar i den dal där man var nöjd med hur det alltid varit, vägdes mot de möjligheter som öppnade sig för byn. Men Maius avfärdade oron: 'Vattnet rinner ju annars ändå bara ut i havet. Är det då inte bättre att det blir till nytta för alla på vägen?' frågade han.

Dessa ord, tillsammans med de läskande bilder han målade upp av en grönskande dal, njutning och överflöd, vägde till slut över. Särskilt som vissa i Rådet redan fått smak på det nya goda."

"Varför ville de i Rådet ha mer? Var de väldigt hungriga?"

"Somliga mer än andra, tycktes det. Hunger är ju naturligt, men att inte känna mättnad när man fått tillräckligt kan ställa till det."

"Så byggde de vattenkanalen då?"

"Ja, men det fanns ju en liten hake med vattnet från höjden. När alla hjälptes åt var det möjligt att leda det till den östra sluttningen, men det kunde inte dras vidare till dalens västra sida."

”Men det var väl orättvist?!”

Vide låter svaret vara öppet med en handvändning.

”Nu bodde de flesta i Rådet på den östra sidan, där akvedukten skulle dras fram. Det gällde även Maius, som under denna tid blev Rådets ledare, innan Audite valdes i hans ställe. Och i hemlighet lyckades Maius med Medianas hjälp övertyga alla om att akvedukten skulle bli till glädje för hela byn, även västborna.”

”Hur då?” frågar Curioso.

”Eftersom fler sorters grödor skulle kunna odlas. Variationen på det man kunde äta i dalen blev större. Och Mediana kunde faktiskt utan större ansträngning intala västborna att vattnet i akvedukten säkerligen inte kunde ha samma hälsobringande kraft som vattnet i Lyckans å, eftersom det kom en onaturlig väg. Västborna skulle därför hålla sig friskare och sundare än östborna, som ju dessutom skulle få betala ett pris genom att bygga akvedukten själva. Så till slut fick alla för sig att det ändå inte var särskilt orättvist. Och det innebar verkligen ett hårt arbete för östborna. Vissa skadade sig för livet, som Iratus.”

”Är det därför han och Ansioso ser så skrynkliga och ledsna ut?”

Vide ler och ser ut över dalen. Efter en stund reser han sig och letar fram en lång, smal käpp som han verkar vara nöjd med.

”Får jag visa dig en sak?” frågar han.

”Med den där pinnen? Ska du trolla?”

”Nästan”, svarar Vide muntert. ”Jag ska rita.”

Vide ritar en ring i sanden på marken mellan sig och Curioso. Han ger ringen en butter mun och rynkor i pannan.

”Det här är en människa som har mött många bekymmer i livet och som inte förmår se annat”, säger han.

”Ja, så ser de ut. Båda två!” säger Curioso.

Sedan ritar Vide en ny ring med en glad mun och rynkor i pannan.

”Den här människan har också mött många bekymmer i livet, men har lärt sig att se det goda också. Därför är hon inte bitter utan väljer att se livets glädjeämnen och möjligheter.”

Curioso ritar till två ögon.

”Det skulle kunna vara Amare!” utbrister hon.

Vide ler och ritar en tredje ring med sur mun men utan rynkor.

”Det här är en människa som inte ser det goda hon har.”

”Jag tror det är Sine!” säger Curioso efter att ha funderat en stund.

När Vide gör en ring med glad mun och utan rynkor är han tyst en stund. Curioso följer den glada munnens form med sitt finger.

”Vem är det där då?” frågar hon.

Vide skrattar.

”Det där… det är ju du min lille vän!”

Curioso skrattar också. Hon ritar till armar och ben på alla och drar ett streck under dem som de får stå på. Sedan avslutar hon med att rita en sol som lyser på dem alla och ber Vide fortsätta prata om dalen. Vide sätter sig ner vid henne och återupptar sin berättelse.

”Så akvedukten anlades och man satte en vattenfördelare som kan reglera hur mycket som tappas av till akvedukten från ån som leder ner till Vizinha. Akvedukten kom att förändra mycket för alla i dalen. Men vem kunde klandra Maius?”

”Men det var ju bättre här i dalen innan han satte igång”, säger Curioso. ”Alla var nöjda. Sedan var ingen nöjd.”

”Det kommer alltid att dyka upp en Maius, förr eller senare. Och när det skett är det svårt att återgå till det som varit. Maius låg bakom en ny struktur i dalen. Flera fann också en glädje i att någonting nytt skedde, särskilt bland de yngre. Och åtminstone östborna fick det ju bättre. Men vissa hade svårt att se klart. Livet blev lite grumligt, som när sanden rörs upp i vattenbrynet där fötter trampar. Eller där en pinne rörs runt.”

”Du sa ju själv att goda saker kan komma fram när man rört runt i vattnet.”

”Alldeles riktigt. Och det gick ju faktiskt mycket lättare att odla längs den östra sluttningen med hjälp av akvedukten. Bevattningen räckte till de övre odlingarna och det har visat sig att det räcker för att med råge fylla östbornas egna behov. De som även ville byta till sig varor från Vizinha odlade sin lott hela vägen ner och kunde då hämta vatten från Lyckans å här nere i dalens botten, i fall de hellre ville vattna med det till sina egna grödor. För inte heller östborna vågade helt låta bli att få i sig vatten som passerat Vattenmarken och Vishetens träd.”

Under sitt berättande illustrerar Vide öst och väst, vatten i ån och vatten i akvedukten med sin käpp som han sveper fram och tillbaka. Lite i onödan för Curioso, men hon uppskattar det ändå, mest för att det skvätter droppar från käppen varje gång han säger något med särskild inlevelse. Vissa far förbi henne själv medan andra landar i ån så att det bildas växande ringar på vattnet.

Vide doppar käppen djupt ned i vattnet och lyfter upp den igen. Han fortsätter berätta medan vattnet rinner av den.

”För västborna hade egentligen inget förändrats. De kunde odla och byta grödor med varandra så att alla fick vad de behövde. Precis som innan. Men det slutade inte där.”

”Vad hände?”

”De kastade blickar mot andra sidan av dalen, såg allt som östborna utan någon större ansträngning kunde duka fram på sina bord. Man började känna en hunger efter detta. Och inte nog med det. Östbor bytte till sig de finaste grödorna att dekorera sina allt fetare rätter med. Somliga västbor började då slita hårdare på sina lotter för att kunna få tillgång till allt det som man på östsidan så lätt kom över. Men i Vizinha hade man blivit van vid allt större skördar och krävde därför mer i utbyte för sina egna varor. Hur västborna än slet så kom de aldrig ikapp. Det har idag gått så långt att många västbor till och med satt sig i skuld hos östbor och arbetar av bördsdagar hos dem.”

”*Det* måste i alla fall vara orättvist!” utbrister Curioso.

”Ja, det ser i alla fall ut som orättvisa, Curioso. På östra sidan verkar det vara enklare att leva. Å andra sidan så har man inte mindre att äta än förr på vår sida av dalen och en mätt mage blir ju inte lyckligare av ytterligare mat. Men en och annan känner sig antagligen lite stressad över vetskapen om att det finns mer än vad som redan fyller de egna faten och trånar därför mot de dignande borden på andra sidan dalen. Man tror sig missa något viktigt. Och just därför har man skuldsatt sig själva.”

Vide och Curioso begrundar detta tillsammans, under tiden Vide delar med sig av ett stycke bröd.

"Vad hände sen?" undrar Curioso medan hon tuggar.

"Den ökade handeln med Vizinha hjälpte såväl Maius som sjöfararna att tillägna sig själva en allt större del av utbytet. Och vid den här tiden behövde Maius överhuvudtaget inte odla något själv. I stället så hade han på olika vis lyckats få människor i både öst och väst att bli skyldig honom bördsdagar så att de fick arbeta åt honom utan ersättning."

Curioso stannar mitt i en tugga och ser med stora ögon på Vide.

"Det var nu han såg möjligheten att faktiskt starta en egen handelsrutt för att slippa dela vinsten med sjöfararna", fortsätter Vide. "Han tog hjälp av några bybor som stod i skuld till honom och lät dem reparera ett skepp som förlist utanför dalen. Han for sedan till Vizinha, men även till andra byar mycket längre bort längs kusten för att byta sitt överflöd mot nya, fantastiska handelsvaror. De gamla sjöfararnas handel blev inte längre lönsam för dem själva utan övertogs allteftersom av Maius, trots att han ju hade dem att tacka för sin lyckosamma handel. De kunde välja mellan att lämna havet och gå iland, eller att arbeta kvar på Maius allt fler skepp med så ringa lön att många i stället för att vara fria hamnade i skuld till Maius."

Curioso ser försiktigt på Vide.

"Var det då du och Alejo gick i land här?"

Vide nickar och tystnar en stund.

"Ändå kunde han inte få nog."

"Är Maius väldigt rik nu?" frågar Curioso.

"Han *äger* mycket", svarar Vide och skakar på huvudet.

Curioso förstår inte varför Vide svarar ja och nej på samma gång.

"Så han är rik?"

"Rikedom är inte att äga mycket. Rikedom är att inte sakna något", svarar Vide och möter Curiosos frågande blick.

Curioso lyfter upp sin pinne ur vattnet och ser på när dropparna faller av.

"Vad saknar han då?" frågar hon.

"Mättnad", svarar Vide.

Vide undviker att berätta att livet snart kan komma att förändras i Gåvornas dal igen. Omättnad av det här slaget föder nämligen sig själv ända tills något omvälvande inträffar.

# IX

## Rådets hemlighet

Rådet samlas en sval, gråblå kväll innan mörkret hunnit lägga sig. De moln som under eftermiddagen var fyllda av ljus bildar nu mörka skuggor över himlen.

Det här rådsmötet andas ett ovanligt allvar. Alla är fokuserade, spända. Känslan av att inte själva ha kontrollen över vad som snart ska uppdagas är mycket besvärande för somliga. Även Audite känner sig obekväm i situationen. Hon sitter stelt rakryggad och för omedvetet sitt axellånga, prydligt mittbenade hår som tycks vara format av en mild västanvind, bakom öronen. Vide hade kommit till henne samma kväll han tagit sig ned från berget och förklarat att Rådet måste sammankallas eftersom livet är på väg att lämna Vattenmarken. I normala fall hade Audite inte tagit ett beslut om att sammankalla Rådet utan att ha mer fakta att luta sig mot, men Vides oro var övertygande och, antog hon av erfarenhet, välgrundad.

Audite förvissar sig om att hela Rådet är på plats innan hon tar till orda.

"Vi har samlats för att diskutera en enda – men mycket viktig – fråga. Jag har gett Vide löfte att få lägga fram saken med sina egna ord. Jag ber er att lyssna med hjärtat och att tala med ert förnuft om ni har något att säga. Vide?"

Vide kliver fram från bakre delen av rummet och ställer sig intill Audite. Förutom ett par knarrande golvplankor under Vide är det knäpptyst. Det dröjer några ögonblick innan orden kommer.

"Vattenmarken är på väg att torrläggas. Livet kommer snart att ha lämnat allt som varit levande där, även Vishetens träd."

Ett oroligt mummel sprider sig. Vide anar en viss misstro och fortsätter tala.

"Jag har sett det med egna ögon. Vattenmarken står inför en mycket stor förändring."

"Det är inte möjligt! Än rinner ju fortfarande genom dalen!" utbrister Iratus "Den måste rimligen rinna även genom Vattenmarken!"

"Den har försvagats. Och det kommer att bli värre", svarar Vide behärskat.

Det är tyst i rummet. Orden sjunker långsamt in hos de som samlats. Audite ser sig ansträngt omkring.

"Då får vi väl minska flödet från Vizinhas fåra till akvedukten och släppa in motsvarande mängd vatten till Vattenmarken", säger Maius. "Svårare än så är det väl inte? Vi överlever lite mindre mängd vatten på östsidan."

Iratus är inte intresserad av att få mindre av det vattnet som bekvämt rinner fram till de odlingar där han nyligen låtit bygga sitt stora hus till ett högt pris. Ett sådant alternativ vore mycket besvärande för honom. Han tar sats för att yttra sig.

"Det är inte så enkelt", svarar Vide lugnt och förekommer därmed Iratus. "Vattenmarken är ett magnifikt vattenmagasin som har jämnat ut flödet till Lyckans å under torrare perioder. Därför har vi aldrig drabbats av torka i dalen. Vattenmarken har räddat oss utan att vi ens begärt det. Men vatten har under flera år runnit ut ur den utan att fyllas på i samma mängd. Avvattningen har bara lindrats ytligt av regnperioderna, och Vattenmarken har därför dränerats långsamt från de något högre belägna ytterområdena och in mot åfåran.

Här i dalen har vi inte märkt av detta, vilket däremot träden i Vattenmarken gjort. Det minskade flödet av vatten har alltså förändrat mer än vi kunnat se. Vattenmarken håller på att bli torrlagd. Vishetens träd har börjat somna in och djuren som levde där har sökt sig till mer fruktbara platser. Om Vattenmarken ska överleva så måste den på ett klokt vis fyllas med vatten igen, nu och framöver."

"Vi kan ju alltid låna lite extra vatten från Vizinhas fåra", svarar Maius. "Vizinha klarar sig säkert med en lite mindre mängd under en period. De har ett överflöd."

"Det är för sent!" utbrister en av rådsmedlemmarna. "Vi har dragit olycka över oss genom att rubba balansen. Vi har vanvårdat Vattenmarken och därigenom Vishetens träd. Den kommer aldrig att förlåta. Vi kommer inte kunna leva kvar i den här dalen!"

"Då får du flytta själv!" fräser Iratus. "Det där är skrock! Vattenmarken kommer att återhämta sig tids nog. Och vi överlever hur som helst utan de där träden. Det är ju bara träd! Oavsett vad en del fått för sig."

Det blir tomt, andlöst, ljudlöst. Luften darrar. Iratus hade sagt något osägbart, men ingen tycks kunna sätta fingret på varför. Om det är sant så är det skrämmande. Om det inte är sant så är det lika skrämmande. Fast ingen annan verkar våga vidröra det med egna ord.

*Får man ens säga det Iratus nyss sade?* tänkte flera i Rådet.

Audite samlar tankarna för allas skull.

"Våra stadgar säger oss att alla i dalen ska hjälpas åt att upprätthålla balansen omkring och i vår dal. Vi kan inte bara lämna allt åt sig själv. Och vi kan inte heller avleda mer vatten från Vizinhas fåra utan att samråda med de som bor där. De lär ha synpunkter. Dessutom ...", säger Audite kraftfullt, med syfte att återställa den outtalade ordning som Iratus med sina ord rubbade. "Dessutom är det inte fråga om vilka träd som helst. De är unika. Vi känner ingen annan plats som hyser den sorten. Så det är ytterst viktigt att vi gör vad vi kan för att rädda dem."

Fler rådsmedlemmar lägger sig i diskussionen.

"Vad finns det då för alternativ? Något måste ju göras!" utbrister en västbo vid namn Porque som visserligen är kortväxt, men som å andra sidan använder hela sin kropp när han talar.

"Vi måste kunna återställa balansen", svarar Audite. "Kanske tvingas vi stänga avvattningen från Vizinhas fåra helt och återgå till det liv vi en gång hade. Vi levde ju gott även då."

Det blir åter tyst i Rådet. Många har mycket att förlora. Allra mest Iratus. Han är upprörd men kan inte formulera något råd utan att avslöja sin egoism. Audite är östbo, liksom Iratus, men hon är beredd att offra bekvämligheten. Iratus är fast i en moralisk fälla.

Maius är åter den som avbryter allas tankar.

"Jag åtar mig att vandra upp till Vattenmarken och studera vilka möjligheter som finns."

Samtliga i Rådet tycks lättade av en konkret plan. De är medvetna om att Maius är en av de som känner markerna bäst och inte rädd för att leda arbete. Det är ju också Maius som ligger bakom den stora förändring som nu visat sig vara så ödesdiger för byn. Han bör ha goda skäl för att hitta en lösning på problemet. Och Audite vill ge Maius en möjlighet till upprättelse. Samtidigt är hon inte beredd att ge honom fria händer utan inblick från Rådet.

"Maius, om det är Rådets önskan, så deltar du i en expedition som undersöker situationen i Vattenmarken och även söker möjliga lösningar. Jag föreslår att Medicus leder expeditionen. Så snart ni undersökt Vattenmarken sammankallar jag till ett nytt råd och då beslutar vi vad som måste göras utifrån vad ni funnit."

Audite tar sats under några korta ögonblick.

"Till *dess* ...", säger hon med eftertryck. "Till dess vill jag *inte* att ni oroar någon annan i byn genom att yppa vad som sagts här idag. Är vi överens?"

Somliga nickar allvarsamt, andra utbrister tydligt "Ja!"


Rådet tar beslut om att expeditionen ska ledas av Medicus och dessutom bestå av Maius samt Porque och ännu en västbo ur Rådet vid namn Actus. Därmed representeras såväl östra som västra Casavale. Vide avböjer att få delta, då han behöver mer tid att återhämta sig från klättringen.

Vide möter Maius blick när de lämnar Rådet och Vide frågar hur det står till med honom.

"Jag är nöjd med vad livet ger för tillfället, tack. Och du själv, Vide?"

"Jag är tacksam för vad livet ger."

De kliver ut tillsammans, andandes luft från skilda världar.

# X

## Viskningar i dalen

Mediana är lik en avlägsen ö ute i havet. Den som söker sig dit tar sina risker. Och för den som väl hamnat där är det lika riskfyllt att ta sig därifrån. Men för den som är vilse ute på havet syns ön som en räddning, åtminstone för stunden.

Liksom dalen själv samlar in solens strålar, så samlar hon allas viskningar. Och liksom dalen ger tillbaka värmen till dem som tar emot den, så delar hon viskningarna med dem som vill höra. Sant eller osant, viktigt eller oviktigt, till glädje eller till sorg – det angår inte henne att döma åt någon annan eftersom var och en väljer att ta emot och dela det han eller hon har lust till. Solen lyser ju trots allt över alla utan åtskillnad.

Byn har inte något bra förhållande till hemligheter. Här delar man allt, även det som kanske inte borde delas.

En viskning om Rådets hemlighet har nått Medianas öra.

"Så någonting är verkligen på gång?" frågar hon tyst mannen som sitter vid hennes sida framför elden.

"Många kommer bli oroliga om det blir känt. Så är det alltid när förändring väntar", säger han och torkar sin näsa med en sidennäsduk.

"Intressant", viskar hon för sig själv.

Det sprakar till i elden. En gnista följer med röken upp genom skorstenen, ut ur huset, just som aftonens första stjärnfall avtecknar sig mot det mörknande himlavalvet.

# XI

## Stjärnfall

Solen har troget vandrat sin förutbestämda bana ned bakom bergen i väster. Amare och Alejo har utan ord följt dess avsked till dagen och blivit kvar på en av de övre terrasserna på den östra sidan. Månen har lyft sitt huvud över dem och låter stänk av silver och guld falla över det annars mörka vattnet så att en glimrande gata av ljus leder rakt emot dem.

De ligger på plockavstånd från en vinstock med höstdruvor. Alejo väljer ut en druva som han håller så att månen precis lyser genom den. Sedan placerar han den i hennes mun.

Alejo lyfter sin hand och låter ett finger vandra längs silvergatan tills det når ljusskivan på himlen. Han ler.

"Ibland sätter jag mig på en sten på månen", säger han.

"Vad menar du?" undrar Amare lätt skrattande.

"Jag reser dit i mina tankar. Och så skådar jag ned på jorden vi bor på."

"Vad kan du se därifrån?"

"När jag sitter på månen ser jag framför allt på mig själv långt nere på jorden på ett annorlunda sätt. Mina små bekymmer eller vad jag gör känns inte längre som det enda eller själv viktigaste på jorden. Jag blir liten, och ser samtidigt att jag själv är en del av något mycket större.

Sedan ser jag oss. Just nu och här är det bara du och jag som är *vi*. Alla andra är *de*. Men medan jag reser mot månen så vänder jag mig om och ser vår by. Och jag ser de andra byarna runt omkring med främlingar. Då är vår by *vi* och alla andra byar är *de*. Ytterligare längre bort från jorden kan jag se hela vårt rike och då är inte längre byarna runt omkring oss främmande. Vårt rikes byar är *vi*, medan andra rikens byar är främmande. Men sedan, när jag satt mig ner på månen, ser jag hela vår jord. Då är varenda människa på jorden *vi*. Borde det inte också vara så? Varför måste vi dra gränser runt om oss?"

"Jo, Alejo, det borde vara så. Men jag vet vad du talar om. När jag bodde i Vizinha så märkte jag att byborna inte alltid var sams med varandra. Familjebanden är starka, på gott och ont. Men när jag råkade höra dem tala om Casavale och andra byar runt omkring så var de eniga om att det var just i Vizinha man alltid tänkte och handlade rätt."

Alejo ser ut mot havet och skakar knappt märkbart på huvudet.

"Jag minns mycket tydligt hur det kändes att bli lämnad utanför gemenskapen ombord på det skepp jag seglade med som liten. På kvällarna ställde sig männen i ring och sjöng, drack och skrattade. Jag skulle egentligen ligga i min koj under däck och sova, men jag kunde inte. Jag vaknade upp av allt liv och kände mig ensam, fastän det var fullt av människor på skeppet. Så jag smög mig upp till de andra. Men jag såg bara ryggar. Och det kändes som att deras gemenskap blev starkare varje gång de samlades på det här viset, medan jag stängdes ute mer och mer."

Amare ser länge på Alejo och tar sedan hans hand.

"Lilla Curioso visade mig en gång något vackert som jag kanske börjar förstå nu", säger hon och vänder upp Alejos hand. Hon kramar ur en vindruva så att det bildas en stor droppe druvsaft i hans handflata.

"Droppen verkar hållas ihop av någon osynlig kraft."
Alejo lyfter handen och ser på droppen från sidan genom månljuset och nickar.

"Och se här!" säger Amare.

Amare kramar druvan ännu en gång och en ny droppe lägger sig intill den andra.

"De flyter inte ihop utan fortsätter att hålla sig för sig själva. Fast de är av samma sort! Är det inte märkligt?"

Alejo ser på Amare.

”Det fanns en person på skeppet som var annorlunda. En gång då jag smygkikade vände sig en av de som stod i ringen om och såg rakt på mig. Han måste ha sett min ensamhet och förstått djupet av den, för han vinkade in mig i ringen och lyfte upp mig på sina axlar. Jag, Alejo, kände mig som en hedersgäst! Och sen … Ja, han blev ju som en far för mig.”

”Vide”, säger Amare och ler.

Alejo nickar och lånar ett finger från Amare som nuddar vid båda dropparna. I ett ögonblick sluts de båda till en och samma droppe.

”Curioso visade hemligheten med dropparna även för mig”, säger Alejo. ”Den som är fullt ut delaktig i olika världar kan även förena dem.”

Amare är på väg att säga något men avbryts av att något hastigt rispar natthimlen.

”Oh! Vad var det?” utbrister hon.

”Ett stjärnfall. Det som alla talar om. Det började för ett par nätter sedan.”

”Vad betyder det?”

”Det sägs vara stjärnor från rymderna som faller genom vår himmel. Somliga av de äldre tror att det betyder att olycka är på väg.”

”Varför då?”

”De menar att det inte är bra att något försvinner från sin naturliga plats, där det alltid funnits.”

Amare stelnar till något, men försöker distrahera sig själv genom att rätta till en lock i hans hår.

”Vad tror du då?”

”Jag vet inte om … Jag är inte så säker på att det verkligen är stjärnor som faller.”

”Hur menar du?”

”Det är bara en känsla jag har. Det tycks aldrig saknas någon stjärna på himlen efter ett stjärnfall.” Alejo blickar ut över rymden och ser ut att försöka peta på stjärnorna. ”Jag känner till himlens ljus ganska väl. De bildar olika slags mönster om man använder sin fantasi. Man kan lära sig att känna igen dem.”

"Men jag såg ju med egna ögon att någon av dem föll ner!" Amare väntar inte in något svar. "Alejo, hur ska man kunna veta vad som är sant om vi inte kan lita på det vi ser? Eller hör?"

Alejo vill gärna dela med sig några kloka tankar till Amare. Men för tillfället verkar just sådana saknas.

"Tänker du på något särskilt, Amare?"

"Du talar ju om stjärnfall utan stjärnor som faller." Amare gör en paus. "Men jag har också hört saker sägas. Rykten …"

"Om vad?"

"Om dalen. Kanske har de då rätt."

"Vilka?"

"De äldre. De som tror att något kommer att hända med dalen."

Alejo ser ut i mörkret.

"Vad skulle det vara? Jag tror inte det har med de fallande ljusen på himlen att göra i alla fall."

"Varför inte?"

"Jag har sett många stjärnfall. Det brukar inte förändra något."

Amare tycks för en stund nöja sig med Alejos svar. Men något hon inte kan släppa taget om skaver inom henne.

"Jag undrar ändå vem man ska lita på. Varför säger de äldre så där, om det nu inte stämmer? Hur kan människor komma fram till så olika förklaringar?"

Alejo inser att han inte kommer att kunna lägga Amares fråga åt sidan förrän han funnit ett svar. Han fingrar lite i sitt hår och locken hamnar i oreda igen. Men han har i alla fall en tanke om var han vill söka svar.

Amare ser frånvaron i Alejos ögon och vänder hans ansikte mot sitt med en smekning. I samma rörelse för hon hans lock bakom örat och säger att han inte behöver fundera mer på det. Nu vill hon bara vara, nära, närvarande.

# XII

## Sanning

En kort tid efter kvällen med Amare avlägger Alejo ett besök hos Vide. Vide ser honom komma upp för stigen och välkomnar honom.

”Alejo! Vad kan jag göra för dig?”

Alejo berättar att han söker svar på den fråga som Amare haft och som fortfarande retas med honom, nämligen hur man egentligen kan avgöra vad som är sant. Vide granskar Alejo ett ögonblick och bjuder honom sedan att slå sig ner vid elden som brinner på avsatsen utanför hans hydda.

”Nej, inte intill mig. Sätt dig på motsatta sidan.”

Alejo slår sig ner på en sten och ser frågande på sin fosterfar och vän.

”Berätta nu vad du ser”, uppmanar Vide.

”En eld?”

”Då är vi överens om det. Vad ser du mer?”

”Dig.”

Vide skrattar till.

”Ja, men hur ter sig elden?”

Alejo ser sig omkring. Elden lyser upp av hyddans vägg bakom Vide och får även Vides anletsdrag att träda fram; han får många rynkor när han ler.

”Det är en eld som lyser upp kraftigt”, säger Alejo.

”Är det så?”

Alejo tvekar, eftersom svaren på Vides frågor aldrig är så självklara som de först verkar. Men han står ändå på sig, i brist på alternativ.

”Ja”, svarar han.

"Kom nu och sätt dig här hos mig i stället."

Alejo anar vad det handlar om, men sätter sig på samma sida som Vide utan att försöka framstå som klokare än han känner sig. Den sena solen målar träden framför dem i lysande guld. Eldens låga flämtar och drunknar nästan i det gyllene skenet.

"Nej", säger Alejo. "Kanske inte så kraftigt som jag trodde."

"Sträck fram händerna. Blunda. Lyssna. Känn."

Alejo ser sig omkring med händerna utsträckta mot elden och tänker intensivt. Till slut måste han fråga.

"Så vad vill du säga med det här? Att det inte finns någon absolut sanning, bara den jag själv upplever, min egen sanning?"

"Vi är väl överens om att vi båda upplever elden framför oss, eller hur? Hur *du* upplever den kan bara du berätta för mig. Vi människor sitter på olika stockar och stenar när vi betraktar något. Vissa kan ha lite bättre utsikt än andra. Men inte ens från det högsta berg kan jag se vad som sker på andra sidan jorden.

Tillsammans, Alejo, tillsammans så kan vi ge en helare bild, om vi lyssnar rätt. Då börjar vi närma oss något som kan kallas kunskap. Kunskap om det som verkligen är sant, vill säga. Inte bara min egen sanning."

"Men vi har alla så många olika upplevelser. Kan vi då veta om det finns något som är absolut sant?"

"Om det finns en absolut sanning som aldrig förändras någonstans, så måste den ha sitt ursprung utanför tid och rum. Allt annat är förgängligt, som elden framför dig och till och med stenen du sitter på."

Alejo stryker med handen över stenen.

"Om den finns, hur kan vi då lära oss att hitta den?"

"Minns du kartorna vi använde när vi seglade med handelsskeppen? Somliga människor har varit mycket måna om att försöka beskriva hav, kust och land, för att kunna hitta fram. Och de har velat förmedla denna kunskap till oss andra. De har gått så noggrant till väga som de haft möjlighet till. Hela vår jord har man velat beskriva och nedteckna på dessa kartor och där de inte vetat hur det har förhållit sig med land eller hav har man fått gissa."

Vide ristar i marken för att förklara sina tankar för Alejo. Han ritar upp hav, öar, kustlinjer, floder.

"Det är kartan som en sjöfararare har att förhålla sig till, oavsett om han vill ta sig fram till en känd plats eller om han vill utforska nya. Och allteftersom han seglar kan han bekräfta att det som ritats upp också stämmer. Men när det under hans färd uppenbarar sig ett stycke land som inte går att finna på kartan, då begrundar han det. Har han missuppfattat sin position på kartan? Eller är kartan bristfällig? Kan det rent av vara en hägring?"

Vide ritar ett kryss mitt på det som ska föreställa hav.

"Han ser en ö framför sig, men den finns inte utsatt på kartan. Om han nu är säker på att han är på rätt plats och ön inte är en hägring så återstår bara alternativet att kartan är bristfällig och behöver kompletteras."

"Kartritarna hade förbisett grundet som vi gick på med skeppet", säger Alejo med en frusen blick som långsamt tinar upp. "Men grundet ritades in på kartan för framtiden."

"Ja, det gjorde det. Det var en mycket olycklig händelse, Alejo. Framtidens resande på haven har ändå fått en helare bild, även om priset var högt."

"Vi gjorde åtminstone vad vi kunde", säger Alejo.

"Men oavsett hur väl kartorna stämmer så är det inte allt för en sjöfarare, eller hur?"

"Man måste ju också känna vindarna", svarar Alejo.

"Vindarna far sina egna vägar och ändrar sig från en stund till en annan. De låter sig inte fångas på en karta. Likväl behöver vi förhålla oss till dem när vi seglar, för oavsett kartan kommer vindarna att påverka våra vägval."

"Så du menar att det finns sanning som låter sig fångas på papper, men också sanning som måste erfaras på annat vis?"

"Jag är övertygad om att vi aldrig kommer att kunna förstå verkligheten på något annat sätt, Alejo. Det som kan fångas upplever vi att vi har kontroll över. Vi har en inneboende drivkraft att vilja mäta, tämja och att kontrollera. Det har utvecklat oss och gett oss stora framgångar i många sammanhang – även om vi alltid måste vara på vår vakt mot detta. Men vi har också en sida i oss som dras till det som ger variation, det oförutsägbara.

Jag tror att dessa behov av å ena sidan ordning och å andra sidan frihet helt enkelt återspeglar egenskaper i vår värld, såväl i stort som i smått. Det här gäller även den som vill uppnå något, om det så vore att skapa ett levande universum. Det räcker inte med att ha en plan, du måste kunna ge planen liv genom att låta de krafter som finns tillhands arbeta i planens riktning.

Det här gör mig övertygad om att vi behöver båda förhållningssätten för att vi ska kunna förstå helheten i vår tillvaro, men också för att kunna hantera den på rätt sätt."

Alejo hivar in en kvist i elden medan han försöker samla sina tankar.

"Vad är det vi behöver vara på vakt emot, Vide?"

"Vi behöver alltid vara vaksamma på om drivkraften att tämja och att kontrollera kan komma att leda oss in i en fångenskap. Vi måste fråga oss om det vi själva skapar – även om det sker under jublande bifall – kan ta makten över oss. För skulle det verkligen vara en pålitlig herre?"

Vide ser på Alejo en stund.

"Alejo, du söker svar där andra letar frågor. Du har kanske mer på hjärtat?"

"Jo, kanske", svarar Alejo och nickar eftertänksamt. "Det ser ut som om stjärnor börjat falla."

Han ser uppåt som om han väntar sig att just få syn på en ny ljusbåge över himlavalvet och får sällskap av Vides betänksamma blick.

"Himlens lyktor gör nog vad de är bestämda att göra oavsett vad som händer här nere", säger Vide.

"Men de äldre då, har de fel om att olycka skulle vara på väg? Finns det inget samband?"

"Det kanske det gör. Men det är förmodligen de själva som är sambandet i så fall. De har en instinkt och anar något. De vet bara inte vad. Därför blir de uppmärksamma på alla tecken, likt en hare som känner vittringen av något okänt."

"Så de behöver inte ha fel?" undrar Alejo.

"De väljer bara att förlita sig mer på vad de kan se än på vad de egentligen tror, tills det blir ett och samma för dem. Det måste ju inte vara fel. Men sitter alla på samma sten så delar de förmodligen samma utsikt."

De två delar vin och honungsdoppade rotfrukter som grillats över elden. De sitter tysta, vilande sina ögon på de flammande lågorna. Gnistor frigör sig och följer med den heta luften upp innan de falnar. Tystnaden ackompanjeras av eldens sprakande. Alejo känner att ögonblicket är det rätta för den fråga han länge velat ställa till den läromästare som han under hela sitt liv lyssnat till.

"Vide, varifrån får *du* alla svaren?"

Vide river sig lite förläget i skägget och håller blicken fäst mot lågorna.

"Det är sant att jag kan få svar på de frågor jag ställer, det kan vi alla. Men alla tankar som föds ur svaren är kanske inte färdiga. Jag kan ju ha lyssnat på fel sätt, eller så kan tankarna ha överröstats av ovidkommande brus. Men svar finns. Ibland kommer de bara inte när vi förväntat oss. De behöver komma i rätt ordning, så att vi är mogna för dem. Det kräver tålamod. Ett hus bygger man ju från grunden, sten för sten. Man börjar inte med taket. Men är grunden rätt så låter sig stenarna läggas på plats, rad för rad. Är grunden fel så kan du bygga hela livet, bara för att upptäcka att stora delar en dag kommer att rasa."

Alejo minns något.

"Min far gav mig en gång ett pussel. Det liknade mosaik, men det var tunna bitar av fint trä med mönster på. De hade skurits ut på så vis att först när alla lagts på sina rätta platser, så skapas en bild av ett ansikte. Vet man inte från början vad bilden kommer att föreställa så måste bitarna läggas i ordning, så att de hänger ihop och ger varandra ett sammanhang. Då växer bilden långsamt fram. Vissa bitar kan man tvinga samman utan att de egentligen hör ihop, men då blir helheten fel. Och om en bit saknas blir inte bilden hel."

Vide nickar och ler.

"Då talar vi om samma sak, Alejo. Vill vi få en meningsfull bild så behöver våra tankar ett sammanhang, en struktur att fästa dem på, men måste samtidigt få röra sig fritt. Vi leder dem så lätt in på våra upptrampade tankestigar, eller tvingar dem att passa in där de egentligen inte hör hemma. De måste få vara fria och samtidigt ha rätt riktning.

Tidlös sanning kan låta sig betraktas från flera håll, men ursprunget är ett och samma. Därför har de alltid en riktning."

Alejo försöker släppa sina tankar fria för att förstå vad Vide menar. Men Alejo upplever inte att de har någon särskild riktning, snarare tvärtom.

"Hur kan tankarna ha en riktning och samtidigt vara helt fria?"

"Du har svaret runt omkring dig, Alejo. Se hur trädens kronor växer, eller följ röken från elden så kommer du att förstå."

Alejo känner sig ovanligt klok när han faktiskt kan se hur röken virvlar fritt men ändå ständigt söker sig åt samma håll, uppåt. Han låter sig fångas av insikten under en lång stund innan tankarna dalar ner mot jorden igen, likt de avsvalnade askflagorna.

"Jag ser att du blickar uppåt, Alejo. Minns du hur vi navigerade ute på öppet hav under natten?"

"Vi höll blicken mot en fast, lysande punkt på himlen", svarar Alejo.

"Ja, detta ljus som vi begriper så lite av, men som ändå kan vägleda. Och på dagen valde vi en fast punkt vid horisonten. På öppet hav fanns sällan orsak att bekymra sig om hur det såg ut närmast omkring skeppet. Men när vi närmade oss land sänkte vi blicken närmare och närmare skeppets skrov, eller hur?"

Alejo minns.

"Vi lever även nu våra liv så att vi ibland behöver lyfta blicken och förhålla oss till det som finns bortom det mest uppenbara, sådant som övergår vårt förstånd", fortsätter Vide. "Bara ditt hjärta kan begripa sådant, det vill lyfta dig uppåt. Men vi behöver också förstånd för att navigera bland grund och skär. Det ser till att behålla din närvaro här vid jorden. Hjärtat drar dig uppåt, förståndet nedåt. Så precis som det i jorden fast förankrade pinjeträdet rakryggat strävar uppåt, har du som människa orsak att sträcka på dig!"

Alejo rätar omedvetet på ryggen och funderar på det Vide haft att säga.

"Så hur vet du när du är fullärd? Att du har fått alla svaren?"

"Fullärd?" Vide skrattar försiktigt och skakar på huvudet. Han pekar rakt fram med en glödande pinne som besökt elden. "Se på skeppet som seglar ute på havet, Alejo. Vem revar seglet bara för att vinden fyllt det?"

Vide fortsätter att röra i elden så att röken ovanför lyser upp av glödande prickar.

"Varför tror du egentligen att vi vill sitta och se in i lågorna i timtal, Alejo? Kanske för att eldens natur är rogivande och ändå gåtfull? Kan man äga elden? Om du tänder en fackla på brasans eld, är det en och samma eld eller två? Är elden ond eller god, eller kanske ingetdera? Och varför sitter vi på en klippa ovanför havet, skådande ut mot djupen och horisonten, tills solen gått ner? Eller under stjärnhimlen betraktande det ogripbara – som om vi väntade oss svar på livets stora gåtor?" Vide ställer sig upp och tar några steg ut mot dalen nedanför. "För att elementen *talar* till oss, Alejo. De vill säga oss något. Och det gör de, om vi utsätter oss för dem och låter dem samtala med våra tankar. Vi känner det, innerst inne, eller hur?"

Alejo känner efter medan Vide vandrar runt.

"Visheten finns invävd i skapelsen, Alejo. Men vi måste lära oss språket. Hur vi frågar, hur vi lyssnar. Ibland är det en vindfläkt som talar, ibland ett litet barn. Du kan låta dina tankar söka skydd undan ljuset och vinden, i ensamhet längst in i en grotta. Men då kommer de tankar du uttalar att eka oavbrutet om och om igen. De kommer att överrösta varje susning från den friska brisen utanför. Och skrattar du åt ett barns enfaldiga frågor skrattar du kanske åt dig själv.

Att lära sig lyssna är en långsam process. Men när du väl låter dig tilltalas så ger visheten dig vingar. Försöker du fånga och äga svaren som dina tankar samlar in kommer de emellertid att tynga ner dig tills du åter tar mark."

"Men mina tankar är väl ändå mina?"

Vide ser djupt in i Alejo.

"Ja, men ingen kan äga sanningen, lika lite som vi kan äga elden. Den är en gåva åt alla som vill bruka den på rätt sätt. Och skeppet äger inte vinden som seglet fångar upp – det lånar bara dess kraft." Vide vänder sig mot horisonten. "Har du någonsin ridit med en delfin i dess färd över havet?"

"Delfin?"

"Ja. Låtit den dra dig genom vattnet?"

Alejo minns mycket väl – och ler.

"Min far visade mig det och jag glömmer det aldrig."

Vide nickar.

"Då känner du till att det inte går fortare att samtidigt försöka simma med egna ansträngningar. Det bromsar dig i stället. Den som kan lära sig att följa med i delfinens flykt genom vågorna kan också lära sig att låta tankarna vara stilla när de ska lyssna in skapelsens röst. Och det är värt all tid i världen att vänta in dess budskap. För det är rösten från urtiden."

# XIII

## Den rubbade rännan


Det är tidig morgon och solen har ännu inte fyllt Gåvornas dal. Endast strimmor av västsidans sluttning vilar i solens sken. Luften är sval och lätt fuktig, luktar av jord och växtlighet. Maius binder sitt långa, karaktärslösa hår till en knut i nacken och hänger på sig sin ryggsäck medan han tar de första stegen på sin vandring. Han har bestämt sig för att inte välja den vanliga, västra vägen till Vattenmarken, vilken man följer genom att först korsa bron över Lyckans å och sedan vandra runt berget som innesluter Vattenmarken. I stället vill han vandra österut längs akvedukten genom ravinen, upp till det vattenfall varifrån man tappar vatten från ån som leder till Vizinha.

Han vänder blicken ut över dalen. Den västra sidan ser ut som den alltid har gjort. Nedre delen av lotterna är uppodlade. Somliga har odlat högre upp antingen för att de har fler munnar att mätta, eller för att man vill ha ett överflöd att köpslå med. Det syns också flera områden som nyligen odlats, men där man beslutat att avveckla eller ge upp. Den sida han själv går på är helt uppodlad och det är inte utan viss stolthet han konstaterar det. Utan hans initiativ hade den östra sidan sett ut som den västra. Insikten ger honom en ingivelse att välförtjänt plocka åt sig och avnjuta en solmogen, väldoftande tomat som växer i bekväm plockhöjd på grannens odlingslott. För säkerhets skull plockar han ytterligare ett par som han tar med sig på vandringen.

Maius begrundar det Vide berättat om Vattenmarken. Han finner ingen större orsak att betvivla Vides bedömning av situationen. Han betraktar honom visserligen som en kuf, men inte som någon som brukar fara med osanning. Däremot beskriver Vide saker på ett sätt som Maius har svårt att förstå sig på. Efter ett samtal med Vide hänger ofta en känsla kvar av att han missat något väsentligt. Maius vill ha raka besked, inte leka gissningslekar. Det är därför Maius vill börja med att själv ta reda på hur det egentligen står till med saker och ting innan Medicus expedition ger sig av om ett par dagar. Då kommer han att ha ett försprång.

Han känner emellertid ingen orsak att oroa sig för något i förväg. Det gör han sällan. Oro är, enligt Maius, bara värdefull om den leder till en handling som stävjar den. I annat fall bör den, precis som alla oönskade tankar, behandlas som en irriterande fluga – alltså avfärdas innan den hinner landa och får känna smak. Han känner sig däremot en aning kränkt över att inte ha fått förtroendet att leda expeditionen, även om Audite tyckt sig ha sina skäl.

Rådet vid den tiden då akvedukten byggdes hade godkänt planerna – med alla de förändringar man trodde det skulle innebära – och även byborna hade gjort det. Visserligen med lite övertalning, vilket kanske underlättades av att han var Rådets ledare, men beslutet hade tagits gemensamt. Och många av dalens invånare hade ju faktiskt fått det bättre sedan den byggts. Att vattnet i Vattenmarken skulle sina var ju inte vad någon hade räknat med. Ingen borde alltså kunna anklaga honom för vad som nu tycks ha hänt.

Efter att ha rentvått sig själv kan Maius fortsättningsvis fokusera på att bli först med att hitta en lösning som ska rädda dalen. Han ger sig ut på sin alldeles egna expedition med stor tillförsikt. Det är en viktig dag för honom, så han har förberett den väl och sovit ordentligt, sedan barnsben lärd att en dag alltid börjar dagen innan och slutar dagen efter. Därför hade han redan kvällen före vandringen fyllt proviant i den ryggsäck av läder och lärkträ som han en gång fått av sin mor.

Maius betraktar för en liten stund vattenfallet som bryter ut ur bergspasset och faller från hög höjd – kanske sextio man högt – och landar i Lyckans å. Han funderar på om det verkligen stämmer att flödet minskat, men kommer fram till att det inte går att dra några slutsatser utifrån den plats han befinner sig på och från en enstaka observation, varpå han klättrar in i den ravin där akvedukten är dragen.

Det är en svårframkomlig väg han valt genom den steniga och snåriga ravinen. Han fastnar ofta i de taggiga buskarna och noterar att taggarna sitter parvis, så att de ger dubbla rivsår varje gång han kommer för nära. Men han tänker att det hade kunnat vara ännu svårare om det inte varit för att någon annan nyligen verkade ha gått samma väg och gjort spår i buskaget. Hans ben och knän blir såriga men det tjänar inget till att gräma sig över vägvalet nu eftersom det skulle göra lika ont att vända tillbaka. Dessutom vill han följa den akvedukt han skapat.

Maius stryker med handen längs sidan av den konstgjorda vattenfåran ovan mark. Han känner fukten från vatten som läckt igenom det trä som så många varit med och fällt och fogat samman och undrar hur länge den kommer att få finnas kvar.

Medan han tar sig fram längs akvedukten reflekterar han några ögonblick över om det kan ligga något i vad byborna alltid trott, nämligen att vattnet som passerat genom Vattenmarken skulle vara mer hälsosamt än annat vatten – alltså även det som tappats av till akvedukten. Att han låtit Mediana framhäva just detta påstående för att minska västbornas missunnsamhet kan han hur som helst inte se som något direkt orätt.

*Det var ju bara deras egna åsikter hon återspeglat, eller möjligen förstärkt något,* tänker han. *Och om vattnet i akvedukten rent av vore ohälsosamt på något sätt så skulle väl rimligtvis fler ha sämre hälsa på östsidan nu än innan akvedukten byggdes? Det är i så fall Medicus sak att bedöma. Men att ha mat så det räcker och till och med blir över kan ju knappast kunna betraktas som någon hälsobrist!*

Maius når fram till vattenfallet där akvedukten hämtar sitt vatten. Det är långt ifrån så högt som dess syster, som obekymrat vräker sig ut från Vattenmarken, men det är likväl livfullt. Anordningen som fångar upp vatten är en uppsamlingsränna som från sidan kan skjutas längre in i fallet, eller dras tillbaka, för att reglera mängden som ska tappas av. Maius tar sig tvärs över ån där den är som grundast och undviker att bli alltför våt om fötterna genom att kliva på några stora stenar.

Det är när Maius kontrollerar att uppsamlingsrännan är i rätt läge han får sin första överraskning. Rännan har flyttats från sin markering. Den samlar upp mer än vad man kommit överens om med Vizinha. Byrådet i Vizinha har angett hur mycket som får tappas av och det har hittills inte orsakat några konflikter eftersom ån till Vizinha tillförts lika mycket vatten uppströms som avtappats till östra dalsidan via uppsamlingsrännan. Tillförseln sker med hjälp av en mekanisk vattendelare strax före Vattenmarken, där ån delar sig.

Maius lyfter tillbaka rännan i sitt ursprungliga läge. Det finns spår efter att den justerats vid flera tillfällen och det senaste ser ut att ha skett nyligen. Han funderar en stund på vem som kan ligga bakom detta och blir nyfiken på om även vattendelaren uppströms är justerad för att kompensera den ökade avtappningen här.

Maius fortsätter vandringen mot Vattenmarken. Han tänker klättra upp till samma utsiktspunkt som Vide tidigare besökt. Därifrån, högt ovanför Vattenmarken, kan han få en god överblick och fundera på sina vidare beslut. Men redan nu vet han att han också vill ta sig in i bergspasset för att på nära håll bilda sig en uppfattning om läget i Vattenmarken.

Han kommer fram till en gammal hängbro alldeles där ån delar sig av en bergsfot i sitt lopp nedströms. Den ena grenen leder in i Vattenmarken, den andra grenen är den han just följt uppströms. Det är en ren chansning från Maius sida att bron fortfarande bär. Men skulle han falla i så kan han alltid flyta in i bergspasset till Vattenmarken och dit vill han ju ändå så småningom. Han kommer i så fall dit bara lite fortare och våtare än planerat.

När han står och ska ta steget ut på bron inser han emellertid att det är barnet inom honom som håller på att ta över. När han växte upp sprang han ofta här uppe i bergen och under varma dagar hängde han sig ibland under bron och släppte taget med ett tjut för att ta sig ett dopp. Då han blev lite modigare hoppade han från räcket på den vingliga bron.

Han minns första gången han flöt med ån in i Vattenmarken. Det var en överväldigande känsla. Därinne skiftade allt karaktär, en helt ny värld bredde ut sig. Det var mycket varmt, det ekade av ljud från syrsor, fåglar och grodor. De säregna Vishetens träd växte utspridda med fötterna i det kristallklara vattnet. Det var så grunt att det inte gick att simma, men sanden under vattnet var så lös att den inte bar en människa. Enda sättet att ta sig fram var att röra sig kvickt mellan de lite styvare vasstuvorna. Han lärde sig snart att se vilka som skulle hålla att kliva på och vilka som skulle ge vika. Vid andra besöket hade han bestämt sig för att smaka på en frukt från Vishetens träd. Smaken var lika säregen som trädet självt och han spottade genast ut den utan ta reda på om den verkligen skulle göra honom visare, vilket han hade fått för sig.

Maius tar första steget ut på hängbron. Det gungar till när ett av de bärande repen tänjs ut och delvis brister med ett knakande. Fågelsången som ekat mellan bergen tystnar för ett ögonblick. Han tar ett grepp om repet och känner efter att det som fortfarande håller ihop också är i tillräckligt bra skick. Sedan studerar han även ribborna noggrant. Vissa kommer att hålla att gå på, men kanske inte alla. Trampar han fel så kommer han att falla igenom. Han är inte längre lika säker på att det var en god idé att gå denna väg. Han följer ån med blicken ner mot bergspasset.

Det är då han ser det. Vide hade rätt. Sjön finns inte längre.

Utanför bergspasset svällde tidigare en grund sjö ut som var synlig från hängbron. Nu återstår endast ån och utspridda ansamlingar av växter som normalt växer bland klipporna.

*Vatten kommer, vatten går,* tänker Maius och bestämmer sig för att avvakta med slutsatserna innan han sett helheten. Han kommer samtidigt fram till att det vore tämligen meningslöst att ramla ner i ån eftersom det ändå inte skulle hjälpa honom att komma dit han vill eftersom den är för grund. I stället väljer han att koncentrera sig på att undvika fällorna på hängbron. Fåglarna sjunger igen, men dem ägnar han för tillfället inte någon uppmärksamhet. Han tar ett nytt steg och sedan ett till, tills han avverkat hela bron.

På andra sidan ån blickar Maius lättad tillbaka över den besegrade fallfällan och möter solens strålar ovanför bergskammen. Samtidigt fattar han beslutet att skicka någon att reparera bron när han kommer tillbaka till byn.

Ryggen på Maius är svettig. Han tar några klunkar vatten ur sitt krus och passar på att fylla på det vid åkanten. Från denna sida kan han komma åt vattendelaren som justerar flödet mellan åns två grenar. Vattendelaren är en enkel men robust konstruktion, även den en av Maius skapelser. Den består av en snedställd förlängning av bergsfoten, som kan lyftas eller sänkas med en hävstång och låsas i olika pinnhål så att mer eller mindre vatten blockeras från att rinna i in i fåran mot Vattenmarken och i stället ledas mot Vizinha. Pinnhålen är tydligt markerade och det råder ingen som helst tvekan om att någon även här har ändrat mekanismens förutbestämda läge. Det finns tydliga märken efter att den befunnit sig i andra positioner som tidigare tillåtit mer vatten in till Vattenmarken.

Maius är inte överdrivet upprörd över de observationer han gjort. Dels är han nöjd med att de konstruktioner han låtit uppföra faktiskt fungerar så sinnrikt som de gör, dels känner han att ansvaret mer och mer lyfts av honom själv för varje observation han gör.

*Upphovsmannen kan knappast ställas till svars för hur hans verk har brukats – åtminstone om han haft ett gott syfte,* tänker han.

Den som har gjort justeringarna tycks ha förstått att kompensera flödet så att det inte ska märkas i Vizinha. Däremot har det givetvis påskyndat uttorkningen av Vattenmarken. Hur illa ställt det är där tänker han snart bilda sig en uppfattning om.

Han återställer vattendelaren till det förutbestämda läget och är sedan redo för klättringen mot utsiktsplatsen. Han betraktar alla avsatser som naturen format längs berget och som också gör det möjligt att, om än med viss möda, klättra upp mot toppen. När han vänder sig om och ser åt samma håll han nyss kom från lägger han också märke till Ödesstenen. Den balanserar på kanten av en av de många avsatserna, men har legat på det viset i hundratals år. Ingenting tyder på att den skulle vilja något annat just idag.

# XIV

## Ödesstenen

Legenden berättar att den förste man som kom till dalen vandrade över berget österifrån och tog sig ner för dess avsatser, då berget helt överraskade började ryta och skaka. Flera klippblock lossnade från berget och föll ner runt honom. Ett av de större verkade att komma rakt emot den plats där han stod. Det fanns ingen möjlighet att fly undan det tumlande blocket och fullständigt handlingsförlamad väntade han in sin död, då det landade på avsatsen ovanför honom. Det fortsatte att rulla långsamt på avsatsen men just som det skulle välta ner på mannen så stannade det. Det visade sig att en liten sten på avsatsens yttersta kant hade fått stopp på det rullande blocket och det har blivit vilande och balanserande på denna sten sedan dess.

Mannen tog detta som ett tecken på att berget beskyddade honom och han valde att slå sig ner i dalen nedanför. Han var den första bosättaren och klippblocket vilar fortfarande på avsatsen som en påminnelse om den dramatiska ankomsten.

Somliga menar att stenen ska ses som ett tecken på att dalens invånare står under ett överjordiskt beskydd, vilket skulle styrkas av att man levt gott i dalen under lång tid. När tiderna sett sämre ut har vissa i stället menat raka motsatsen, nämligen att berget inte vill ha någon i närheten – vare sig då eller nu – och att det bara var ren tur för mannen att stenen stannade som den gjorde.

Sedan finns även de som varken tror det ena eller det andra, utan bara har noterat att det ligger en sten uppe i bergen som ser ut att kunna trilla över kanten när som helst, men vad rör det dem? Maius är en av dem.

# XV

## Maius tankar

Maius når bergstoppen ovanför Vattenmarkens västra sida under tidig eftermiddag. Det finns inga enkla vägar till denna utsiktsplats och Maius känner en viss beundran för den gamle Vides bedrift för en tid sedan.

Maius tar av sig ryggsäcken och känner dess tyngd då han väger den i handen. Han slås av insikten att en och samma börda kan bäras på mer eller mindre ansträngande vis. Och att bära ryggsäcken rätt gör bördan inte bara lättare att bära – den ger också större frihet. Han lättar den ytterligare genom att sätta sig ner och inta en välförtjänt måltid. 'En börda kommer förr eller senare till nytta' hade hans mor sagt honom, och han ser ingen orsak att invända mot hennes ord.

Då han släpper sina sinnen fria märker han att de ansträngningar som längre ner på berget fick honom att svettas ymnigt nu i stället åstadkommer en avkylande effekt, vilket han väljer att se som en belöning. Ett belåtet leende vilar över ansiktet medan han sveper med blicken från norr till söder. Det syns tydligt hur hela den östra sidan av dalen verkligen grönskar, tack vare vattnet han sett till att leda dit. Maius konstaterar att många bybor definitivt har fått ett behagligare liv och att hela idén med akvedukten onekligen var genialisk. Tanken var visserligen inspirerad av liknande konstruktioner Maius sett på sina resor, men även en lånad tanke kan uppenbarligen bli värdefull i rätta händer.

Man kan inte se ända till Vizinha, men man kan ana förgreningen från den gemensamma ån som rinner ner till grannbyn. Maius funderar på vad man skulle säga i Vizinha om att dela med sig en större andel av sitt vatten. Enligt hans mening har de också orsak att vara tacksamma eftersom de fått större avkastning av sina varor och större utbud genom utbytet med Casavale.

*Kanske är det möjligt att köpslå med dem om det skulle behövas?* tänker han.

Han spanar mot en bergskam mellan Casavale och Vizinha. Någonstans längs kammen ska det finnas en plats med utsikt över båda byarna. Tanken tilltalar Maius och han skulle vilja leta upp platsen och göra den till sin, som en form av bekräftelse på den position han skaffat sig.

Men nu vill han se Vattenmarken. Han får emellertid tänja sig innan han kan se det han letar efter långt nedanför honom. Han måste nu medge att Vide hade rätt. Vattenmarken ser livlös ut och det ser helt klart ut att hänga ihop med vattenbrist. Men några träd längs ån verkar fortfarande ha lite liv.

*Det är kanske ändå möjligt att rädda träden, om det nu ska prioriteras,* tänker Maius. *Frågan är bara varifrån allt vattnet ska tas?*

Maius misstänker att det kanske inte ser bra ut om akvedukten skulle stängas helt. Det skulle kunna få människorna att tro att han gjort ett misstag. Det bästa vore i stället att behålla såväl akvedukten som Vattenmarken, vilket kräver vatten någon annanstans ifrån.

Maius försöker bedöma hur mycket vatten de egentligen behöver i Vizinha. Han återskapar en bild av byn och hur de byggt upp den. De har själva en form av bevattningskanaler – det var bland annat därifrån Maius fick inspiration till en akvedukt.

Han spejar ner i dalen och urskiljer människor som sliter ute på sina odlingar.

*Alla har fullt upp med att skörda. För vad då? Att få leva ytterligare en dag med arbete i odlingarna?*

Maius börjar känna en smula förakt för människorna i dalen.

*Är de inte lite primitiva? Vill de inget högre med sina liv än att bara födas, äta, leva och dö i den här dalen? Kanske förtjänar de rent av den här situationen?*

Särskilt förakt känner han inför västborna som inte varit kloka nog att ens försöka byta till sig mark på östsidan.

*Att nöja sig med att se ner i marken när man passerar under ett dignande fruktträd – det kan ju inte vara annat än dumhet. Men är de egentligen bättre i Vizinha ...?*

Maius frågar sig hur väl han faktiskt känner Vizinhaborna och om hans relationer med människorna där är tillräckligt goda för att få dem att dela med sig av sitt vatten.

*I Vizinha är man noga med stadgar och avtal. Överenskommet är överenskommet. Det är bra, för löften ska ju hållas. Men situationen är inte så enkel. De har aldrig lovat att hjälpa Casavale och nu är vi i behov av deras hjälp. Vad har de att vinna på att göra oss en tjänst? Kan de kräva något av oss framöver?*

Maius försöker tänka ut hur de skulle reagera.

*Om de ens kan avvara vatten så vill de förmodligen ha något i utbyte. Kanske en gåva? De måste få känna sig rättvist behandlade.*

Han ser ut över dalen igen, ser att östborna naturligtvis drar störst nytta av akvedukten och har bäst resurser för att erbjuda Vizinha ett byte.

*Östborna har helt enkelt belönats för det hårda arbete de lagt ned, men alla i dalen har ju fått mer att välja på när de dukar sina bord. Alltså borde hela byn dela bördan. Att förutsättningarna inte fanns för en akvedukt på västra sidan har knappast med saken att göra. De i Casavale som inte har grödor i överflöd att skänka skulle ju i stället kunna erbjuda sin tid. Bördsdagar.*

Maius känner att det finns en rättvisa i dessa tankar, en logik. Casavales invånare har länge dragit nytta av det nya vattnet och nu får de betala ett pris om de vill återfå Vattenmarken levande. Ändå anar Maius att utbytet kan stöta på motstånd i Casavale. Men det går hur som helst inte att fatta ett beslut här och nu och dessutom är det inte han som ska göra det, utan Rådet.

Vinden har svalkat honom tillräckligt och han vill gå ner från berget igen. Det är Vattenmarken som står på tur.

*En gåva till Vizinha,* fortsätter Maius att fundera. *Vad har vi egentligen att erbjuda mer än grödor och bördsdagar?*

Han har ingen aning om att svaret på frågan sånär ska komma att kosta honom hans liv inom kort.

# XVI

## Liksom elden vill ha värme

Ansioso lägger två druvklasar i korgen. Hon sträcker på ryggen och stryker med ärmen över den svettiga pannan. Amare står intill med en skördekniv i handen och granskar en vinranka noggrant.

"Det är gott att du är omsorgsfull när du väljer, Amare. Sådant har man igen, senare."

"Det är far som lärt mig."

"Jo, somligt har han gjort väl."

Amare ser upp på Ansioso och ler.

"Och han valde ju dig. Det var ett omsorgsfullt val."

Ansioso har svårt att hantera komplimangen och skakar lätt på huvudet.

"Varför tror du att det var han som valde?"

"Var det inte han då? Vem annars? Var det du som valde honom?"

"Skulle det förvåna dig?"

Amare fortsätter studera druvorna.

"Nej, jag menade inte så. Ni valde väl varandra, antar jag?"

"Eller så var det kanske kärleken som ville välja oss."

Amare ser länge på Ansioso, som sträcker sig efter de rödlila klasarna.

"Älskade ni varandra, på riktigt?"

"Det var nog egentligen aldrig mer än … förälskelse, tror jag. Du förstår — din far är en borg. Jag sökte trygghet innanför hans murar. Och den som stannar innanför murarna skyddar han också mot allt som hotar utanför, det gör han."

”Men den som inte vill hållas stängd innanför murarna släpper han inte in igen, är det inte så?”

Ansioso vill helst mota undan den knivsegg hon tycker sig ana i Amares röst.

”Porten är murens svaga del och det vet han om”, säger Ansioso. ”Därför öppnar han den sällan, vare sig för någon som vill in eller ut.”

Amare ser sin mors oförvitliga ansträngning att skydda Iratus och vill inte pressa henne.

”Men porten finns där”, säger hon. ”Och någon har kanske en nyckel …”

”Tror du?” frågar Ansioso och ser på sin dotter. ”Men på vems lott faller det att vrida om den i låset i så fall?”

”Du lyckades ju i alla fall en gång, eller hur? Och han öppnade porten. Är det inte kärlek?”

Ansioso ler försiktigt åt Amares ord.

”Förälskelse öppnade porten.”

”Så vad är det för skillnad mellan förälskelse och kärlek, menar du?”

Ansioso stannar upp ett kort ögonblick och möter Amares blick. Hon tror sig veta vad hon önskar för sin dotters del, för henne och Alejo. Hon skulle gärna uppmuntra dem om det inte vore för Iratus. Hon vågar inte erkänna det, men det känns på något vis rätt för henne att åtminstone dela sina tankar om sitt eget liv. Kanske kan de vägleda.

”Vad är det för skillnad mellan en gnista och en eld?” frågar hon tillbaka och återupptar skördandet. ”Gnistan sprakar till och sedan är det över”, svarar hon sig själv. ”Om den inte lyckas tända elden, vill säga. Och om elden tänds, då måste den hållas levande. I ett kärleksförhållande går det inte heller att slå sig till ro om man vill att det ska fortsätta leva.

Förälskelse är en känsla som kan blossa upp – den råder man inte över, men kärlek är ett beslut att fortsätta älska. Till det behövs värme. Kärlek behöver värme för att vilja bli kvar och elden vill ju ha värme för att överleva. Och lika väl som elden vill ha näring så behöver också kärleken matas”, säger Ansioso som stannar upp igen och ser bort, ner i korgen. ”Men man får heller inte glömma att ge varandra luft, för … För att älska någon, det är motsatsen till att äga. Det är att vilja och att våga släppa den andre fri.”

Amare ser hur en av druvorna i Ansiosos korg blir blank. Hon omfamnar sin mor och bestämmer sig för att fortsätta välja sina druvor med omsorg.

# XVII

## Frukten som gäckar döden

Trots att sjön vid inloppet närapå torkat ut går det inte så mycket lättare att ta sig in i Vattenmarken den vägen. Av den fem man breda ån återstår bara en knappt två man bred fåra som löper genom inloppet och sedan slingrar sig genom Vattenmarken. Där dräneras marken på inlagrat vatten och fyller långsamt på ån, som flyter vidare till utloppet, där vattenfallet väntar. Sanden är uttorkad och sprickor har bildat mönster så att marken liknar mosaik. Men Maius tvingas inse att sanden är förrädisk efter att ha provat bärigheten. Var som helst kan den ge med sig.

*Den här sanden ska inte få smaka mitt kött,* tänker Maius.

Maius väljer att ta sig in i Vattenmarken över bergen. Väl där får han bruk av tekniken han tillämpade som barn och som tog honom framåt på tuvor och nu tar han dessutom hjälp av en lång gren för att hålla balansen. Gångtekniken fungerar fortfarande, även om tuvorna är vissna och spröda och får bära mer vikt än senast. Maius har levt gott tack vare sin framåtsträvan, och någon i hans bekantskapskrets har vänskapligt antytt att delar av hans kroppshydda också börjat sträva framåt. Han är trots detta mestadels i rörelse och van vid att ta sig fram även där ingen annan tänkt sig att gå. Och till skillnad från när han var här som barn så är inte rötterna till Vishetens träd längre hala, då de nu legat blottade under solen en tid. Därför kan han här och var ta sig fram även på dem.

Det är till och med varmare än Maius vill minnas och han registrerar att det finns fler skillnader jämfört med när han varit här tidigare. Förutom att vattnet drunknat i den glupska sanden så är de flesta av Vishetens träd livlösa. Det har däremot börjat växa upp andra växter här som tycks vara mindre känsliga för brist på vatten. Vissa av Vishetens träd bär frukter, men flera av dessa ser ut att vara i dålig form. Maius bestämmer sig för att klättra upp i ett av träden för att ge sig själv en bättre utsikt över Vattenmarken. Han väljer ett som tycks ha lite liv kvar i sig för att inte riskera att någon av grenarna går av när han klättrar upp i det.

De första stegen upp för den knöliga stammen går bra och han är nära att få tag i en kraftig gren. Men just då händer något. Fuktiga sandaler och händer, och en kropp som inte längre är så stark och smidig den en gång varit. Maius rasar ner längs stammen. Han hinner tänka tanken att han bör akta sig för knölarna på stammen, men trots att fallet verkar ta en evighet så kan han inte göra något åt det, bara konstatera att han river upp sig på knölarna. Benen, magen, armarna – han känner när varje sår öppnas upp.

När han slutligen ligger still på en kraftig rot kommer den närmast outhärdliga smärtan. Han försöker stänga ute den. Maius är bekant med tekniken att fokusera sina tankar på något utanför sig själv och det är då han märker det. Det saknas något mer här inne.

Ljud av liv.

Det hörs visserligen ett svagt brusande från vattenfallet i utloppet av Vattenmarken, men inget annat. Djuren är borta. Även om det var länge sedan så minns han att det ekande ljudet av fågelsång, kväkande grodor och spelande syrsor. Men nu är det mycket glest mellan dessa ljud. För första gången upplever Maius ett direkt obehag. Död tilltalar honom inte. Maius känner ett starkt behov av att motverka känslan av dödens närvaro.

Smärta.

Den går inte längre att bortse från. Men när han skriker är det främst av besvikelse och frustration. Sedan kommer nästa insikt.

Tiden.

Han läcker liv. Såren måste ses över. Han reser sig långsamt till sittande och lutar sig mot en del av stammen som är någorlunda slät. Högra sidan strax ovanför höften tycks vara värst drabbad. En lång, djup och glipande reva läcker blod som redan hunnit bilda röda virvlande strimmor i en vattenpöl nedanför hans kropp. Han går i huvudet igenom vad han tog med sig på vandringen och som skulle kunna förbättra hans möjligheter att ta sig levande ur Vattenmarken. I sin ryggsäck hade han lagt ned fem solmogna tomater, några brödstycken, ost, skinka och ett krus vin. Kvar finns två tomater, lite bröd och hälften av vinet. Han sköljer ur de djupaste såren med nästan allt det vin som finns kvar och smärtan får honom att stöna högt. Men han inser att åtgärden inte är tillräcklig. Blodflödet måste stoppas från det allra djupaste såret och han river av ett linnestycke och binder om det hårt.

Maius sluter ögonen för ett ögonblick och försöker ta in några avlägsna tankar. En kort stund hinner han tänka att han kanske i själva verket lämnat livet bakom sig. Men han har svårt att tro att såväl smärta som tankar skulle återstå efter livet.

När Maius var liten lyssnade han gärna på de äldre som berättade historier. En del var sanna, andra rena påhitt, men vissa kunde man inte vara riktigt säker på. Det var länge sedan han haft tid att fundera på dessa berättelser, men när han nu börjar hala fram dem ur glömskans förgård så drar varje minne med sig ett annat.

Under sedan länge svunna tider har frukterna från Vishetens träd i nödfall brukats till mediciner och när det rått torka i dalen även till föda. Därför har dessa träd i alla tider betraktats med vördnad och man har helst låtit dem vara i fred. Och medan fåglar kunnat nyttja dem med lätthet har platsen varit alltför otillgänglig för människor.

Men nu är han här, fåglarna är borta och det är ett nödfall. Han är redo att pröva det han annars inte skulle tro på. Då han ser sig omkring måste han ställa sig frågan hur det skulle gå till att få tag på färsk frukt bland döda träd. Konsekvenserna av akveduktbygget framstår nu på ett obehagligt konkret vis.

Han spanar upp mot trädkronan och lyckas faktiskt få syn på en frukt som hänger ovanför honom. Helt dött är det ändå inte här och modet stärks något. I denna anda greppar han vinkrusets hals, tömmer den sista klunken i strupen och måttar noggrant in ett kast. Det vore olyckligt att missa frukten.

När han känner sig säker på att träffa flyger flaskan iväg, uppåt, i en långsamt roterande bana. Kruset träffar grenen som frukten hänger från och faller ner igen, rakt på en sten. Bergsklyftan fylls av ett klirrande ljud. Frukten hänger kvar.

*Nej!*

Möjligen var det under trädets värdighet att släppa ifrån sig en av sina dyrbara frukter på ett så brutalt vis. Men två motgångar på kort tid var definitivt under Maius egen värdighet. Han släpar sig upp och beslutar sig för att få tag på den frukt som skulle kunna ge honom ett fastare hopp. Smärtan har nu inte med saken att göra.

Han letar upp ett långt, tunt och segt rotskott som han sågar av med hjälp av en vass skärva från det krossade vinkruset. Sedan slår han rotskottet runt trädstammen och virar ändarna kring handlederna. På så sätt säkrar han sig på väg upp för stammen och lyckas triumferande nå fram till frukten i trädkronan. Han har besegrat Vishetens träd, även om det hade ett pris i form av smärta och svullna handleder. Men alternativet hade ju varit sämre.

Han lyckas få fatt i frukten med en rörelse som både smärtar och pressar mer blod ur det djupa såret, men han har fått en trofé i sin hand. Efter att ha kämpat sig ner till marken igen använder han åter den vassa skärvan för att ta sig in i frukten. Maius tänker i förbigående att det faktiskt är ett krossat och till synes värdelöst krus som nu varit till ovärderlig hjälp.

Maius upplever en yrsel och en matthet som han tror kommer sig av att så mycket blod lämnat hans kropp. En fysisk känsla av att vilja ge upp varvas med en ren överlevnadsinstinkt. Han skalar hastigt av det sega skalet för att komma åt de mjukare delarna. Det är den innersta mörkröda fruktsaften som skulle ha en läkande kraft på sår, enligt vad som berättats. Han kramar några droppar över såret, binder om med linnetyget och knyter med en splitsad rot.

Maius bestämmer sig för att även äta av frukten. Han åt av den när han var här som ung, men kan inte riktigt återkalla minnet av smaken. Han minns bara att den var annorlunda mot allt han tidigare känt. Medan Maius karvar ur fruktkött hinner han reflektera över hur livet gestaltat sig sedan han förra gången åt av den. Under några korta ögonblick hinner han uppfatta samband mellan de val han gjort i livet och orsaken till att han sitter just här.

När han först tar en tugga av frukten sker något oväntat, men som ändå upplevs naturligt och självklart. Liv sköljer genom hans kropp. Han har aldrig känt något liknande och det gör honom djupt förundrad. Han har stundtals kunnat känna ett rus vid tillfällen då han haft starka positiva upplevelser, men nu har även ett djupt lugn kommit över honom och det är en himmelsvid skillnad. Inom honom strömmar tydliga bilder fram från den tid hans hustru fortfarande var i livet. När han tidigare tänkt på henne hade det smärtat och han hade alltid tvingats hindra sig själv från att tänka vidare på henne. Varje gång brukade nämligen en bitterhet smyga sig in i hans sinnen, likt en brandrök som långsamt sveper in och kväver sitt offer. Men nu känner han ingen bitterhet, ingen oro. Som om allt är nära att få en förklaring.

Känslan skapar en irrationell förhoppning hos Maius om att fruktsaften kan ha läkt hans sår, så han lindar försiktigt upp linnetyget för att se efter.

Såret är läkt.

Det syns bara en tunn, rödaktig linje där det nyss gapat ett stort öppet, pulserande sår. Maius försöker dra isär såret för att se om det faktiskt läkt på riktigt. Det har det.

Tanken svindlar när det börjar gå upp för honom vad detta betyder. De gamla berättelserna verkar stämma. Frukten från Vishetens träd läker sår!

*Vem vet vad mer den kan bota? Är det här en möjlighet?*

Maius vill inte förhasta sig. Ska han tro på något vill han inte att det är baserat på tillfälligheter. Han tänker prova på något av de mindre såren och finner därför en viss tillfredsställelse då han hittar ytterligare ett blödande sår. Maius kramar ur fruktens droppar över såret och väntar denna gång in vad som händer. Mitt framför ögonen sker något ofattbart. Blodet stelnar och såret läker långsamt ihop, som om fruktsaften blev en del av kroppen. Han fortsätter tills alla sår är läkta.

Maius tvingas erkänna att dropparna verkligen läker. Fruktköttet han åt gav honom en känsla av att något läkte och det kändes bra, men att dropparna kan laga ett öppet, blödande sår är något ytterst påtagligt och odiskutabelt.

När nu utsikterna för att kunna ta sig tillbaka till dalen ser betydligt bättre ut än för en liten stund sedan hittar Maius tillbaka in i sina invanda tankebanor. Om han själv haft stor nytta av frukten från Vishetens träd så kan säkert andra ha det också. Kroppslig läkedom finns det många som skulle kunna betala ett högt pris för. Men det finns ett problem. Vishetens träd återstår snart bara i de gamla sägnerna.

Det ligger emellertid inte i Maius natur att fastna i problem. Liksom han tar sig fram på Vattenmarkens tuvor, tar han även vara på de små möjligheterna som han finner i livet. Ibland innebär det omvägar, ibland måste han rent av ta steg tillbaka, men det är trots allt bättre än alternativen. För Maius existerar inte ens alternativen. Rädslor han en gång kanske hade för att trampa fel har han lyckats förtränga. Han har därför aldrig frågat sig hur djup kvicksanden är utanför tuvan.

Vishetens träd har, så vitt man känner till, gett frukt först när det uppnått en aktningsvärd ålder och mognad. Därför är det av största vikt att träden snarast får liv igen. Maius är klar över vad han vill göra.

Utanför Vattenmarken stannar Maius upp och tänker. Han har under alla sina år följt ett mycket basalt och självklart mantra som han nu upprepar för sig själv:

*Bestäm först vad som ska göras, gör sedan vad som bestämts.*

Och en plan har redan börjat ta form. Han är den som kan tämja Vishetens träd. Han kommer att bli kung över Vattenmarken – till att börja med. Och han har förtjänat det. Till och med blod har spillts och då är det på allvar.


Maius är mycket nöjd med att ha föregripit den av Rådet utsedda gruppen som kommer att studera förutsättningarna. Han vet nu själv vad som ska göras och inte minst vad andra inte bör få reda på.

# XVIII

## Nyckeln till de inre rummen

Alejo hjälper i hemlighet till med att skörda druvorna åt Iratus och hans familj. Han och Amare håller sig i en del av odlingen som inte är synlig från huset, där Iratus ligger och vilar. En frisk vind kommer som en hälsning från havet och får Amares böljande hår att fladdra. På ett öppet fält en bit bort syns Curioso och en pojke springa omkring och leka med var sin färgglad drake.

"Vi får inte låta min far ta ifrån oss det vi har och det vi är tillsammans", säger Amare.

Alejo rätar på sig och smakar en av druvorna.

"Se på dem", säger han och nickar mot barnen. "Drakarna lyfter högre när de springer mot vinden. De behöver bara hålla emot på rätt sätt så att drakarna varken flyger iväg från dem eller faller ner till marken."

"Är vi också drakar, menar du?" frågar Amare och följer skrattande barnens lek.

"Vi måste i alla fall tro att vi kan flyga", svarar Alejo. "Våra möjligheter är ju ofta större än vår tro på dem."

Alejo låter sig omslutas och uppfyllas av den blick Amare ger honom.

"Dina ögon är det vackraste jag upplevt, Amare. Din blick – hur kan den vara så annorlunda från din fars?" Alejo blundar och skakar på huvudet när han inser att han just nämnt dem båda i samma mening och Amare lägger sitt huvud på sned med ett milt leende. "En människas blick …", fortsätter han. "Det är en nyckel. Den kan öppna eller stänga dörrar till rummen i ditt inre."

"Kan den öppna dörrar till alla rum?" frågar Amare och ställer sig så nära Alejo att deras ansikten nästan möts.

"Det finns dörrar inom oss som jag inte tror är avsedda för någon annan människa, Amare."

"Ja …", säger Amare efter att ha försökt läsa hans tankar. Hon ger honom en kort kyss innan hon backar undan. "Det har vi väl alla?"

I samma ögonblick får Alejo syn på hur Curioso ställt sig på samma sätt som Amare och ger pojken en kyss. När barnen förstår att deras härmningslek blivit upptäckt kommer både skrik och skratt från dem, men när de springer iväg trasslar deras drakar in sig i varandra och faller till marken.

"Ja, det har vi", säger Alejo. "Och jag tror det kan vara bra att hålla de rummen för sig själv."


De fortsätter plocka under rofylld tystnad, men när Iratus hörs ropa på Ansioso inifrån huset drar de sig ytterligare längre bort ur synhåll. Några molnslöjor börjar driva in framför solen och vinden känns genast svalare än nyss.

"Hej!" hörs en flickröst fnissa mellan vinstockarna.

"Hej, lilla frö", hälsar Alejo efter att ha hämtat sig från överraskningen. "Vilka fina drakar ni flyger."

"Tack! Vi har målat dem själva!" säger flickan och ler stort. "Vad gör ni?"

"Vi skördar druvor, Curioso. Vill du ha?" frågar Amare och ger henne en klase med mörklila druvor.

Curioso ser på Amare och Alejo och fnittrar medan hon äter en av druvorna.

"Tack!" säger hon och håller upp en druva så att solen lyser igenom den. "Vad fina de är!"

"Ja, visst är de?" Amare håller också upp en druva. "De flesta ser dem bara som något som ska krossas, för då kan man få vin av dem."

"Man kan väl tycka att de är fina ändå?"

Amare ler.

"Curioso, du ser den lilla druvan mitt i allt det stora. Men du ser även det stora i något så litet. Tänk om fler ville det!"

"Ja", säger Alejo. "Ser man inte skönheten i skapelsen så är den bara förklädd. Eller så har man inte riktigt vaknat ännu."

Curioso fnissar.

"Fast jag har sett druvor som inte varit lika vackra som dessa. De här verkar så glada. Någonting har ni väl gjort med dem så att de bli glada och inte ledsna?"

Amare ler.

"Kanske det. Kom!"

Amare sätter sig ner på huk och tar upp lite jord i handen.

"Vi kan inte veta i förväg vad som kommer att bli av ett frö. Vi kan bara försöka ge det så goda förutsättningar som möjligt. Innan vi ens satt ett frö eller planta så har vi förberett för den. Om jorden den hamnar i är god så kommer den att bli glad." Amare reser sig igen och tar tag i en gren. "När den sedan växer upp hjälper vi den att få en form som är bra. Varje gren ska inte bära för mycket, för då skymmer druvorna varandra för solen, så vi låter vinrankan få lite fler grenar att sprida dem på. Vildvin vill få så många druvor som möjligt, men vi vill få så goda druvor som möjligt. Och vi försöker ge växterna det utrymme och den näring de behöver. En blandning av förstånd och kärlek gör dem glada, helt enkelt", säger Amare.

Curioso verkar nöjd med svaret.

"Vide skulle nog säga att du är en god trädgårdsmästare!" säger hon.

Amare ler och klappar Curioso på kinden.

Iratus ropar igen. Han fryser tydligen.

"Vad är det med Iratus? Är han sjuk?" frågar Curioso.

"I kyla blir man stel och sårbar. I värme läker skador bättre och man klarar av mer. Han behöver värme", förklarar Amare.

"Ja, det gör han nog", svarar Curioso. "Men Ansioso springer in till honom nu. Och jag vill leka igen. Tack för druvorna!"

Amare ser länge efter Curioso sedan hon gått.

"Jag saknar barnen", säger hon.

"Barnen?"

”Jag fick inte bara sköta boskap när jag var i Vizinha. Jag fick även hjälpa till med de små barnen ibland. Det var underbart”, säger Amare och tar Alejos hand. ”Alejo, jag är tacksam för att jag kom dit så att jag fick uppleva det.”

”Amare, hur kan du vara nöjd med att ha lämnats bort mot din vilja under åtta månader?”

”Jag sa inte att jag var nöjd, bara tacksam – jag lärde mig att vara det där. Jag hade vad jag behövde. Det är väl skäl nog? Var jag törstig kunde jag gå till vattenkällan – det kunde jag vara tacksam för. När jag fick dricka mig otörstig så blev jag även nöjd för stunden. Att få vara med barnen gjorde mig särskilt tacksam – det var ett välkommet avbrott från att ta hand om djuren. Vi har haft det gott ställt i vår familj, men jag har inte känt mig rik. Inte förrän jag lärde mig tacksamhet.”

”Hur har du lyckats hålla fast vid tacksamheten, Amare?”

”Varje morgon börjar jag med att hålla fram mina händer. I mina tankar väljer jag vad jag vill lägga i dem: allt jag fått som en gåva eller allt jag skulle vilja ha för egen del. Vilket tror du skänker mig störst tillfredsställelse?”

”Det låter enkelt, Amare. Men det är ändå en gåta för mig. Var du aldrig rädd för att mista allt det du hade här i Casavale?”

Amare ser in i Alejos ögon medan hon leende stoppar en druva i hans mun.

”Tror du att vinrankan sörjer de druvor hon burit och aldrig mer får återse?”

Alejo sväljer både druvan och svaret.

”Din far sade till alla i byn att du var på andra sidan havet, för att jag inte skulle få för mig att söka upp dig”, säger han.

”Jag känner till det. Han tror att alla kan och behöver kontrolleras. Men människorna var vänliga mot mig i Vizinha. Och min fars kusin Pellicientes vågade inte trotsa min fars förmaning att skydda mig från alla. Fast vi kom bra överens. Det fanns alltid arbete att utföra, så jag slapp ständigt tänka på hur mycket jag saknade dig, Alejo”.

Alejo förundras över Amares vilja att hitta glädjeämnen trots allt hon tvingats utstå. Han undrar om hennes glädje i barnen verkligen varit så stor att den övervann ledan och förnedringen i att ha utnyttjats som bytesvara.

”Längtar du efter barn?” frågar han försiktigt.

"Livet är kraftfullt och skört på samma gång, men aldrig har jag upplevt livet så närvarande som när jag fått se in i ett nyfött barns ögon. De bär med sig en hälsning från en värld som inte sett något ont."

"Så du längtar alltså …" säger Alejo och möter en hemlighetsfull blick.

# XIX

## De utsända

Den fyra man lilla expeditionen med Medicus i täten beger sig upp på den västliga stigen som leder till Vattenmarken. Maius passar på att dela med sig av sina tidigare observationer kring regleringen av vattnet och den uttorkade sjön, med förhoppning om att få ett litet övertag gentemot Medicus i fråga om auktoritet. Han vill till varje pris se till att ingen bestämmer sig för att närmare undersöka frukterna från Vishetens träd. Därför tänker han utöva viss kontroll, även om Medicus är formell ledare för expeditionen. Medicus blir något stressad av att Maius skaffat sig mer information än han själv besitter och en lätt irritation kan anas hos honom. Beskedet om att någon justerat flödena både till akvedukten och till Vattenmarken mottas först med en stunds avvaktande tystnad, innan Medicus tar ordet.

"Är du säker på detta, Maius?" frågar han på ett sätt som försöker förpassa Maius längre bak i ledet.

"Jag är säker", svarar Maius utan antydan till att vilja låta sig förminskas. "Kontrollera gärna det jag påstår. Jag har själv justerat tillbaka inställningarna till de överenskomna, men det finns spår kvar efter de tidigare."

Gruppen kan på plats bekräfta att det Maius sagt också stämmer, åtminstone vad gäller vattendelaren utanför Vattenmarken. De väljer att förlita sig på att även hans påstående om uppsamlingsrännan vid det nedre vattenfallet är riktigt. De ser också med egna ögon att sjön vid inloppet till Vattenmarken är uttorkad, vilket oroar dem. Även Medicus ser bekymrad ut, men han försöker behålla lugnet.

”Vattennivån varierar naturligt i den här sjön”, säger han. ”Det har varit en torr sommar för oss.”

”Vilken sjö?” utbrister västbon Porque gestikulerande. ”Det finns ju inget vatten alls här! Sabotören har ödelagt en hel sjö!”

”Visst kan det minskade flödet ha bidragit till torkan. Men sjön har aldrig varit särskilt djup och vi ska vara försiktiga med att inleda spekulationer kring någons skuld. Och först vill jag att vi tar reda på mer om den faktiska situationen innan vi drar några slutsatser.”

Därmed beger sig de fyra in i Vattenmarken för att ta itu med det uppdrag de fått. De säkrar varandra på Maius inrådan genom att gå på rad med rep fastbundna mellan sig. Man bär också med sig en par kluven stock att lägga ut framför sig som en spång mellan alltför glesa tuvor.

Ingen – förutom Maius – tycks kunna ana värdet av frukterna från Vishetens träd. Detta må delvis bero på att Maius lyckas avleda uppmärksamheten från dem så fort man närmar sig ämnet, delvis på att repen och stockarna gör det svårt för någon att ta sig upp i något träd och undersöka frukten, vilket också var främsta orsaken till att han föreslog denna skyddsanordning. Men framför allt undviks ämnet genom att Medicus visserligen känner till vad som berättats av de äldre om frukterna från träden, men medvetet undviker att spekulera i dess eventuella egenskaper. Han är i stället mån om att hålla sig till det som kan låta sig förklaras – eller åtminstone undersökas – på ett tillfredsställande vis. Hans uppdrag är att se efter vad som behöver göras för att rädda träden och därmed skulle ju även frukterna hur som helst bevaras.

Efter en försiktig och tidskrävande vandring in i Vattenmarkens djup har Medicus kommit till några slutsatser som han vill dela med sig av.

”Vi kan se att många av träden längst bort från åns fåra redan är döda och ännu fler riskerar dö av uttorkning. Vattenmarken behöver alltså tillföras vatten, men träden har redan ställt in sig på torka. De har släppt merparten av sina löv för att undvika att vattnet avdunstar för hastigt och de har även släppt taget om de flesta av frukterna, säkerligen i hopp om att livet ska kunna börja om på en bättre plats för dem. Träden är ytterst känsliga, så återställande till det normala vattenflödet måste ske med stor försiktighet under en tid. Därefter kommer ytterligare mängder vatten krävas för att kompensera för den långa tiden av dränering. Även det måste ske varsamt.”

”Nu kan vi förklara vad som skett. Borde vi inte ha kunnat förstå detta innan?” frågar sig Porque medan han sveper med händerna åt alla håll.

Frågan är visserligen inte oväntad, men högst oönskad för Maius och om möjligt ännu mer för Medicus.

”Rådet var med på att låta bygga akvedukten och tappa av vatten”, urskuldar sig Maius. ”Ingen ifrågasatte verkningarna för Vattenmarkens del.”

Medicus torkar svett från pannan.

”Det är inte riktigt min minnesbild. Jag vill minnas att jag påpekade vikten av att kontrollera eventuella förändringar i och kring Vattenmarken.”

”Upptäckte ni inte förändringarna?” frågar Porque.

”Jag gjorde vissa studier som jag ansåg nödvändiga”, säger Medicus och harklar sig medan han hastigt sneglar på Maius under tunga ögonbryn. ”Även om Maius, i egenskap av ledare för Rådet, inte gav uttryckliga order om detta.”

Maius sträcker på sig och knycker ifrågasättande på huvudet.

”Flödet ut från Vattenmarken har kontrollerats”, fortsätter Medicus med allvarsamt rynkad panna. ”Och det har varit normalt. I stort sett. Jag har vid något tillfälle även inspekterat trädbeståndet.”

”Och vad såg du då?” undrar Porque och spretar otåligt med fingrarna.

”Inget anmärkningsvärt”, svarar Medicus kort och lyfter handen i syfte att peka ut en ny riktning för diskussionerna. Dock utan framgång visar det sig.

”Träden här längst in i klyftan är ju döda!” fortsätter Porque. ”Det kan knappast ha skett över en natt.”

”Du ser ju själv hur det ser ut här, eller hur?” utbrister Medicus otåligt. ”Det är farlig mark. Ingen ger sig in i Vattenmarken utan mycket goda skäl. Jag gjorde bedömningen utifrån vad jag kunde se när jag studerade träden utifrån.”

”Och då såg du bara de levande träden närmast ån”, konstaterar Porque och suckar.

”Men man måste väl kunna se Vattenmarken uppifrån berget i väster?”

"Om jag ska studera något omsorgsfullt föredrar jag att göra det på nära håll. Dessutom – att ta sig till utsiktspunkten på det berget är också en mycket ansträngande och riskabel operation", svarar Medicus.

"Var det inte det som Vide och Maius …"

"Jo", svarar Medicus kort. "De utsatte sig för fara. Men var och en måste ta ansvar för sitt eget liv. Jag har också en uppgift att rädda liv. Vem tackar mig om jag mister mitt eget?"

"Det stämmer att det är en stor ansträngning att ta sig dit. Hade det inte varit för att jag ansåg att det var viktigt att få en överblick över situationen så hade jag själv avstått", säger Maius för att understryka sin egen bedrift, men också för att långsamt gillra en fälla åt Medicus.

Maius hade börjat misstänka att Medicus kanske haft något att göra med de ändrade vattenflödena. En tanke slår honom helt plötsligt.

*Tänk om Medicus känner till frukterna? Vill han kanske utrota träden för att ingen ska komma åt frukterna och göra honom överflödig?*

Tanken verkar rimlig och orimlig på samma gång.

*Varför skulle inte Medicus hellre själv ta vara på frukterna och utöva en läkekonst som ingen annan förmår? Det skulle ge honom ett rykte värdigt att omtala för kommande släkten i många led.*

Maius upplever en pirrande känsla när han föreställer sig att det i stället är vad som kommer att hända honom själv. Han fyller sitt bröst med ett andetag av odödlighet och känner sig smått yr, innan han balanserar sig. Det är mycket som står på spel och han behöver hålla huvudet kallt. Han summerar.

*Frukternas egenskaper måste hållas hemliga tills de kan kontrolleras. Det ligger delvis i egna händer. När vattenproblemen diskuteras får fokus inte hamna på själva akvedukten – det skulle kunna kasta en skugga över upphovsmannen. Det är dessutom något lurt med Medicus roll i det hela. Han har inte kontrollerat Vattenmarken som det anstår någon med hans grundfasta principer om noggrannhet – förmodligen av bekvämlighet – och det kommer att kunna nyttjas vid ett tillfälle då det kan ge god avkastning.*

Maius ler belåtet för sig själv. Medicus trovärdighet har redan börjat vackla och det är ett utmärkt tillfälle för honom själv att ta kommandot i gruppen.

"Vi är nu inte här för att hugga benen av varandra, utan för att finna en lösning så att vi kan göra Vattenmarken levande igen", deklarerar Maius myndigt. "Medicus, vad bör vi göra, anser du?"

Medicus behärskar sig för att inte förlora mer i anseende än vad han befarar att han redan gjort.

"Det vi behöver samla oss kring är hur alla träd här inne ska kunna få rätt mängd vatten. De som står där vi nu befinner oss, längst från källan till liv, har de största behoven. Ett problem vi måste lösa är alltså att förse dem med vatten och dessutom i rätt dos", säger Medicus och ser upp mot himlen. "Vi kan visserligen hoppas på hjälp ovanifrån – regnperioden är ju snart här – men vattnet riskerar dessvärre att rinna av marken." När han häller vatten ur ett krus bildas pölar som stannar kvar ovanpå den mineralrika brända markskorpan. "Det betyder att även om regn faller över de livlösa träden som står här, så kommer det inte att tas emot av marken. Den har varit så länge utan vatten att den slutit sig och inte längre kommer att vilja veta av det. Vi måste få marken att behålla vattnet på något vis", säger Medicus och river sig i nacken.

Västbon Actus knackar hårt med en käpp på markskorpan tills den spricker upp något. Till allas förvåning försvinner käppen djupt ned i ett hål. Medicus går ned på knä för att beskåda mysteriet. Han för ner armen i hålet och ser ut att leta efter något. Efter en stund reser han sig igen och borstar av sig med aningen stressade rörelser, men ser ut att samla sig igen.

"Det är tomt", säger han och blåser bort några sandkorn från fingrarna.

"Tomt?" utbrister Porque. "Vad menar du?"

"Marken är i princip borta under markskorpan. Eroderad, bortsköljd – vem kan svara? Det är bara ett skal som återstår."

Alla ser sig omkring och långsamt börjar omfattningen av problemet gå upp för var och en.

"Vi ser ut att ha en stor utmaning framför oss", säger Maius.

"Diken", föreslår Actus.

"Diken?" upprepar Maius.

"Träden behöver jord att växa i och marken behöver rännor för att samla och leda vattnet till jorden", förklarar Actus kortfattat.

"Det är en utmärkt idé, Actus!" skrattar Maius. "Vi byter helt enkelt plats på hålen! Om vi gräver ut diken som samlar upp regnvattnet under hösten och vintern så stannar det kvar i de inre delarna av Vattenmarken tills jord och vatten blivit sams igen. Och träden får ta emot överskottsjorden som då ser till att hålla kvar fukten runt rötterna även när vattnet är lågt härinne. Om vi även gräver diken från ån och inåt så kan vi när torrperioden kommer låta dikena förenas så att vatten leds från ån och hela vägen in hit till det innersta av Vattenmarken."

"Genialt!" säger Porque och dunkar Actus i ryggen.

"Det förutsätter att det kommer att finnas gott om vatten i ån att fördela ut", säger Medicus.

"Ja", säger Maius inspirerat. "Det kan vi säkert lösa."

"Hur då?"

"En fördämning", säger Actus.

"Just det! Vi dämmer upp den uttorkade sjön utanför Vattenmarken", fyller Maius i. "Och låter den fyllas till brädden av det vatten vi inte kan släppa in under regnperioden. Och vi fyller på dammen med allt vatten vi kommer över från Vizinhas fåra. Det som idag leds till vår akvedukt och så mycket till som vi kan få Vizinha att avvara."

Stämningen blir genast uppsluppen och alla verkar andas ut.

"Men vi kommer att behöva folk som kan arbeta här uppe hela vintern och kanske våren också", säger Maius.

"Rådet får utse och kalla dem", svarar Medicus och möts av instämmande nickar. "Det ser ut som att vi trots allt har en plan att lägga fram. Är vi överens?"

"Ja!" svarar de tre högt.

"Då går vi hem", säger Medicus.


Gruppens medlemmar är visserligen nedslagna av vad de sett i Vattenmarken, men samtidigt tillfredsställda med förslaget på hur återställandet ska gå till.

De stannar till strax innan byn och diskuterar sina tankar en sista gång utom hörhåll för människorna nere i byn. Maius förmedlar en idé om att låta ungdomar från byn sättas i arbete i Vattenmarken, eftersom det kräver smidighet att röra sig där och det är en relativt ansträngande vandring som behöver göras dagligen mellan byn och Vattenmarken under lång tid framöver. Maius föreslår att han själv kan besöka Vattenmarken regelbundet för att göra noteringar om vattenflöden, fuktighet i marken, och trädens tillstånd och därefter rapportera till Medicus. Efter en stunds diskussion kommer gruppen fram till att idén är god och därtill genomförbar.

"Men tänk om man inte ens kommer att enas om att stänga akvedukten", säger Porque.

"Det måste ske", svarar Medicus. "Om Vattenmarken ska överleva har vi inga alternativ. Därför måste vi till varje pris undvika att det uppstår skärmytslingar när Rådet samlas. Vi måste vara enade." Han ser sig omkring och sänker rösten något. "Det vore det mycket oläpligt om vi i nuläget skulle nämna att någon har gjort ändringar i vattenflödena. Det skulle bara skapa misstänksamhet och splittring. Kan vi enas om att inte yppa detta för någon tills allt är i balans igen?"

Medicus fångar de övrigas blickar för att få bekräftat att han har alla med sig. Actus och Porque nickar tyst instämmande medan Maius tvekar. Det var inget fel på akvedukten eller vattendelarna men han undrar om Medicus ändå är ute efter att lägga över allt ansvar på honom. Hur som helst tänker han se till att sanningen kommer fram vid en lämplig tidpunkt. Maius ser på var och en och ger till slut sitt godkännande.

Därefter tar de avsked och skingras, trötta och smutsiga – men nöjda. Och övertygade om att ingen annan känner till vad som nyss sagts.

# XX

## Doft från framtiden

Ansioso har nu börjat besöka Mediana regelbundet för att försöka få en skymt av framtidens hemligheter. Detta sker så ofta att det inte bara är Iratus hon vill dölja det för, utan även för Amare och alla andra hon känner. Besöken skapar en pirrande känsla av spänning, och hon känner att hon själv tar en lite fastare form varje gång en tanke tycks bli visualiserad i kristallstenen och därmed bekräftar såväl tanken som henne själv. Dessutom är det något i atmosfären hos Mediana som gör att Ansioso känner sig sedd, rent av uppskattad. Och hon får veta allt som händer i byn, kanske före alla andra. Det är en oemotståndlig känsla.

Ändå känner hon skam. Hon skäms för att hon nog egentligen inte borde känna som hon gör. Och för att betalningen till Mediana innebär att hon handlar keramikkärl av henne vid varje tillfälle. Det är inte möjligt för Ansioso att ta hem dem, då hon snart skulle få besvärande frågor, så hon har gömt alla under mossan i en dunge en liten bit in från vägen mot Vattenmarken.

Kärlens betydelse är helt underordnad hennes begär efter bekräftelse från kristallen, men det har även börjat bli kostsamt. Hon smyger undan betalning från hushållets medel i små doser som känns överkomliga för stunden, men hon vågar inte tänka på hur mycket det sammantaget kostat dem. Vid somliga tillfällen är hon bestämd över att upphöra med besöken – åtminstone tror hon att hon bestämt sig – men en ursäktande känsla kommer förr eller senare över henne och slätar över alla invändningar. Och just då känns ett nytt besök som en tillfredsställande tanke.

Hon har just avlagt ett besök hos Mediana och är sysselsatt med att täcka över den senaste krukan i sitt gömställe då hon hör några av byns män samtala i närheten. När de skingrats känner hon en stark lust att gå tillbaka till Mediana och dela med sig av det hon just hört. Hon bär på intressant information och den som bär på något viktigt är ju också själv viktig, det vet ju alla mödrar. Men det skulle kännas märkligt för henne att återvända bara för att återberätta några mäns samtal, så hon finner en annan ursäkt och hoppas få tillfälle att råka spilla informationen i förbigående. Hon bestämmer sig för att återvända.

”Mediana”, säger hon när dörren öppnas. ”Jag glömde ställa en fråga som jag funderat på.”

”Ja?”

”Jag har ju tillbringat många stunder tillsammans med kristallen här hos dig, men är det verkligen möjligt att se in i framtiden? Jag menar, hur kan man lita på en sten?”

Frågan är, trots att den egentligen är ett svepskäl för att återvända, helt relevant för henne. Hon hade velat ställa den tidigare, men inte riktigt vågat. Nu får den agera kamouflage för något annat och då känns det faktiskt lättare, till Ansiosos egen förvåning.

”Varför skulle det vara omöjligt?” svarar Mediana.

”Det som sker i framtiden har ju ännu inte skett.”

”Vi har åtminstone inte upplevt det ännu med alla våra sinnen”, säger Mediana med ett leende som får Ansioso att känna sig allt annat än trygg med svaret.

”Hur menar du?”

”Verkligheten och våra sinnen vandrar inte alltid hand i hand. Kände du något när du klev in i mitt hus tidigare?”

”Jag kände en stark doft av hyacint.”

”De står i det inre rummet. Kom och se!”

Mediana leder henne in i sovrummet och på ett bord står en keramikskål med vita och cerise hyacinter som hon lyfter upp och håller fram åt Ansioso.

”Nu *ser* du dem också”, säger Mediana och ler igen. ”Känn på dem.”

Ansioso luktar och stryker försiktigt med handen över dess blommor.

”Varför skulle inte något av våra sinnen kunna känna spår av en händelse innan resten av sinnena gör det?” frågar Mediana.

Om frågan Mediana ställde var ett svar, så vet Ansioso inte riktigt hur hon ska hantera det. Hon känner sig förvirrad och den starka blomdoften kan inte ensamt vara skäl till det, även om hon först försöker intala sig det. Det är något som inte stämmer. Med henne själv? Med Mediana? Med tillvaron? Allt snurrar. Men Mediana avbryter hennes tankar.

”Är det inget mer du undrar över, nu när du ändå kommit dig hit igen, Ansioso?”

Ansioso lyser upp inombords.

”Nej, men … Jag hörde faktiskt något på vägen hit, det gjorde jag.”

”Åh”, säger Mediana uppskattande efter att ha tagit del av vad Ansioso hade att berätta. ”Du är visst en kvinna som lyssnar väl!”

*Jo, nog har hon väl rätt i det?* tänker Ansioso och sträcker på sig.

# XXI

## Hur stenen börjar sin färd

"Sanslösa. Sanslösa allihop!"

Sine sitter på en klippa och kastar stenar ner i Lyckans å. Hans vänner Delizio och Maison, Maius son, gör likadant.

"De äldre begriper ingenting – jag tänker aldrig bli som de! De säger att man är i vägen. Men de är ju ständigt i vägen för *mitt* liv!" fortsätter Sine.

"De är i vägen för det mesta som är roligt. De hämnas för att deras föräldrar antagligen gjorde samma sak med dem", föreslår Delizio. "Du kommer antagligen bli likadan. Och dina barn med. Och deras barn …"

"Men de ska inte få styra vilka vägar jag tar", avbryter Sine. "Som om jag vore en åsna i en sele!"

Hans vänner skrattar åt bilden. Delizio passar på att imitera en trilskande åsna.

"Fast livet blir ju förstås ändå vad det blir, eller hur?" säger Delizio. "Se på detta!" säger han och kastar iväg en sten som studsar fram och tillbaka nerför några klippor. "Man vet aldrig vilken väg stenen kommer att ta."

De tre unga männen följer nyfiket stenens väg.

"Det beror väl på varifrån den kom. Hur det ser ut där den landar. Och hur den själv är skapt och formad", säger Maison.

"Fast viktigast är väl ändå var och hur den börjar sin färd? Den här …" säger Delizio och slänger en ny sten långt ut i vattnet "… fick ingen chans att välja!"

"Men jag är ingen sten", protesterar Sine.

"Nej, en åsna sa du visst?"

"Kul, kul. Men framöver tänker jag handla precis tvärtemot vad de säger. Då får de se att jag väljer att göra det jag själv vill. Vi har ju trots allt en egen vilja. Till skillnad från stenen."

Maison ser ut att vara på väg att protestera mot något, men Delizio hinner före och har blivit allvarlig.

"Din pappa kommer att döda dig!"

"Det gör han ändå. Bara långsammare, möjligen. Men jag tänker hålla mig undan."

"Hur då? Du bor ju redan i ett eget hus."

"Inte på riktigt. Han har nycklar så att han kan ta sig in. Han skulle till och med kunna låsa in mig om han vill.

Jag vet inte – men jag kan inte stanna kvar där i alla fall. Det får lösa sig. Och min mor kommer att oroa sig oavsett. Hon var orolig när Amare var borta, men hon är ju också orolig nu när Amare är hemma igen. Hon är orolig när jag bor själv i huset och hon kommer oroa sig om jag bor någon annanstans. Det spelar ingen roll. Hon blir härdad."

Maison ler snett.

"Eller tärd. Men du skulle säkert kunna bo hos oss. Om du vill. Vi har gott om plats. Och mat."

Sine tänker efter en stund.

"Det skulle reta min far till ursinne, så … Jag gör det gärna!"

Maison skrattar till, men blir allvarlig igen.

"Sen min mor lämnade livet så har det varit lite tomt", säger han och för sitt långa hår bakom axlarna. "Vissa saker har liksom stått stilla. Det vore bra med någon förändring hemma."

"Jag hjälper naturligtvis till med det som behövs."

"I så fall stämmer ju det som sägs om att något stort håller på att hända i dalen!" skämtar Delizio och får en handfull gräs i håret som tack från Sine.

"Det är välkommet", erkänner Maison. "Min far är ofta hemifrån nu för tiden. Han arbetar med allt möjligt. Med vad vet jag inte. Men ju mer han är borta desto mer fyller han våra förråd."

"Han har väl alltid arbetat hårt?"

"Det har han. Men han berättar sällan något längre. Man skulle nästan kunna tro att han döljer något."

"Sådana är de, föräldrarna. De berättar inget själva men vill veta allt om oss", säger Delizio och spottar ut kärnorna ur ett äpple han tuggat på.

Maison knycker uppgivet på axlarna.

"Min far vill inte veta något om mig. Bara vad jag gör. Och vad andra gör."

"Men då så! Du är ju vad du gör, så då måste han ju också veta vem du är. Du är ju alltid upptagen med att göra något, Maison." Sine jonglerar med två stenar, nöjd både med erbjudandet han fått och med sin egen kommentar.

"Jag mår bäst när jag har fullt upp. Det lugnar mig. Jag känner mig onyttig när jag inte gör något. Det är väl så jag är uppfostrad. Dessutom tänker jag för mycket när jag är overksam."

"Att tänka är överskattat", säger Delizio och skrattar. "Jag ser ju vilken skada det gör på min lillasyster. Curioso tänker för mycket och frågar för mycket, så man blir ju väldigt irriterad på henne till sist. Och det är ju inte bra för henne."

Sine och Maison ler och skakar på huvudet åt Delizio.

"Jag har dessutom hört att Vide sagt att 'du är inte är vad du gör, utan vad du älskar'. Eller något åt det hållet", fortsätter Delizio, men ursäktar sig teatraliskt när han märker att inlägget inte tycks föra diskussionen till nya höjder. "Jag vet inte vad den gamle menar, egentligen. Curioso berättar så mycket märkligt om Vide för mig."

"Vide har mycket att säga när han är på det humöret", säger Sine och försöker sig på att samtidigt kasta en sten med vardera handen ner i vattnet.

Delizio skrattar till.

"Maison, din far har sagt att man lika väl kan lyssna på tuppen i granngården. Den är lättare att förstå sig på än Vide och den gör dessutom nytta. Varje morgon."

Delizio visar åter prov på sin briljanta imitationsförmåga. Dalen fylls av galande och skratt.

# XXII

## Vatten kommer, vatten går

Ett par hundra människor har samlats på stentrapporna i den lilla utomhusteatern som klättrar längs sluttningen på östra dalsidan. Audite sitter vid ett bord på scenen och betraktar dem. Det storråd som hon sammankallat kan splittra byn, det är hon medveten om. Hon noterade en uppdelning mellan människor från västra och östra sidan av dalen redan när de anlände och det har samtalats mycket sedan dess.

Men Casavales invånare är hur som helst samlade och Audite har låtit Medicus förklara för storrådet att man står inför en svår situation. Att mängden vatten som idag rinner genom Vattenmarken är otillräcklig för att livet där – i synnerhet Vishetens träd – ska kunna överleva. Och att vattnet i Lyckans å kommer att minska i allt snabbare takt, vilket också kommer att märkas nere i dalen. Men han har också förklarat att det finns en plan för att rädda den uppkomna situationen. Den förutsätter att akvedukten stängs och att vattnet regleras tillbaka till Vattenmarken. Det är det beslut som storrådet nu står inför.

Innan beslutet kan tas uppstår det emellertid diskussioner och Audite låter vissa av dessa förlöpa, mån om att alla ska få kunna göra sin röst hörd.

"Om nu det vatten som runnit i akvedukten blivit så dyrbart så borde väl de som använt det beskattas?" säger en västbo med långt, flätat skägg.

"Skulle vi beskattas ännu en gång för det vattnet?" utbrister en äldre östbo med kal, rynkig hjässa. "Vi har ju själva bekostat akvedukten med både medel och kroppar. Se bara på Iratus."

Iratus blänger på honom och rätar ut sitt ömma ben.

”Han ser väl inte ut att lida brist på medel?” retas en västbo med yvigt hår.

Några i skaran kan inte låta bli att skratta, om än tillbakahållet. Audite tar ordet just som Iratus i sin vrede tänker resa sig.

”Beskattning hjälper inte mot vatten som saknas. Men bortsett från det har väl östsidan redan fått nytta och glädje av detta överflöd under lång tid, har vi inte?” frågar Audite.

Maius nickar och ser sig förnöjt omkring.

”Vi har vårt överflöd i ena vågskålen och en fråga om överlevnad för en unik naturresurs i den andra”, fortsätter Audite med händerna balanserande i en illustrativ rörelse.

”Men att stänga akvedukten betyder att vi får det betydligt besvärligare att leva”, hörs den skallige östbon säga.

”Besvärligare än på västsidan?” frågar Audite.

”Men vi har ju kämpat för att få det som vi har idag. Vi har förtjänat det!” utbrister en ung man mansröst.

”Om västborna har något att invända får de väl engagera sig i högre grad i Rådet!” dundrar Iratus.

”Det skulle vi naturligtvis, men ni har ju gjort det svårare för oss att lägga tid på annat än vår överlevnad”, svarar den skäggige västbon.

”Överlevnad?” utbrister Iratus. ”Ni har det väl bättre nu än innan? Ni har ju fler slag av föda att välja på.”

”Fler innebär inte mer i vårt fall”, svarar västbon. ”Ja, vi har fler slag att välja mellan, men det kostar oss mycket möda och tid, så vad är vår vinst i det?”

”De val ni gjort är era”, säger Iratus. ”Var och en gör de prioriteringar han finner bäst.”

Audite lägger med eftertryck en hand på bordet framför sig.

”Jag är inte nöjd med att jag hör oss tala om varandra som *ni* och *de* som om vi vore … fiender!” tillrättavisar hon. ”Vi är en dal och borde alla dela samma vatten så som vi delar samma sol.”

"Just så! Vi delar samma sol, men vi delar ju inte samma vatten! Vattnet är vårt lika mycket som någon annans!" ropar en ung kvinna från väst och ett instämmande mummel breder ut sig runt henne.

Vide reser sig för första gången och inväntar tystnad.

"Ni talar om vattnet som om vi skulle äga det. Ni vet vad vi säger, mina vänner: 'Vatten kommer, vatten går'. Vattnet är ett lån, frukterna en gåva. Vem av oss vill ta sig rätten att säga sig vara ägare av det dalen ger oss? Värdig är väl den som ser värdet av gåvan och just därför vill dela den med andra?

När vi delat grödor och andra varor med varandra har vi alltid ersatt givaren för de utlägg denne haft. Vi har utgått från att det inte blivit till förlust för någon annan. Men nu ser vi att vår girighet har lett till förlust för den natur som försörjt oss. Det borde vara rimligt att vi betalar igen med det mått det kostar att återställa."

Vide ser sig omkring. Alla ser åt olika håll, ingen talar.

"Vi behöver lyssna till det förnuft som sträcker sig längre än vår egen bekvämlighet", fortsätter han. "Sådant som är ämnat att genomströmmas av något – det må vara av födan genom våra kroppar, upplevelser genom våra sinnen, blodet i våra kärl eller vatten genom våra åar – mår bäst av att inte överbelastas och heller inte utarmas. Så även med Vattenmarken. Vi har dränerat den under en lång tid och därför är den törstig. Men lösningen är inte att låta den frossa i vatten, det har Medicus redan förklarat för oss idag. Vattenmarken måste matas omsorgsfullt tills skadan läkt. Somliga av oss har varit för ivriga i sin hunger, men vi vet ju vad som kan hända om vi eldar grytan för hårt. Nu får vi betala tillbaka med målmedvetet tålamod. Har grytan kokat ur och köttet blivit vidbränt måste vi börja om och välja en klokare väg framåt."

Vide sätter sig igen och efter en stunds tystnad reser sig Audite.

"Vi är tacksamma för att Vide först av alla gjorde Rådet uppmärksamt på att vattnet är på väg att sina i Vattenmarken. Och det vi nyss hört är kloka ord i mina öron. Jag tror också vi är överens om att det ligger i allas intresse att frågan om vattnet tas på allvar och att det som måste göras också blir utfört.

Medicus – *hur* illa är det egentligen ställt? Jag vill att alla som vet något är uppriktiga så att vi kan fatta rätt beslut."

Medicus ställer sig upp och gör rösten klar.

"Det är illa. Vi har ju för en stund sedan förklarat orsaken till att akvedukten måste stängas. Vattenmarken är mycket illa däran. Vill vi rädda den måste den förses med vatten i tillräcklig mängd."

"Och hur mycket vatten är det?" frågar Audite.

"Om inte den kommande regnperioden blir vattenrik så krävs mer än vi har tillgång till, akveduktens vatten inräknat", svarar Medicus.

Det blir oroligt i Rådet.

"Det var det här vi varnade er för. Ni har tömt Vattenmarken på liv!" deklarerar en lång man från väst med ödesmättad stämma.

"Ni i väst var delaktiga i beslutet. Ni kunde ha klagat då i stället. Nu tjänar väl inget till?" svarar en kortklippt, frenetiskt gestikulerande kvinna.

"Ni har ställt om vattendelaren och avtappningen flera gånger sedan den byggdes. Tror ni inte att vi känner till det? Ni har ökat flödet till er själva för varje år!" säger den långe.

Tystnaden som följer är explosiv. Audite ser häpet på östborna.

"Annars hade väl säkert stora delar av skörden torkat bort", hörs till slut en ansträngd röst.

Audite andas djupt medan hon trummar med fingrarna mot tinningen.

"Ni menar att ni har tagit ut mer vatten för varje år?! Utan att rådfråga Rådet?"

"Bara små anpassningar har nog gjorts efter de behov som funnits – har jag hört", erkänner den skallige östbon efter lång tvekan.

"Vem har ändrat flödet? Vem har tagit besluten?" frågar Audite i skarp ton.

Ingen svarar.

"Kände ni till detta?" frågar hon vänd till Medicus.

Medicus harklar sig och ser besvärad ut medan han fångar upp sina tidigare färdkamrater med blicken.

"Vi noterade detta, ja. Motsvarande mängd har avletts från Vattenmarkens fåra, så Vizinha har åtminstone inte drabbats. Och nu upptäcktes förmodligen uttorkningen tidigare än vi skulle ha gjort om akvedukten förmedlat den ursprungliga vattenmängden.”

Blickar utväxlas mellan byborna. Audite anstränger sig för att samla sina känslor. Hon lutar sig framåt och ser på Maius, som stirrar ont på Medicus. Medicus hade just antytt Vattenmarken skulle ha torkat ut även utan den otillbörliga ändringen, att det i själva verket var Maius konstruktion som var problemet. Maius irriteras över att Medicus slår under bältet för att rädda sitt eget skinn.

”Det är oacceptabelt att vem som helst kan ändra flödet efter behag!” säger Audite skarpt.

Maius sträcker på sig och sliter motvilligt blicken från Medicus.

”Jag kan skapa en anordning som hindrar obehöriga”, säger han och kastar samtidigt ett snabbt men avvägt ögonkast mot Medicus, som stelnar till.

”Skulle det kunna ge oss bättre kontroll över flödet?” frågar Audite något stramt.

”Ja.”

”Bra. Det verkar tyvärr som om vi behöver det”, säger Audite och sveper med blicken över samlingen.

”Se inte på oss!” protesterar mannen från väst med det yviga håret.

Maius lägger märke till en stegrande oro bland de som samlats efter Audites ovanligt starka reaktion. Hon brukar inte bringas ur fattning så lätt och han ser en möjlighet att vinna förtroende hos de närvarande för egen del.

”Kontroll kan vara nödvändigt, men kan ju också provocera”, säger han med stadig röst. ”Det kan rent av motverka sitt syfte. Men visst är det möjligt.”

”Vi får diskutera detta inom Rådet”, säger Audite och lutar sig tillbaka. ”Jag vill också höra mer om vad som hänt vid vattendelarna vid ett senare tillfälle. Nu vill jag att vi fokuserar på vad vi behöver göra åt situationen. Hur ser era förslag ut?”

”Jag föreslår att vi – om det rikliga regnet uteblir under vintern – hör oss för med Vizinha om möjligheterna att byta till oss en andel vatten från deras fåra tills Vattenmarken återhämtat sig. Vi talar förmodligen om flera år”, svarar Medicus som inte tycks ha något emot att byta fokus.

"Då vill jag att du, Maius", fortsätter Audite "förbereder dig på att kunna delta i förhandling med Vizinha. Och Iratus – jag vet att du är släkt och dessutom god vän med överhuvudet i Vizinha, Pellicientes. Kan du tänka dig att delta?"

Iratus skakar irriterat på huvudet och viftar avvärjande. Han tänker inte sätta sig bredvid Maius. Han kan inte begripa varför han skulle behöva dela uppdraget med Maius, som om handelsförbindelser skulle kunna jämställas med blodsband. Han fnyser.

Audite noterar att Iratus avböjer och vänder sig därpå till de övriga samlade.

"Vi har beslut att fatta."


Så beslutar storrådet – om än motvilligt – att stänga akvedukten och fördela motsvarande mängd vatten in till Vattenmarken i stället. Det bestäms även att tillsätta en grupp bland traktens unga med uppgift att gräva ut diken inom Vattenmarken och en fördämning utanför densamma enligt en noggrant genomtänkt plan. Maius har ansvaret för gruppens ledning och ser till att Medicus får löpande rapporter. Audite tar på sig ansvaret att förbereda Vizinha på ett angeläget möte med Maius, som nickar belåtet.

Planen för Vattenmarken är utstakad och oron dämpas bland flertalet av de boende i Casavale. w, däremot, ser påtagligt spänd ut.

# XXIII

## Att simma med delfiner

”Är du säker på att det här är en bra idé, Alejo? Det är väldigt brant här”, säger Amare medan hon balanserar på en sluttande klippa på väg ned mot havet.

”Hur säker måste man vara för att våga göra något man verkligen längtar efter?” frågar Alejo leende och sträcker sin arm uppåt mot henne när han ställt sig stadigt. ”Här, ta min hand.”

Amare tar hans hand och låter sig fångas i hans armar.

”Du har rätt – du kunde ha fallit”, säger han och skrattar medan han drar henne tätt intill sin kropp. ”Man det är fortfarande en bra idé. Jag vill visa dig något.”

”Vattnet?”

”Havet.”

De sätter sig ned på en klippsten, med fötterna nuddande vid vattenbrynet. Framför dem skjuter en arkipelag av oregelbundet formade klippöar upp ur det turkosa vattnet och kantas av träd och annan lägre växtlighet.

”Jag tycker om havet”, säger Amare.

”Det var en gång mitt hem.”

”Ja. Ett mycket vackert hem. Berätta om det!”

Med ett kort ögonkast försäkrar sig Alejo om att hon verkligen vill höra innan han bestämmer sig för att berätta.

”Havet är både ett hem och en skrämmande plats. Det kan bära dig, men också svälja dig. Det *är* vackert, förunderligt och samtidigt farligt. Åtminstone tidvis, då de stora krafterna är i rörelse. Du måste veta när det är dags att söka skydd. Närmar du dig klippornas skydd för sent kan de i stället innebära skeppets undergång."

"Råkade ni ut för det?"

"Vi mötte inte klippor vid full storm, men vi seglade hårt på grund vid ett tillfälle."

"Vad hände?"

Alejo tvekar innan han svarar.

"Min far dog på skeppet, som du vet", säger han och ser tungt ner mot klippan han sitter på. "Det skedde vid detta tillfälle. Han kom i kläm under fallande last. Flera av oss blev skadade, även jag." Alejo viker undan håret i pannan och visar ett ärr som Amare undersöker med lätta fingrar. "Skeppet fick också skador, men inte värre än att det kunde repareras."

"Gjorde det dig inte rädd för att fortsätta segla?"

"Har du väl gått på grund är det fruktlöst att gräma sig. Däremot kan du sätta upp ett tydligt märke, som påminnelse nästa gång du far i samma riktning. Eller till varning för andra som tar samma väg. Och för egen del – vad hade jag för val?"

"Du hade inget val, Alejo."

"Ibland önskar jag att det funnits möjlighet att välja andra vägar, ibland att jag överhuvudtaget inte hade behövt välja. Många gånger spelar nog valen ingen roll – vi kommer dit våra hjärtan längtar ändå. Bara vägarna dit skiljer sig åt. Men det finns också livsavgörande val då man måste våga vandra den enda väg som finns för att inte bli kvar där man inte vill vara."

"Vart längtar ditt hjärta, Alejo?"

"Hit. Till dig", säger Alejo och tar Amares hand. "Där min längtan är har jag mitt hjärta. Och där mitt hjärta är har jag min själ."

Amare kramar sin hand hårt om Alejos och kysser honom på pannan.

"Men jag vet också att det jag försöker hålla för mig själv kommer att gå förlorat för mig."

Alejo öppnar upp Amares hand.

"Se!" säger han och vänder hennes handflata mot solen. "Nu tar du emot."

Amare håller upp även sin andra hand och tar emot ljuset i sina händer.

"Försök nu fånga ljuset och hålla det för dig själv", säger Alejo.

Amare knyter sina händer.

"Det går inte", säger hon.

"Du kan inte fånga ljuset genom att knyta handen om det. Men den öppna handen är ett gott sätt att leva", säger Alejo. Därför är det gott att vara i din närhet."

Amare ler och lutar sitt huvud mot hans axel.

"Och jag vill vara nära dig."

"Det är stort för mig, Amare, men … Du vet att jag hellre ser dig lycklig hos någon annan än olycklig med mig."

"Just därför är det hos dig jag vill vara, Alejo."

"Jag är bara rädd att skada dig, Amare. Jag vet inte om min kärlek till dig är tillräcklig."

"Vad menar du, Alejo? Vet du inte om du älskar mig?" utbrister Amare och rätar sig hastigt upp.

"Missförstå mig inte, Amare! Jag vet att jag älskar dig! Jag vet bara inte om min kärlek är värdig dig. Du förtjänar bättre än jag kan erbjuda."

Amare stillar sig.

"Yttersta kärlek måste väl vara att frivilligt avstå det man värdesätter mest, för någon annans skull? Vilken kärlek kan vara större än så?"

Alejo sitter tyst en stund.

"Jag känner mig bara osäker. Som litet barn fick jag aldrig lära mig vad kärlek är."

"Det är så sorgligt, Alejo, för det är lika viktigt att lära sitt barn att utan tvivel ta emot kärlek som att ge den."

"Min far fick inte tid att visa det innan det var för sent för honom. För de övriga på skeppet – utom Vide – var jag inte längre någons barn då han inte längre fanns. Och hon som födde mig …"

Amare ser på Alejo att orden tar slut.

"Bara den kan ge ovillkorlig kärlek tillbaka, som först fått sitt eget kärl fyllt till brädden. Somliga har mycket djupa kärl. Jag förstår din osäkerhet, men din kärlek är stor, Alejo", säger Amare och omfamnar honom. "Framför allt har du valt att öppna ditt kärl för att dela kärleken med mig."

Alejo stryker med handen över klippan de sitter på. Amare försöker läsa hans tankar.

"Du ska kanske inte döma henne för hårt, Alejo. För din egen skull. En mor som inte hittar kraft att ge sitt barn den kärlek som borde vara självklar – det är knappast ett frivilligt val. Din fars samvete tvingade honom tillbaka till dig. Kunde han rent av ha stannat och skänkt henne sitt stöd?"

Alejo rycker till och spänner ögonen i Amare, men hans ögon mjuknar när han inser hennes uppsåt.

"Du kan ha rätt Amare. Jag har bara sett att min far räddade mig från människor som inte tyckte om mig. Men han kanske försökte rädda sig själv."

"Kanske fann han ro på det viset. Men framför allt fann han ju dig."

De sitter länge tätt tillsammans framför havet medan dagen växer fram.

Under ett magiskt ögonblick överraskas de båda av tre fenor som skär igenom vattenspegeln.

"Delfiner!" ropar Alejo och ställer sig upp.

Alejo står som förtrollad, innan han bestämmer sig för att ta av kläderna och glida ner igenom vattenspegeln. "Kom", säger han till Amare. "Följ mig."

"Vad? Ner i havet?"

"Lita på mig."

Amare tvekar, men börjar långsamt lossa på ett klädstycke då hon ser Alejo försvinna ner i djupen. För några ögonblick är både delfinerna och Alejo osynliga, men plötsligt bryter de vattenytan, tillsammans. Alejo håller om ryggfenan på en av delfinerna och den låter honom följa med på dess färd genom vågorna de skapar.

"Alejo! Det ... Det är fantastiskt!" ropar Amare när hon förstår vad hon ser. "Hur gör du?"

"Kom!" säger Alejo och släpper taget för att hämta Amare ut till djupt vatten. Efter en del övertalning dyker de ner tillsammans. En stund senare får Amare uppleva samma färd som Alejo nyss gjort och hon skrattar högljutt, överväldigad av förundran och glädje.

Efteråt ligger de andfådda och lyckliga på en slät klippa och följer sina tillfälliga vänners väg ut till havs.

"Det var underbart, Alejo. Jag har aldrig varit med om något liknande! Det känns som om livets hela mening samlades i ett ögonblick."

"Jag har nog aldrig varit lyckligare", säger Alejo.

De är tysta tillsammans en stund, var och en uppfyllda av sina egna känslor, och ändå invävda i en gemensam upplevelse.

"Tror du att det är det här som är avsikten med våra liv?" frågar Amare.

"Att simma med delfiner?" frågar Alejo skrattande.

"Att söka det som gör dig lycklig."

"Jag vet inte … Lycka är väl bara närvarande för några korta ögonblick åt gången. Det är en så liten del av livet. Och vad är egentligen lyckan, som vi i så fall strävar efter?" frågar Alejo.

"Jag tror att lycka är att få nudda vid det tidlösa under dessa ögonblick. Att kunna vara barn igen för en kort stund – att vilja ligga naken under bar himmel när regndroppar faller. Jag tror att lyckan är en gåva från livet självt. Men var och en får sin egen gåva och måste ta emot och öppna den själv."

Alejo nickar.

"Du kan stå på en kulle och önska att du befann dig i grönskan i den vackra dalen nedanför, eller så kan du gå ned på knä och inse att marken du redan står på är full av skönhet", säger han.

"Ja, att vara tacksam för livet är kanske den största lyckan, för det väljer jag ju själv", instämmer Amare och ler försiktigt. "Jag tror att det var vägen till tacksamheten jag fann under min tid i Vizinha. Därför var jag förvirrad efter att jag kommit tillbaka hit. Jag upptäckte ju en skatt där, men efter att vi samtalade vid muren har jag insett att jag kan ta den med mig överallt"

Alejo tar hennes hand och kysser den.

"Egentligen visste jag att jag livet var bekvämare här i Casavale, men vad skulle det ha hjälpt mig att tänka så? Jag väljer själv vad jag vill se och vilken föda jag vill ge åt mina tankar. I Vizinha såg jag hur boskapsdjuren betade på mark med både nyttiga och onyttiga växter. De växte sida vid sida, men boskapen valde alltid det som var nyttigt för dem. Annars hade de kanske inte överlevt.”

Alejo drar sig till minnes en plats där han vid ett tillfälle sett en blomma tränga upp genom en helt stenig mark. Han undrar hur det kan komma sig att Amare inte blivit bitter som sin bror, eller förtryckt som sin mor.

”Är du alltid det? Tacksam?” frågar han.

”Jag *vill* vara det, så jag strävar efter det.”

”Trots hur din far ...”

”Jag vet, Alejo. Alla gör väl sina egna val och han har valt bitterheten. Men valet är hans.”

”Tror du han kan förändras?”

”Man ska inte underskatta kärlekens kraft”, svarar Amare.

”Du har rätt. Känn!” säger Alejo efter en stunds eftertanke. Han tar Amares hand och låter henne känna klippan de ligger på.

”Precis som vinden fått vattnet att slipa en hård och vass klippa slät med tiden, så har kärlek förmågan att slipa ned det hårda och kantiga hos oss människor. Det är något jag vet säkert”, fortsätter Alejo och lägger hennes hand mot sitt eget hjärta. Amare besvarar leendet hon får.

”Men den klippa vi ligger på har nötts under lång tid”, fortsätter Alejo. ”Jag är rädd för att tiden inte räcker till att nöta ner din fars hårdhet till den grad att han ger sitt samtycke till mig”.

Amare skrattar till men blir allvarlig igen.

”Nej, vi kan nog inte räkna med hans stöd. Men du har min mors, det vet du väl?”

”Jag anar det.”

”Det har du. Hon har sagt att hon kommer att väva kärleksväven. Den kommer att vara färdig åt oss till våren.”

”Kärleksväven?”

”Känner du inte till den, Alejo? Det är ju en tradition. Mödrarna till varje kärlekspar brukar göra en väv tillsammans.”

Alejo skakar på huvudet och en känsla av främlingskap kommer över honom. Han rullar en hårlock mellan sina fingrar.

"Mannens mor står för ram och varp och kvinnans mor för vävtrådarna, som kan bestå av allt från finaste silke till skinnremmar. När trådarna vävs in bildas ett mönster, något meningsfullt, som växer fram med tiden. Väven blir allt starkare då varp och vävtrådar vävs in i varandra. Och den dag paret tillsammans med sina vänner håller fest för att fira sin förening väver de själva in ett kärleksord i den. Sedan ställer de sig på den och förklarar varandra sin kärlek. Detta gör de sedan varje årsdag så länge de lever tillsammans."

"Det kände jag inte till. Vilken vacker tanke. Men jag har inte …"

"Det gör inget", säger Amare och ler medan hon stryker hans hår. "Och min mor har sagt att hon kommer att stå för både varp och vävtråd. I smyg förstås."

"Vad bra", säger Alejo frånvarande, störd av ett ord Amare just nämnt.

"Att kunna leva tillsammans i kärlek *är* vackert", svarar Amare avstannande medan hon fångar upp Alejos ändrade sinnesstämning.

Alejo upptäcker att han avslöjats och avvaktar en stund innan han finner tanken som hjälper honom framåt.

"I smyg …" börjar Alejo tvekande. "Amare – det är något kring din mor som jag vill prata med dig om."

Amare ser frågande på honom.

"Varför gömmer hon krukor?"

# XIV

## Illdåd

Det finns en plan för Vattenmarkens överlevnad och allt skulle kunna vara väl så långt. Men tiden som följer blir mycket orolig. Det är irriterat och dispyter uppstår då och då mellan östra och västra dalsidans invånare. Någon beskriver det som att 'golvplankorna i huset långsamt ätits upp av insekter och nu bara väntar på att ge vika'.

Mediana bor inte långt från den bro över Lyckans å som förbinder de båda dalsidorna med varandra. Hennes hus ligger visserligen på östra sidan, men hon har aldrig dragit nytta av bevattningen och har därför aldrig hamnat i skottlinjen för någon av sidorna. Däremot har hon alltid haft tillgång till berättelser från båda sidor av bron. Det som sagts i öst blir snart hört i väst och det som hänt i väst blir snart känt i öst.

Ett skenbart intresse för keramikkärl väcks under denna tid hos många i dalen när besöken hos Mediana blir allt tätare, även om de inte alltid leder till affär för hennes del. De flesta är helt nöjda med att få höra de senaste ryktena, men likväl börjar keramikkonst diskuteras bland byborna och somliga tycks bättre än andra förstå sig på vilka linjer och former kärlen bör ha. Som i en handvändning känner nu vissa skam för de kärl de tidigare uppskattat och kastar bort sådant som skulle kunna få dem att framstå som okunniga eller smakblinda.

Mediana lägger märke till att genom att vid lämpliga tillfällen bädda in en förfinad spekulation i en berättelse innan hon förmedlar den till någon av alla rykteshungrande bybor, så kommer snart fler på besök till hennes hem.

Massor attraheras av massor. När tillräckligt många sluter upp kring en företeelse göder den till slut sig själv. Och likt facklornas eld hämtar kraft från sig själv och från den mängd olja och atmosfär den förses med, eldas osämjan på mellan människorna på de båda sidorna av dalen av de rykten som sprids. Detaljer i berättelserna förändras eller läggs till och när berättelserna vänder åter till sin ursprungliga förtäljare i ny form tror man att den blivit bekräftad av andra, eller att en ny händelse ägt rum.

Härmed ökar intensiteten i ryktesspridningen ytterligare. Många av dalens invånare väljer att tro närapå allt som sägs, men lika många börjar få svårt att överhuvudtaget lita på vad någon har att berätta.

Det är inte enkelt att skilja mellan ogräsets frön och de önskade växternas frön då de färdas med vinden. När de landat och slagit rot är det för sent. Ogräset sprider sig snabbast, liksom osanningen.

Ryktesspridningen går emellertid för långt, alldeles för långt. Under en natt syns ett ljus sprida sig tvärs över ån. Ett ljus som växer sig starkare, först långsamt, sedan allt hastigare. Bron är satt i brand. Förbindelsen mellan östra och västra dalsidan står i lågor.

# XV

## Förgiftad föda

Efter samtalet vid havet tar Amare sin mor avsides för att höra sig för om vad krukorna betyder. Ansioso förnekar först att samlingen är hennes, men kan inte hålla tillbaka tårarna och berättar till slut för Amare hur det ligger till. Trots att Ansioso inser galenskapen i det hon gjort, så förklarar hon gråtande att hon kanske inte kommer att kunna sluta. Mötena med Mediana och kristallstenen betyder för mycket för henne.

Alejo föreslår att Ansioso ska få träffa och samtala med Vide, vilket Ansioso efter mycket övertalning går med på, under förutsättning att Alejo och Amare finns vid hennes sida. Vide däremot, ser med oförbehållsam glädje fram emot att få dela mat, dryck och samtal med dem.

Dagen därpå, när solen står som högst beger de sig tillsammans upp till Vide. Amare är tacksam för att hon och Alejo blivit ombedda att följa med, eftersom hennes mor tvekar flera gånger längs vägen och förmodligen inte hade fortsatt på egen hand. Det är tydligt hur en inre kamp sliter i henne, men hon slappnar av något då de anländer till Vides hem och blir välkomnade där.

Under måltiden som följer låter Vide Ansioso få smaka tre olika svamprätter för att pröva hennes sinnen och han ber henne vara uppmärksam på vilken föda hon stoppar i sig.

Den första portionen hon serveras luktar fränt. Vide säger inget när Ansioso för skeden till munnen. Ansioso blir därför chockad, närapå arg, när hon på lukten känner att maten är oätlig, faktiskt giftig. Det är giftsvamp. Hon föser reflexmässigt undan fatet och stirrar bestört på Vide, som bara nickar leende.

Portionen på det nya fat som Vide ställer fram är god, men Ansioso intar den först misstänksamt innan hon förstår att den är ofarlig. Hon studerar ömsom Vide, ömsom svampen på fatet, men allt hon äter smakar bra. Den tredje portionen luktar starkt av kryddor, men gott, och ser också god ut. Hon äter ända tills Vide hastigt sträcker ut armen mot henne och hindrar henne.

”Vad? Är det något fel?” utbrister Ansioso förskräckt.

”Den lilla tugga du just tänkte ta är giftig.”

Amare och Alejo stannar upp i sitt ätande. Ansioso luktar noggrant och känner nu att just den bit som hon tänkt stoppa i sig faktiskt består av en bitter svampsort.

”Men vad vill det här betyda?” säger Ansioso bestört. ”Varför gör du så här mot mig?”

Vide ser allvarligt på Ansioso.

”Två portioner var förgiftade och en var ofarlig. Vilken hade kunnat döda dig?”

”Den första var giftig rakt igenom”, svarar Ansioso trevande. ”I den sista portionen var bara en liten tugga giftig.”

”Men den enda tuggan hade kunnat döda dig, Ansioso. Du tänkte nämligen äta den eftersom du trodde att den var ofarlig”, säger Vide.

”Så vad vill du säga mig?” frågar Ansioso ansträngt.

”Se upp med dem som blandar gift i din föda – även om det görs i ren okunskap, inte av illvilja”, svarar Vide. ”Okunskapen är ofta farligare än illviljan. Det krävs erfarenhet för att skilja matsvampen från giftsvampen. Och det som på ytan liknar vishet är inte alltid vishet. Tillfredsställelsen du känner då du finner något som ser lockande ut efter att ha sökt länge är inte alltid den bästa vägvisaren.”

Vide dukar undan de portioner han serverat Ansioso och låter henne i stället få ta del av en mycket smakfull – och dessutom helt giftfri – måltid.

Ansioso har utan tvivel förstått att Vide velat varna henne för att ta till sig allt som ser gott och riktigt ut till det yttre.

När hon tycker sig ha sorterat obehagskänslorna från varandra tar hon självmant upp den känsliga fråga som fick Alejo att fatta misstankar om att allt inte stod rätt till. Hon förklarar hur hon upplevt sig sedd och hur hon känt en nästan tvångsmässig dragningskraft till mötena med Mediana. Hos Mediana har Ansioso upplevt sig som fri, omgiven av vacker konst, spännande tankar och mystik, men också blivit uppmuntrad till att tänka gladare tankar, att bli mer bejakande.

"Jag vet att jag har snärjts av detta. Jag vet bara inte hur jag ska kunna ta mig ur det, det vet jag inte", säger Ansioso.

"Nej, jag förstår", säger Vide till Ansioso medan han häller upp örtte åt Amare i ett dryckeskrus. "Är det lagom mycket?"

"Ja tack."

"Ansioso, hur mycket vill du ha?"

"Lika mycket som Amare blir bra, tack", svarar Ansioso.

Vide tar då kannan och häller örtte rakt ut på bordet framför Ansioso. Alla ser förbluffade på pölen som breder ut sig på bordet och sedan på Vide för att se om han skulle ursäkta sig. Det gör han inte.

"Vad hände?" frågar Alejo.

"Det var lika mycket som Amare fick", säger Vide förnöjt.

Ansioso stirrar stelt framför sig.

"Du vill förstås hellre ha det i ett kärl?" säger Vide.

Ansioso stirrar stelt på pölen på bordet. Ansioso försöker förstå om Vide driver med henne.

"Ja, det vore ... det skulle ..."

"Tack, det tror jag hon skulle uppskatta", svarar Amare artikulerat men vänligt i sin chockade mors ställe.

Vide tar då fram ett mycket litet krus åt Ansioso. Han fyller på örtte men slutar inte när det är fullt, utan fortsätter så att det flödar över krusets kanter ner på marken. Han slutar hälla samtidigt som en kvist följer med och lägger sig överst i Ansiosos krus.

De ser alla åter på Vide, men inte lika bestörta som nyss, snarare djupt oroade.

"Vide, mår du bra?" frågar Amare.

"Tack, jag mår bra", säger Vide och ler. "Ansioso, du behöver ett krus för att kunna hålla örtteet, men jag tror det här var för trångt."

”Vide, vad är det du försöker säga?” frågar Alejo med en blandning av skratt och oro.

”Ansioso”, säger Vide och ser på henne. ”När du vet vad du vill ha, så blir nästa fråga hur du ska ta emot det. Kruset är de gränser du sätter. Örtteet flyter helt fritt om det inte får någon gräns att hålla sig inom.”

”Ja …?” säger Ansioso försiktigt.

”Du behöver sätta gränser för dig själv om du ska få någon ordning i ditt liv. Men de ska inte vara för snäva. Är kruset för litet kommer det du längtar efter inte att få plats. Så du måste vara ärlig mot dig själv. Kan du det?”

”Jag tror det. Jag vill i alla fall försöka, det vill jag”, svarar Ansioso efter att ha hämtat sig från chocken.

”Det handlar om en balans. Det är meningslöst att förbjuda det som ger dig någon glädje. Förbud kan vara en alltför snäv gräns. Du har en stark längtan efter frihet, Ansioso. Och den är äkta. Men du kommer inte att kunna glädjas om du inte regerar över dina egna handlingar. Antingen regerar du över dem, eller så regerar de över dig. Låt ingenting få avsätta dig som dina handlingars drottning.”

Ansioso sitter tyst en stund och begrundar sina upplevelser. Efter en stund upptäcker hon kvisten i sitt te och plockar bort den.

”En kvist?” säger Vide ”Vill du att jag häller ut teet och fyller på nytt?”

”Tack, Vide, men det är inget fel med teet, det är ju bara kvisten som jag inte vill få i mig”, säger Ansioso och ler försiktigt mot Vide.

Ansioso smuttar på den värmande drycken och låter blicken följa en flock sparvar som elegant rör sig mellan grenarna inne bland trädkronorna.

”Jag fann någon som gav mig vingar. Men jag borde lärt mig flyga för att undvika farorna, det borde jag”, säger Ansioso eftertänksamt och ångerfullt.

Hon skulle däremot inte komma att ångra det säregna besöket hos Vide.

# XVI

## Kontroll


”Utmärkt. Faktiskt mer än utmärkt!” utbrister Maius.

Maison blir överrumplad av faderns positiva inställning till förslaget att låta Sine bo hos dem. Så överrumplad att han tillfälligt avbryter arbetet med att förbättra putsen på huset och rättar till hårbandet i nacken.

”Så bra”, svarar han. ”Han hjälper gärna till med praktiska sysslor.”

”Och det ska han få göra. Men inte här hemma”, säger Maius och pekar i förbigående ut en fläck på väggen som Maison missat.

Maius tycks ha blivit på ett sällsynt gott humör av förslaget och Maison vill gärna passa på att ryckas med, men anar att det finns baktankar.

”Hur menar du då?”

”Vattenmarken”, svarar Maius, som om det skulle förklara allt.

”Vattenmarken? Finns något för honom att göra där?”

”Mer än du anar.”

Maison är tyst under några ögonblick, medveten om att hans far inte har något emot att prata, även om han sällan säger mer än han tycker sig behöva. Men Maison anar vissa möjligheter till ett samtal och han vill inte missa tillfället.

”Sine är en vän till mig. Om jag bjuder honom att bo här vill jag att han ska veta vad som väntar honom.”

”Nåväl, så här ligger det till. Som du vet är Vattenmarken på väg att torka ut och det uppskattas inte av byn. Tillräckligt med vatten måste ledas in dit och därför måste vi stänga akvedukten, annars dör träden där inne. Det behövs en arbetsledare till uppgiften och jag tror den skulle passa bra för Sine.”

”Jag visste inte att du har så höga tankar om Sine?”

”Sine behöver någon som tror på vad han kan åstadkomma, eller hur? Rent formellt är jag utsedd till ansvarig, så det blir under mitt överinseende.”

”Han skulle säkert uppskatta förtroendet”, instämmer Maison.

”Men det räcker troligen inte att stänga akvedukten – det kommer att behövas ytterligare vatten från Vizinhas fåra för att fylla på det som saknas.”

”Det vattnet kan vi väl inte leda till vår fåra? Det behövs i Vizinha. Ska andra behöva betala för vårt misstag?”

”Självklart behöver de vatten, men kanske inte allt”, svarar Maius taggigt. ”Vi bör i alla fall prova möjligheten. Det är Rådets önskan.”

”Och om de inte vill dela med sig?”

”Om regnet uteblir i vinter kommer du och jag behöva avlägga ett besök och få dem övertygade”, svarar Maius och pekar åter på en fläck på väggen. ”Du behöver göra rent där innan du lägger på ny puts. Är det orent inunder ytan kommer den förr eller senare att rasa.”

Maison vänder sig hastigt mot sin far och slår frustrerat ut med armarna, men när han möter Maius fasta blick resignerar han och plockar fram en skrubbsvamp.

”Varför vill du att jag följer med? Du vet att jag inte far på havet. Magen blir oredig av det.”

Maius tystnar ett ögonblick. Han föraktar svaghet, men skulle aldrig förakta sin egen son.

”Då vandrar vi. Det är nära en hel dags vandring ena vägen. Det innebär två dagar innan vi är tillbaka”, konstaterar Maius och kontrollerar en del av fasaden som Maison åtgärdat.

Maison inser att en lång vandring skulle kunna vara ett sällsynt och efterlängtat tillfälle att få prata med sin far. En tuff vandring är också en fysisk utmaning som tilltalar honom. Och Maius menar att den skulle vara till nytta för alla i byn.

”Då gör vi så”, svarar Maison. ”Jag tror ändå det är en god idé att Sine får börja med att hjälpa oss att tvätta vår fasad. Tror du inte? Även ytan börjar bli smutsig ser jag. Ny smuts kommer att fastna fortare om vi inte gör något åt det.”

Maius skakar på huvudet och ler.

”Han har andra begåvningar.”

Sine får så uppdraget av Maius att leda arbetet i Vattenmarken. För att vara säker på att han ska sköta det helhjärtat betror Maius honom hemligheten om frukterna från Vishetens träd, men avkräver honom samtidigt ett löfte att inte avslöja det för någon.

Maius ser flera goda skäl till att välja just Sine. En är att Sine själv valt att lämna sin familj för att istället söka trygghet under Maius vingar. Så han står – eller borde stå – i tacksamhetsskuld till honom. Sine tyngs visserligen inte av moraliska ok, som pliktkänsla och pålitlighet, men genom att ge honom ett ansvar och en hemlighet att bevaka så tror Maius att han kan styra Sine dit han önskar. Maius har på detta vis samtidigt sett till att ha kontroll över frukterna. Sine vakar över att ingen får för sig att prova dem, såvida inte yttersta nöden skulle göra det skäligt. Men inte minst så har Sine utlovats att få ta del av de fördelar som det kan innebära att ha tillgång till dem. Maius vill inte låta sin egen son utsättas för de moraliska dilemman som detta kan innebära – och för den del även fysiska risker, men när det gäller Sine tror Maius att just moraliska dilemman är ett icke-problem.

Sine är inte ensam i Vattenmarken. Han själv, Delizio och ytterligare ett par ungdomar från dalen har fått uppdraget att dika ut marken och bygga fördämning strax utanför Vattenmarken, sedan man först reparerat den vandaliserade bron över Lyckans å nere i dalen. Det är nu mindre arbete på odlingarna sedan skörden bärgats, vilket gör att det passar dem utmärkt att i stället arbeta med andra uppgifter under vintern och tidig vår.

Efter att ha arbetat flera veckor i den svåra terrängen räknar Maius med att Sine kommer att ha lärt sig var mogna frukter finns och hur han ska kunna ta sig till dem. Instruktionerna från Maius är att Sine då ska invänta bästa tillfället att dröja kvar efter att de andra gått hem och därpå plocka med sig så mycket frukt han kan. Planen är att han ska pressa saften ur dem och smuggla ned den till Mediana, som i sin tur kommer att tillverka salva och konservera den. Maius själv är nöjd med planen, rent av mycket nöjd. Han har ännu inte berättat för Mediana hur salvan ska användas, och Sine inser å sin sida att det är bäst att bevara hemligheten för andra så länge som möjligt om han ska kunna vinna någon som helst fördel av sin position.

Till skillnad från Maius är Sine emellertid inte lika säker på hur nöjd han ska känna sig. Det finns en tanke som inte vill släppa taget om honom. Han har lämnat sin egen familj för att undvika det stora inflytande som hans far haft på honom. Men nu står han i stället under någon annans kontroll.

*Var det detta jag ville? Varför hamnade jag i samma ställning igen? Är jag helt enkelt svag?*

Han har gott om tid för att utveckla sina tankar, där han dagligen rör sig i ett landskap präglat av livets avsaknad. Utan vänner i sin närhet som delar med sig av deras livslust hade han möjligen gått samma öde till mötes som träden omkring honom.

# XVII

## Löftenas ö

Löftenas ö är en del i arkipelagen utanför Gåvornas dal men ligger lite för sig själv, ett stycke ut från den plats där Lyckans å har sitt utlopp. Den reser sig över de andra öarna och för sjöfarare har det varit ett välkänt tecken som enligt sjökorten berättar att de närmar sig trakter med mänskligt liv.

Ön har under lång tid använts av förälskade par som gett varandra löfte om att vilja leva tillsammans i kärlek resten av sina liv. Detta sker alltid vid solnedgången en dag då hösten är långt kommen, för att symbolisera slutet på en tid av enskildhet i de bådas liv. Efter att löftet avgivits är de trolovade, och paret ror med gemensamma krafter tillbaka till Gåvornas dal. Där möts de av bådas föräldrar, vilka håller facklor i sina händer för att vägleda och välkomna dem hem. Därefter lever de tillsammans under vintern för att när våren börjar spira hålla en fest tillsammans med släkt och vänner. Det är vid detta tillfälle paret ställer sig på kärleksväven och befäster löftet om kärlek inför alla. En ny tid, en tid av gemenskap, tar nu sin början för paret.

Alejo och Amare har bestämt sig. De vill avge löftet till varandra. Det sker en sval eftermiddag då solen klätt sig i ett lätt dis. Det är lugnt på havet, endast några havsfåglar skriar, seglandes i vida cirklar. Amare och Alejo har kommit överens med Ansioso och Vide om att de ska vänta på dem med brinnande facklor vid stranden efter solnedgången. De är äntligen redo att ro ut till Löftenas ö.

Alejo är van vid att ro. Han har ofta gett sig ut och fiskat, särskilt under vintern, då det inte finns mycket att göra på odlingarna och – inte minst – under de åtta månader Amare var ifrån honom. Amare har däremot aldrig rott, men hon vill lära sig innan de ger sig ut över havet. Hon sätter sig vid årorna medan Alejo puttar ut dem en bit från stranden. Därefter sätter han sig själv lugnt vid fören och låter Amare klara sig bäst hon kan, helt enligt hennes eget önskemål.

Amare försöker ro, men båten rör sig inte och när hon tar i ytterligare så ramlar hon. Båda skrattar och efter en lång stund utan synlig framgång tvingas Amare ge upp. Alejo kliver bak och sätter sig tätt bakom Amare. Hans armar löper längs med hennes och deras händer möts runt årskaften. Alejo vrider årorna så att båda bladen kan greppa tag i vattnet.

”Utan motstånd kommer du inte framåt. Prova att ro nu!” säger Alejo och släpper taget.

Amare gör ett nytt försök men båten åker runt i cirklar. De skrattar igen.

”Den här åran heter *känsla*”, säger Alejo och lyfter upp det vänstra årbladet ur vattnet och därefter upp det högra. ”Och den här heter *förnuft*.”

”Vad menar du nu?” frågar Amare skrattande och lutar huvudet bakåt så att deras kinder möts.

”Du kan inte ro med bara den ena eller den andra. Då kommer du ingenstans. Ibland behöver man låta den ena ta över, men båda är nödvändiga för att komma dit du vill.”

Amare börjar förstå vad det hela går ut på och när hon upptäcker hur enkelt det faktiskt är vill hon inte sluta ro.

”Känsla och förnuft!” säger Alejo då båten slutligen glider upp på stranden till Löftenas ö.

”Känsla och förnuft”, svarar Amare nöjd och en smula förvånad då hon inser vad hon just uträttat vid årorna. ”Är det allt som behövs?”

Alejo tar hennes hand och hjälper henne ur båten. Han fångar henne i en omfamning och en lång kyss.

”Ibland kan man få låta känslan ta över.”

”Det låter förnuftigt”, skrattar Amare och drar honom med inåt ön.

De följer en stig genom tät växtlighet upp mot toppen av ön. När de tränger ut ur buskaget och når den högsta platån häpnar de över utsikten och blir stående tysta medan de ser sig omkring.

"Fantastiskt!" säger Amare och omfamnar Alejo.

"Det *är* fantastiskt. Och ändå är detta bara en droppe av allt."

"Jag undrar vad vi kommer att få upptäcka tillsammans framöver, Alejo. Idag lämnar vi något bakom oss."

Hon snurrar runt.

"Har du sett! Härifrån kan man ana var vi levt våra liv, Alejo. Gåvornas dal. Till och med höjderna runt Vizinhas dalgång skymtar svagt i fjärran. Och havet, som en gång var ditt hem. Det sträcker sig längre än det går att se."

"Det förbinder alla världens hörn", säger Alejo.

"Även det land där ditt liv började."

Alejo kisar mot horisonten, som för att försöka minnas ett land han bara har vaga minnen av.

"Mitt liv började inte där", säger han och ser bort. "Det är förvisso ett vackert land, men för mig är det bara den plats min far stannade hos en kvinna under en natt och jag blev till. En natt här, en natt där. Kanske har jag syskon någonstans, på andra sidan haven. Vad kan jag veta om det?"

"En natt", säger Amare tyst. "Vad tänkte de?"

Hon ser länge på Alejo.

"Hela min kropp vill jag bara dela med den jag vill dela hela mitt liv. Men då vill jag också göra det med hela mitt hjärta."

Alejo möter hennes blick och vänder den sedan ner mot vattnet de tidigare korsat.

"Amare, du vet hur man ror."

De skrattar och samtalar länge om livet och framtiden tillsammans, allt medan höstdagen gör sig redo att överlämna sig åt aftonen. De vänder sig ut mot de sista, fuktiga strålarna och håller varandra hårt. Just när solen lämnar sin plats på himlavalvet för att sjunka genom vattnet viskar de sina kärlekslöften till varandra.

"Nu är det bara du och jag", säger Amare och de kysser varandra.

På stranden till Lyckans å syns två facklor, redo att ledsaga det unga paret hem till Gåvornas dal. Vide håller den ena facklan, men det är inte Ansioso som håller den andra. Det är Sine. När Amare och Alejo når fram till stranden får de veta varför.

En väninna till Ansioso hade kommit och berättat för Sine att Iratus slagit Ansioso illa. Så illa att hennes skrik hörts flera granngårdar bort. Då Ansioso förberedde en fackla hade Iratus förstått att hon tänkt möta upp Amare och Alejo efter deras trolovning. Han hade aldrig accepterat trolovningen och då skulle inte hans kvinna göra det heller. Men hans ord hade uppenbarligen inte varit tillräckligt övertygande för att hon skulle begripa vilken omsorg han hade om familjen, så hans knutna händer fick tala i stället. Det är ett språk som Iratus har betydligt lättare att uttrycka sig med. Det gav också ett djupare intryck på Ansioso, för hon tänkte inte längre bege sig någonstans. I stället låg hon kvar vid den stora krukan med fackelolja mot vilken hon föll på grund av hans uppfostrande slag, tills Sine kom och bar henne ner till Medicus. I hans hus skulle Ansioso få stanna tills hon kunde tugga fast föda igen med de tänder hon fått behålla.

Ansioso var omtöcknad men vid medvetande och bestämd över att detta inte skulle få förstöra kvällen för Amare och Alejo. Sine respekterade hennes önskan och visste att hon befann sig i bästa händer. Därför återvände han till sitt tidigare hem, gjorde facklan klar utan Iratus vetskap och gick ner till stranden vid Lyckans å. Tillsammans med Vide välkomnade han Amare och Alejo och önskade dem en lycklig framtid i Gåvornas dal. Han besparade sällskapet vissa detaljer om Ansiosos tillstånd, då han inte kunde se hur dessa skulle kunna förgylla kvällen för det förälskade paret.

Efter att Amare och Alejo hämtat sig från beskedet ber Vide dem att följa med ett stycke längs östra stranden. De kommer fram till ett dike, vilket under regntider leder en bäck som rinner ut i Lyckans å. Diket är tillräckligt smalt för att komma över med ett litet språng, men för brett för att någon skulle kunna stå bekvämt med ett ben på var sida. Vide stannar dem och håller upp

facklan framför sig. I skenet syns ord skrivna i sanden på ena sidan av diket.
Även Sine håller då fram sin fackla och de ser ännu fler ord ristade i sanden,
fast på andra sidan:

| | |
|---|---|
| *Mörker* | *Ljus* |
| *Bitterhet* | *Glädje* |
| *Leda* | *Livslust* |
| *Meningslöshet* | *Mening* |
| *Lögn* | *Sanning* |
| *Fångenskap* | *Frihet* |
| *Dårskap* | *Vishet* |
| *Osämja* | *Fred* |
| *Ångest* | *Frid* |
| *Hopplöshet* | *Hopp* |
| *Skam* | *Stolthet* |
| *Girighet* | *Generositet* |
| *Främlingskap* | *Gemenskap* |
| *Likgiltighet* | *Tacksamhet* |
| *Vedergällning* | *Förlåtelse* |
| *Förstörelse* | *Skapande* |
| *Kaos* | *Ordning* |
| *Rädsla* | *Trygghet* |
| *Försummelse* | *Omsorg* |
| *Förnekelse* | *Bekräftelse* |
| *Förnedring* | *Upprättelse* |
| *Förakt* | *Vördnad* |
| *Misstro* | *Tillit* |
| *Lidande* | *Behag* |
| *Avsky* | *Kärlek* |
| *Död* | *Liv* |

”Vi kan kalla dem för *dödsorden* och *livsorden*”, säger Vide. ”Vi skulle kunna skriva fler ord på varje sida men det finns en fråga som är mycket viktig att ställa sig: Vilka ord vill jag låta prägla mig? Vill jag liv eller vill jag inte liv?”

En begrundande tystnad uppstår.

”Ställ er först vid dödsorden och läs dem alla”, fortsätter Vide och trevar innanför sitt bälte.

De gör som han säger och vänder sig sedan avvaktande mot Vide.

”Skriv nu ner i sanden vad man kan använda den här till”, säger Vide och håller upp en kniv. ”Därefter vill jag att ni läser livsorden.”

De gör som Vide ber dem och inväntar sedan hans fortsatta instruktioner.

”Skriv nu omedelbart ner i sanden vad man kan använda den här till”, säger Vide och håller åter upp sin kniv.

Efter en kort tvekan böjer de sig en efter en och skriver i sanden igen. Vide går fram till Alejo och lyser med facklan över hans nedskrivna ord.

”Vad skrev du först, Alejo?”

”Döda.”

”Och du då Amare?” frågar Vide.

”Slakta.”

”Och Sine?”

”Döda.”

”Vad skrev du därefter, Alejo?”

Alejo läser på marken framför sig, som om han glömt vad han skrivit.

”Kapa tågvirke.”

Vide sträcker ut facklan framför Amare.

”Skörda druvklasar”, säger Amare.

De tre ser nyfiket mot Sine.

”Snida”, säger Sine som svar på deras blickar.

”I era tankar höll ni i en och samma kniv båda gångerna”, säger Vide. ”Men ni valde att använda den annorlunda vid det andra tillfället.”

”Det är väl inte så konstigt?” säger Sine. ”Du fick oss att tänka på olika sätt med orden vi läste”.

”Fick jag? Men jag talade inte om hur ni skulle tänka.”

”Du förstår hur jag menar”, protesterar Sine. ”Det är väl inte så underligt att det är naturligt att tänka på våld och död om man fyller sina tankar med det?”

”Du har rätt, Sine. Läs nu livsorden igen och berätta vad ni upplever.”

”Det är vackra ord”, säger Amare efter en stund. ”Jag blir glad av dem.”

Vide nickar och vänder sig till Sine.

”Det är väl bra ord, antar jag”, säger Sine. ”Men jag tror inte jag känner så mycket.”

”Kan du inte eller vill du inte?” frågar Vide.

”Försöker du ens?” frågar Amare.

Sine vrider obekvämt på sig.

”De känns inte helt ... självklara för mig.”

”Jag kan inte säga att de är helt självklara för mig heller. Men jag tycker det känns skönt att läsa dem och de verkar höra ihop på något sätt”, säger Alejo.

”Ställ er då i stället på vänster sida av diket och läs orden där igen”, säger Vide efter att ha lyssnat på dem.

”De hänger också samman, men det tar emot att läsa dem”, säger Alejo.

”De här orden får mig att bli alldeles tung”, säger Amare. ”Trött, på något vis.”

”Vad känner du för orden till vänster då, Sine?” frågar Vide.

”De är jobbiga att läsa. Tunga, men de känns inte lika onaturliga som de andra”, säger Sine.

Amare ser bekymrat på sin bror.

”Inte lika onaturliga? Menar du att känner dig närmare dödsorden än livsorden?”

Sine rycker på axlarna men kan inte formulera något svar.

”Det ni diskuterar är viktiga saker, vänner. Mycket viktiga. Jag tror att vi kan enas om att de på ena sidan hör ihop, de är sammanlänkade som en kedja. Det finns inga motsättningar mellan dessa ord. Även de på andra sidan är sammanlänkade och inte heller mellan dem finns några motsättningar. Jag tror också vi skulle kunna dryfta oss att säga att dödsorden kan ses som motsatsen till livsorden”, säger Vide och ser åt Sines håll.

”Varför är detta viktigt?” frågar Sine och rycker smått otåligt på axlarna.

"Att orden på ena sidan kan kännas naturligare än på andra sidan beror ju på vilka erfarenheter vi har med oss, men det är viktigt vilken sida av diket vi *vill* ställa oss på. I längden blir det obekvämt att stå med en fot på den ena sidan och en fot på den andra", säger Vide. Han gör en ansats till att ställa sig över diket, men tappar till slut balansen och måste hoppa över till andra sidan medan de övriga skrattar. "Men när vi väl bestämmer oss sker det saker", säger han. "Vad händer med en kedja som du håller i din hand då du sätter några länkar i rörelse, Sine?"

"Hela kedjan svänger väl med efter ett tag, antar jag", svarar Sine.

"Så om vi tar med några av orden på ena sidan av diket in i våra liv så borde vi kanske inte bli förvånade om fler ord på samma sida börjar göra oss sällskap. Vilken av kedjorna vi vill låta svänga?" frågar Vide.

Sine ställer sig så nära diket han kan och sveper långsamt den lysande facklan ömsom över den vänstra och den högra sidan medan han läser orden igen, nu mer ingående. Amare och Alejo har ställt sig så att de kan läsa de ord som gör dem glada.

"Jag skulle bli mycket förvånad om någon människa på vår jord frivilligt skulle ställa sig på dödsordens sida om de fick välja vilket liv de önskar åt sig själva", säger Vide. "Ett liv där vi står på den goda sidan är vad vi alla önskar. *Alla*. Och det finns inget som hindrar att vi låter andra stå vid vår sida. Tvärtom, vi förstärker kedjan åt varandra.

Men trots att det troligen är det viktigaste valet vi kan göra, modern till våra framtida beslut, så är det ändå inte självklart att vi väljer de goda ordens sida. Vi kommer att glida, ramla, till och med slungas över till andra sidan. Vi själva, vår omgivning och våra omständigheter kan alla orsaka detta. Men om vi verkligen vill så kommer vi att sträva tillbaka."

Amare och Alejo kramar varandras händer. Vide för sin fackla över orden innan han vänder sig till de övriga tre på stranden.

"Ni upplevde nyss att ord inte bara är ord. De har en förmåga att förändra våra tankar, och i förlängningen också våra handlingar. Lägg livsorden på minnet. I stunder av oro, ångest eller sorg kommer orden då finnas inom er och när ni tänker eller uttalar dem så kommer de också att varsamt strömma genom er och leda er i en ny riktning. Följ de rätta orden, lev dem och dela dem med varandra."

En kort stund efter att de lämnat platsen vänder sig Vide om.

"En sak till", säger han. "Ord är så mycket viktigare än vi tror. Vad hjälper det att jag talar tusen vackra ord om mitt nästa ord är kärlekslöst? Detta enda kan stjälpa de övriga jag uttalat ner i avgrunden."

"I så fall är vi ju alla förlorade", utbrister Amare. "Vem kan leva ett liv utan att säga, eller för den delen göra, något förhastat?"

"Ingen", svarar Vide. "Jag kan tala ytterligare tusen kärleksfulla ord, ja tiotusen, men du kommer att oroas för att ett enda ord av kärlekslöshet ska göra de tiotusen om intet. I dina ögon har jag då bara en väg att gå för att kunna börja om: genom att be dig uppriktigt om förlåtelse."

"Vad gör det för skillnad?" frågar Sine. "Sagt är ju sagt."

Vide hukar sig då ner och skriver ett ord i sanden.

"Läs det", säger han till Sine.

"DÅRE", läser Sine högt och ryggar tillbaka.

"Det är ett ord jag inte skulle vilja använda om dig, Sine. Jag skulle inte mena det och jag skulle ångra det, så vill du vara snäll och sudda bort det?"

Sine ser först skeptiskt på Vide men skrapar sedan på ordet med ena foten så att det blir suddigt.

"Jag önskar att du gör det helhjärtat, Sine."

Sine suckar och går ned på knä så att han kan stryka över ordet. Till sin förvåning får han plötsligt se Vides hand hjälpa till. Han har gått ned på knä intill Sine och de hjälps åt att utplåna ordet.

"Tack. Ska vi fortsätta framåt, vänner?" frågar Vide när de rest sig igen. Han lägger en arm om Sine medan han pekar ut vägen med sin lysande fackla.

Sine ser först frågande på Vide, men protesterar inte. Han för lite ovant upp även sin arm och klappar om Vide. Sedan följs alla åt hem till Alejos hus, vilket Vide fått lov att förbereda till att umgås, äta, dricka och glädjas i tillsammans.

Tal till paret brukar sparas till den fest då de befäster sina löften till varandra, men Vide vill redan nu ställa sig upp och säga några ord direkt till Amare och Alejo, för att markera att de fattat ett stort beslut.

”Amare och Alejo, att ni funnit varandra och dessutom vill leva tillsammans, det är stort och det är ytterst meningsfullt. Det är inte givet att vi alla får möta den glädjen. Amare, du kom hem och möttes av Alejo, som väntat tålmodigt just på dig. Men han tar dig inte för given. Och Alejo, du kommer aldrig mer behöva känna dig som en gäst i denna dal. Dalens dotter Amare har omfamnat dig.”

Amare och Alejo ser på varandra och ler.

”Ni vet vad kärleken är. Den sätter den andre främst. Att ni vill leva tillsammans innebär att båda vill sätta den andre främst. Det går inte väl om bara den ene gör det.”

”Nej det går inte väl”, säger Amare och ser upp mot Sine, som skakar på huvudet och vänder blicken ut genom fönsteröppningen. ”Därför måste vi välja med omsorg.”

”Och att lära sig att ta emot likväl som att ge”, säger Alejo och ser tacksamt på Amare medan han smyger in hennes hand i sin.

# DEL 2

# XXVIII

## Rosenbusken

Vintern har passerat och Gåvornas dal sträcker långsamt på sig efter vilan. Även Casavales marknadsplats har börjat vakna till liv och en morgon stöter Sine och Vide på varandra bland stånden med grödor och fisk. De hade haft ett givande samtal på stranden vid Lyckans å i väntan på att Amare och Alejo skulle återvända från Löftenas ö, men Vide har under en längre tid känt på sig att han vill ha ett lite längre samtal med Sine. Framför allt därför att han hos Amare hade anat en viss oro för honom. Sine arbetar under dagarna vid Vattenmarken men verkar ha förändrats på ett oroväckande sätt vid de få tillfällen han synts till.

'Han lider i vilket fall större nöd nära sin far än hos Maius', hade Alejo sagt, men tycktes trots det inte heller helt obekymrad över Sines situation.

'Ett vilset skepp behöver en tydlig vägvisare för att inte slås i spillror mot skären när det blåser upp', hade Vide svarat.

Maius lyser för all del starkt, men visar inte, enligt Vides mening, vägen till en trygg och säker hamn. Vide bjuder därför in Sine till måltid och samtal i den tidiga vårsolen.

Sine förvånas över Vides inbjudan och tvekar, inte minst efter vad han hört sägas om Vide bland sina vänner. Samtidigt upplever han nu, liksom tidigare, att den gamle bemöter honom med stor respekt och vänlighet. Vide verkar genuint intresserad, vilket får Sine att vilja samtala mer med honom. Lite nya intryck som kontrast till det enformiga arbetet i Vattenmarken ger till slut Sine den ursäkt han tycker sig behöva för att tacka ja.

Sine har inget att invända mot den måltid Vide bjuder på i sin trädgård: honungsrostade rotfrukter och nötter med olivolja, grillad fisk, årets första salladsskörd, och vin. De samtalar om arbetet i Vattenmarken, om Amare och Alejo, och om byn i stort. Allteftersom blir samtalet mer rättframt och personligt.

"Vem tror du att du har blivit när du uppnått min ålder, Sine?" frågar Vide.

Sine plockar åt sig några nötter som han rullar i handen medan han funderar.

"Det har jag inte tänkt på så mycket. Borde jag det?"

"Man kan ha något att sträva mot, ett ideal. Liksom konstnären har en bild inom sig av det han vill uttrycka på sin målarduk. Vi har ju trots allt fått ett liv att förfoga fritt över."

"Jag tänker väl att det får visa sig allteftersom. Man kan ju ändå inte styra över allt som sker."

"Nej, det kan man inte", säger Vide och stoppar i sig några salladsskott. "Du kan ha en bild av *vad* du kan bli om du får rätt förutsättningar, men livet kommer naturligtvis att lägga sig i *hur* du blir. Det gäller nu inte ditt yttre så mycket som ditt inre, ditt medvetande. Din yttre gestalt är inte obegränsad, Sine, men vilka gränser har ditt inre?"

"Jag vet inte ens hur ett sådant ideal skulle se ut, vilken bild jag skulle se framför mig. Hur som helst lär jag ju bli besviken då jag tar några steg tillbaka och jämför mig med någon som är perfekt", säger Sine med ett avhugget, cyniskt skratt.

"Du ska inte *jämföra* dig med idealet", säger Vide och ler. "Det ska bara påminna dig om vem du egentligen är och vart du är på väg. Och den som inte övar sig i att sträva mot idealet övar sig ju faktiskt i att ignorera det.

Men du undrar hur idealet skulle se ut? Det finns bara ett fullkomligt ideal, Sine: den som är och förblir helt utan mörker."

Vide noterar att Sine skakar uppgivet på huvudet.

"Jag brukar tycka om att sitta vid elden, Sine. Gör du också det?"

"Vid elden? Ja ... Det gör väl de flesta? Den värmer och håller undan mörkret."

"Har du suttit tillsammans med andra kring en eld efter att mörkret fallit?"

"Självklart, flera gånger", svarar Sine.

"Brukar du kunna se allas ansikten?"

"Alla är ju vända mot ljuset från elden. Och mot varandra, så … Ja."

"Vad skulle hända om ni alla vände er om?"

"Vi skulle inte se varandra ordentligt, antar jag. Då är vi ju vända bort från ljuset. Och varandra."

"Så bara vända mot ljuset kan vi alla se varandra som vi är? Då borde vi väl uppmuntra varandra att hålla oss vända mot ljuset?" säger Vide leende.

"Hurdana är vi då?" frågar Sine.

Vide nickar dröjande.

"Om vi skulle skala av allting i våra liv och blottlägga vår innersta kärnas djupaste längtan, vet du vad som skulle återstå då, Sine?"

Sine ser ut som om han befinner sig på en lång resa och plötsligt inser att han inte kan minnas om han verkligen släckte elden hemma i eldstaden.

"Sanning och kärlek, Sine. Inte sanning utan kärlek. Inte heller kärlek utan sanning. Utan sanning *och* kärlek. Den djupaste relation vi kan ha till någon grundar sig i detta. Den som har både sanning och kärlek lyser utan något mörker inom sig. Det är detta ljus vi alla innerst inne söker."

"Jag är bara en människa, Vide. Vad begär du egentligen?"

Vide skakar på huvudet och häller upp mer vin till Sine.

"Orden kanske skrämmer och vi bör också vara varsamma när vi använder dem i sin ädlaste form. Ärlighet och omsorg är begrepp som vi lättare kan hantera i våra relationer. Alla människor lever sina liv i någon slags relation till andra och till sig själv. Och en nära relation förutsätter tillit som grundar sig på sanning och kärlek, eller ärlighet och omsorg, beroende på vilket djup den har. Vi ingår överenskommelser, men om vi sviker dessa – eller får andra att svika dem – så skadar vi tilliten. Det är allvarligt, mycket allvarligt. När vi utlämnar oss till varandra, när vi blottar våra känsligaste zoner, då är det bara en skör slöja som skiljer välbehag från smärta, samförstånd från förräderi. Tillit är något av det viktigaste i våra liv, men också det mest sårbara."

"Därför ska man bara lita på sig själv", säger Sine krasst. "Jag tror på självständighet."

"Självständighet är bra, Sine. Vi behöver den friheten. Men det är även nödvändigt med ramar kring vår självständighet – inte minst i gemenskap med andra människor – annars finns risk att vi stjäl utrymme eller frihet från dem. Och även om vi inte lever i tät gemenskap är vi i behov av gränser att hålla oss inom. I annat fall kan vi hamna vilse och ha svårt att hitta tillbaka."

"Vår by har stadgar som jag följer, men vilka normer jag lever efter är ju upp till mig", säger Sine.

"De stadgar vi följer är den ordning vi har. De normer du väljer att leva efter är den frihet du tar dig. Kom bara ihåg att frihet inte står i motsats till ordning. Gör den det så riskerar vi att hamna i obalans med både oss själva och med andra. Men tror du inte att en by med gemensamma stadgar fast helt olika normer riskerar att långsamt slitas sönder, Sine?"

"Tänk om normerna är fel då? Vem säger att folk i vår dal tänker och gör saker på rätt sätt? Eller att min familj gör det?"

"Jag håller med dig, Sine. Det finns sådant som är bra men också sådant som inte är bra här. Går din uppfattning på tvären mot vad andra anser, så kan du ju mycket väl ha rätt. Jag såg hur väl du handlade då din mor blev slagen, trots att du drog din fars vrede över dig. Fortsätt att lyssna lika mycket med ditt hjärta som med ditt förstånd innan du handlar."

"Jag ville se honom vred. Det bidrog kanske till att jag bröt med honom", säger Sine utan att Vide kan utläsa om han menar allvar. "Vad byn anbelangar får den väl ta hand om sig själv. Jag sköter mitt eget, på mitt vis."

"Men du *är* byn. Tillsammans med alla oss andra. Liksom busken och trädet, tillsammans med de övriga, är dungen. Vi behöver varandra och vi behöver lita på varandra."

"Varför lever inte du tillsammans med de övriga i byn om vi nu alla är en del av den?" undrar Sine, delvis för att provocera, delvis för att vinna tid och rum åt sina egna tankar.

"De flesta träd trivs bäst i skogen, tillsammans med andra. Tillsammans finns en styrka som den ensamme saknar. När vinden blåser sjunger skogens träd, för de är trygga i varandras skydd. Ett ensamt träd knakar i stormen.

Men vissa träd tycker trots det bättre om att växa för sig själva. Ett ensamt träd på en äng kan växa i lugn och ro och sträcka sig lika mycket åt alla håll."

Vide ler avväpnande, men Sine samlar sig.

"Vad är i så fall jag för en växt, skulle du säga?"

Vide letar med blicken bland växterna utmed berget efter ett svar.

"Jag tror att du idag är en vild, snabbväxande rosenbuske, Sine. Lite otämjd kanske, men en buske med mycket växtkraft har obegränsade möjligheter till att formas, eller hur? En rosenbuske kan ju omskapas till ett vackert rosenträd om det görs i rätt tid. Och har den från början inte fått växa helt rätt i alla avseenden, så brukar den ändå finna en väg, även om beskärningen senare i livet kan behöva bli lite kraftfullare."

Sine går in i skuggan under ett gammalt valnötsträd och lutar sig mot dess stam och låter samtidigt det solljus som sipprar igenom lövverket färgsätta honom. Han blundar.

"Men jag måste väl ändå vara fri att tänka och tycka vad jag vill, så länge jag inte skadar någon? Eller menar du att jag är en rosenbuske med taggar som river alla?"

Vide skrattar.

"En taggig buske river väl bara den som kommer för nära, antar jag. Och taggar har den för att den vill skydda något som är viktigt."

Sine lyfter ögonbrynen och putar med läpparna.

"Naturligtvis är det så att du kan och får tänka vad du vill, Sine. Jag vill bara uppmana dig att ge akt på vad du tänker. Våra tankar är födan för våra handlingar. De val vi tror att vi gör i stunden har vi i själva verket redan trampat upp stigar åt i våra tankar. Därför kan vi aldrig beskylla tillfället, utan vi måste vårda tankarna medan vi ännu är kapabla avgöra vad som är förnuftigt. En dag kan du komma att stå inför ett livsavgörande val. Förvalta dina dagar så att du är förberedd då stunden kommer."

Vide vänder sig ut mot dalen.

"Sine, du bor i ett hus där du själv väljer vem du vill släppa in. Skulle du släppa in vem som helst?"

"Självklart inte! Bara de jag känner. Och knappt de."

Vide skrattar till.

”Varför inte?”

”Har man väl släppt någon över tröskeln som man inte vill ha där så är det svårt att få ut honom ur huset.”

”Hur svårt?”

”Hur svårt?” upprepar Sine och ser på Vide som om han råkat ställa fel fråga.

”Hur svårt är det att bli av med någon som du anar kan ställa till obehag för dig?”

”Det beror väl på”, svarar Sine trevande. ”Att inte öppna dörren är ju det effektivaste. Då försvinner han förhoppningsvis snart. Men har jag släppt in honom i tamburen så har jag redan gjort det besvärligt för mig. Och släpper jag in honom i de inre rummen så … Ja, då får jag ju skylla mig själv.”

”Så det bästa vore alltså att bestämma sig i förväg för om du vill släppa in honom eller inte? Klokt. Har du en gång släppt in någon så lär han göra sig mer hemmastadd för var gång. Så välj då i förväg även vilken tanke du inte vill släppa över tröskeln. Hindrar du den vid dörren stannar den troligen där. Och har du stoppat den en gång så ger det dig styrka vid nästa tillfälle. Men börja aldrig förhandla med den du måste hålla dig ifrån!”

”Skulle tankar verkligen vara så viktiga? Det passerar ju säkert … massor genom huvudet under en dag”, säger Sine och gör en viftande rörelse i luften.

”Den tanke du ruvar på idag kan förändra en by imorgon.”

Sine ler skevt. Han har svårt att se vilka av hans tankar som skulle kunna förändra den by som han levt hela sitt liv i utan att hittills ha gjort några större avtryck. Vide lutar sig tryggt mot berget och ser allvarligt på Sine.

”Lyssna, Sine. Våra tankar går en balansgång på en smal stig, oavsett om marken under våra fötter är fast eller lös. Så länge vi kan balansera det som skapar ordning och det som skapar frihet i våra liv, så kommer vi att kunna hålla oss uppe på stigen. Men föraktar du ordning eller överdriver din frihet så kommer du uppleva att dina tankar glider ner mot kaosets ravin. Om du å andra sidan föraktar frihet eller strävar mot överdriven ordning så kommer dina tankar dras ned mot fångenskapens ravin.

Den som låter stigen löpa på en stadig grund kan ta ett felsteg, men får snart fotfäste igen. För den som följer en stig på lös grund kan ett felsteg däremot leda till att marken ger vika. Han kan utlösa en lavin som snart växer sig större, bortom all kontroll.

Ljusa, goda tankar behöver du aldrig dölja, Sine. Och de hjälper dig att se om du går på stadig eller lös mark. Mörka, onda tankar däremot, fördunklar din väg och tar mycket kraft att skymma.”

Sine försöker framgångslöst sortera sina tankar.

”Vad menar du med onda tankar?” slipper det till slut ur honom.

”Just det! Vad är ont?”

”De har väl kanske att göra med de ord du skrev på ena sidan av diket vid Lyckans å”, föreslår Sine med en axelryckning.

”Så du minns dem?” säger Vide uppskattande. ”Ja de orden är påtagliga, de påverkar oss. Men *det onda* är egentligen ingenting och det äger ingenting – det är bara en frånvaro av det goda. Precis som mörkret inte är någonting utom frånvaro av ljus. Ändå kan detta *ingenting* utöva makt på oss.”

”Hur då?”

”Titta här.” Vide tar fram ett runt lerkrus med en lång, smal hals. ”Vad finns det i det här kruset?”

Sine tittar ner i halsen på kruset och ruskar på det. Han tror sig veta vilket svar Vide är ute efter.

”Ingenting. Mörker.”

”Mörker är ingenting. Visst är det så, men är du säker på att ingenting annat finns i kruset?”

Sine snörper besviket med ena mungipan när han förstår att det antagligen finns ett ännu bättre svar.

”Blöt dina läppar och täck öppningen. Töm sedan kruset.”

Sine tittar misstroget på Vide, men gör till slut som han säger.

”Och håll kvar det du tog in i dina lungor.”

Sine himlar först med ögonen men ser strax något ansträngd ut.

”*Nu* är det ingenting i det. Ta loss kruset.”

Det smackar när kruset lossnar från Sines läppar, som sugits in mot öppningen. En röd rund ring stannar kvar en stund kring hans mun, vilket uppenbarligen tycks roa Vide.

"Det fanns ingenting i kruset. Ändå – eller snarare därför – drog en kraft dig till sig. *Ingenting* vill nämligen få del av *Allting*. Likaså suger ju den torra jorden i sig vätska från den fuktiga jorden och kylan drar värme ur din kropp."

Vide tar tillbaka kruset ifrån Sine och trummar tankfullt på det så att dova toner uppstår.

"*Det onda* är ingenting, bara tomhet. Tomheten har inte ens en egen stämma, den måste lånas. Håll dig därifrån så undviker du att bli uppslukad av det."

Vide avslutar trummandet.

"Men det är inte tillräckligt att hålla sig ifrån det onda. Du behöver också välja att göra det goda. Det är tre steg att ta. Vi behöver *förstå* vad som är gott, *vilja* det och även *göra* det."

"Det du säger börjar låta kravfyllt", säger Sine och suckar.

"Om vi inte får stöd från vårt eget samvete eller från de vi har omkring oss kan vi ta hjälp av naturen. Där finns källor av vishet att ösa ur om vi lyssnar rätt."

Vide ställer kruset på marken och gör en gest åt Sine att följa med ut i trädgården igen. Han för honom till ett persikoträd i blom. En stillhet vilar under trädet, trots att bin arbetar ivrigt på de rosa blommorna.

"Det här trädet kommer att bära frukt i hundratal till sommaren. Ändå ser det inte ut att anstränga sig. Vad är hemligheten?"

"Trädet får ju hjälp med pollinering", svarar Sine och knycker på huvudet. "Det är andra som jobbar åt det. Och bina får vad de vill ha så de behöver inte klaga heller. Ge och ta."

Vide lyfter något på ögonbrynen och nickar åt den sammanhängande förklaringen. Han följer binas rörelser och ser ut att ha fastnat i en tanke, innan den låter sig formuleras.

"Ja. Eller kanske snarare ge och *ta emot*."

Vide pekar upp mot trädkronan.

"Ser du vart grenarna vänder sig?"

”De söker solljuset.”

”Ja, de vill ha solens ljus därför att det är gott för dem. Det ger kraft. Därför sträcker de sig mot ljuset, visst är det så.”

Sine knycker med huvudet. Vide tar tag i en gren, böjer den försiktigt mot sig och känner på en blommas doft.

”Blomman är vacker, men behöver vatten och näring för att bli en frukt. Så var kommer det ifrån?”

Sine nickar ner mot rötterna vid marken.

”Just så. Fast även vattnet kommer ju från ovan. Det landar emellertid på marken och tar fram det goda ur jorden innan kraften från solljuset låter det flöda genom trädets ådror. Sedan lämnar trädet tillbaka vattnet och låter oss andra få fylla våra lungor med dess andedräkt. 'Vatten kommer, vatten går'. Det är ett storartat kretslopp. Och du är del av det.”

Vid de orden lyfter Sine något på ögonbrynen och putar åter med läpparna, som om han försöker suga i sig en tanke. Även om hans yttre möjligen inte ger sken av det till fullo så förnimmer Sine en känsla av att något klokt kan vara på väg att landa i honom.

”När persikorna är mogna plockar du en och känner den behagliga lukten. När du biter igenom det vackra skalet och näringen kommer in i dig känner du också hur gott det smakar. Sedan tackar du för maten genom att föra persikokärnan till en plats där nya träd kan växa upp och dela med sig av sin goda frukt.

När du och bina dras till det goda så är det för att ni är attraherade av det. Sedan fylls ni av det och sprider det vidare.”

Vide vänder sig med ett brett leende till Sine.

”Som du förstår är det inte ansträngande att göra det goda, bara väldigt naturligt. Och gott.”

Vide ser att Sine inte orkar ta in mer och bestämmer sig för att samla ihop tankarna.

”Lev ditt liv så att alla dina tankar och handlingar kan vistas i ljuset. I dunklet kommer du själv och många andra att tappa bort dig. I klart ljus kan dina ögon se längre, djupare och tydligare. Och andra – men framför allt du själv – kan se dig som du är. Då kommer alla få se att redan en oslipad ädelsten verkligen kan glimma."

Sine upplever att ljus kan vara obekvämt om man är oklädd för det. Han sveper in sig i en osynlig mantel som döljer nakenheten, men samtidigt stänger ute de insikter som ville landa hos honom. De blev lite för närgångna.

# XXIX

## Vad finns hjärtat till för?


"Medicus, Medicus! Hon håller på att dö!"

Curioso kommer springande in i Medicus hus. Han sitter intill en bänk vid fönstret och slipar stenar och hon kommer hela vägen fram till honom utan att han lyfter blicken.

"Jag hörde inte någon knacka", säger han med en stel harkling.

Curioso håller två kupade händer tätt intill sig. Hon lyfter fram dem inför Medicus och blottar en liten sargad, blå- och rödskimrande fågel.

"Den dör! Du måste rädda den!"

Medicus tittar upp.

"En fågel?" säger han och rynkar ögonbrynen. "Jag brukar inte …"

"Kan du inte rädda liv?" frågar Curioso och ser bekymrat på Medicus.

Medicus trummar hastigt med fingrarna på bänken innan han lutar sig fram och lyfter på ena vingen med ett finger.

"Vad har hänt?"

"Den hade fastnat i ett fiskenät som hängde på tork nere vid ån. Maldretto stod och kastade stenar på den, så jag ställde mig framför fågeln för att ge henne skydd."

Medicus skakar på huvudet samtidigt som han försiktigt vrider upp hennes handled och får syn på ett blödande sår.

"Han träffade dig också ser jag."

"Det är inte jag som håller på att dö. Här!"

Curioso lämnar fågeln i Medicus händer och flyttar sig till sidan av bänken. Genom fönstret skymtar hon en av Maldrettos kamrater, som tydligen smugit efter för att se vad hon tänkt göra. Medicus ställer fram ett fat med en oljeaktig vätska, en tvättsvamp och en liten duk till henne.

"Rengör ditt sår medan jag ser vad jag kan göra åt fågeln."

Curioso tvättar långsamt sitt sår men ägnar all sin uppmärksamhet åt fågeln. Till slut rätar Medicus på sig och ser allvarligt på Curioso.

"Den måste ha blivit stressad. Hjärtat har stannat."

"Är hon död?" frågar Curioso och verkar ha svårt att ta till sig det Medicus säger. Han nickar kort. Curioso ser med tårfyllda ögon på fågeln och stryker länge med handen över dess fjädrar.

"Medicus?" säger Curioso, och suckar djupt då hon till sist tvingats acceptera det som skett.

"Ja, Curioso?"

"Har vi också hjärta?

"Ja det har vi."

"Vad finns hjärtat till för?"

"Det betjänar blodet så att det kan flöda."

"Och vad gör blodet?"

"Det betjänar kroppen genom att förse varje del av den med liv."

"Varför har vi en kropp då?"

"Den finns för att kunna betjäna dina tankar", svarar Medicus efter en viss tvekan. Curioso är tyst en stund medan hon fortsätter att klappa fågeln.

"Men vad är mina tankar till för i så fall?"

"Curioso!" Medicus stannar upp och ser på henne. "Du frågar väldigt mycket!"

Curioso rycker på axlarna.

"Så länge du kan svara på frågorna så gör det väl inget?"

Medicus harklar sig och håller upp en hand för att avbryta henne. Sedan visar han vänligt men bestämt ut henne tillsammans med den döda fågeln.

# XXX

## Pärlmusslan

Vinterns regnmängder blev mindre än önskat i Vizinha och den behövliga påfyllningen i Vattenmarken har uteblivit. Visserligen har Sine och resten av arbetslaget utfört ett tålmodigt och gott arbete som inneburit att man lyckats fördela ut åns normala flöde över stora delar av Vattenmarken, men det är inte tillräckligt. Maius och Maison ska därför verkställa uppdraget att besöka Vizinha för att förhandla om att få låna en del av flödet från ån som leder till deras by. Misslyckas man kan höstens och vinterns arbete i Vattenmarken rent av ha varit förgäves. Men för Maius är ett misslyckande inte ett alternativ – att lyckas betraktar han snarast som en naturlag.

De påbörjar sin vandring österut genom ravinen där akvedukten löper, i sällskap med Sine, som kommer att fortsätta till Vattenmarken för arbetet med dikena, medan de själva fortsätter färden till Vizinha. Just som de tar sig fram längs en klippvägg kommer en sten studsande nerför berget. Den är inte stor, men träffar Sine i huvudet så illa att det börjar blöda.

”Hur gick det?” frågar Maison.

”Det var bara en påminnelse om att se upp”, svarar Sine med ett påtvingat skratt och viftar avvärjande.

Till Maius och Maisons förvåning plockar Sine upp stenen och lägger den i en ryggsäck han fått låna av Alejo. Sine förklarar att han vill ha den med sig som en påminnelse för att undvika liknande scenarier framöver. Maius betraktar Sine skeptiskt innan han vänder sig om och återupptar vandringen.

”Är du säker på att det gick bra?” undrar Maison aningen misstroget.

Sine nickar och fortsätter framåt efter att ha tvättat bort det blod som runnit längs ansiktet.

När de kommer till uppsamlingsrännan i det lilla vattenfallet där deras stigar delar sig är Maison nära att upprepa sin fråga, men ser på Sine att det inte är nödvändigt. De önskar varandra god lycka innan de skiljs åt.

En stund efter att Maius och Maison tagit avsked från Sine tillåter inte längre terrängen dem att följa ån som rinner ner mot Vizinha. Det var mycket länge sedan Maison besökte grannbyn och de första frågorna kring vandringen börjar infinna sig.

"Vilken väg är den bästa att ta till Vizinha?"

"De upptrampade stigarna löper där det är enklast att ta sig fram", svarar Maius. "Och den som följer dem slipper tänka själv, så det är väl bekvämast även för oss förmodar jag. Så verkar ju människor över lag vilja ha det."

Maius egen far hade sagt honom att 'stora upptäckter sker sällan längs upptrampade stigar'. De orden var ett av de få minnen han valt att bevara av sin far. Men nu är inte tid för stora upptäckter. Färden till Vizinha kommer att ta tid, särskilt som den nu måste ske till fots.

Maison känner sig illa till mods över det sätt hans far uttrycker sig på, men knycker på axlarna och följer honom på de stigar han vandrar. Därefter förflyter timmarna utan att far och son talar till varandra, förutom ett fåtal fraser av mer praktisk karaktär. Men vid ett särskilt besvärligt parti där stigen leder ner längs en stenig ravin börjar Maison hysa vissa tvivel kring vägvalet.

"Är du säker på att det här är den rätta vägen?"

"Jag är övertygad, för den har lett mig rätt förut."

"Något kan ju ha hänt med den sedan sist? Stenar tycks ha rasat här nyligen."

Maius stannar upp.

"Naturligtvis kan jag inte veta säkert. Men jag måste ju lita på att vägen jag slagit in på är den rätta. I annat fall slutar det med att jag irrar omkring utan någon riktning. Finner jag något som talar för motsatsen får jag ju orsak att omvärdera den saken, inte förr."

Maius visar med kraftfulla steg att han avser fortsätta vandringen ner längs den skuggiga ravinen, vilken är kantad av höga klippväggar och lösa stenblock.

"Övertygelse utan rädsla kan vinna krig", säger han högt och artikulerat i avsikt att avsluta diskussionen med bevarad pondus just som han tar ett språng mellan två stenblock. "Det handlar helt enkelt om mod. I ett krig är det inte fienden som är din värsta motståndare – det är din rädsla."

Maison håller sig tyst, men bara tills han tänkt klart.

"Övertygelse utan rädsla ... Det skulle väl lika gärna kunna starta ett krig? Men mod? Utan rädsla finns väl inget mod?"

Maius undviker att besvara frågan trots att han inte vill framstå som svarslös, framför allt inte inför sin son. Men han behöver koncentrera sig på att undvika ett skred genom att trampa fel och på så sätt dra dem båda ner i avgrunden. Han är tydligt ansträngd.

"Hur som helst ..." säger Maius andfådd. "På havet hade det inte funnits några raviner."

Det sista inlägget från Maius var inte så illa tänkt som det lät i den ansträngda situationen, men Maison hugger omedelbart tillbaka och gör ett försök att förskjuta ansvaret – och därmed skulden – på sin far.

"Det var du som ville ha mig med till Vizinha!" utbrister Maison. "Och du vet varför vi valde landvägen", fortsätter han i en mer dämpad ton. "Men känner du verkligen inte till någon genväg så att vi kan komma fortare fram?"

"Genvägar har ett pris. Annars hade det ju inte varit en genväg. Det här *är* en genväg."

Maius fokuserar därefter på att hålla balansen utmed den väg han går.

"Du har fortfarande inte förklarat varför du vill ha mig med", säger Maison och försöker få den äldre att tala.

"Det finns orsaker."

Maison inser att det inte lönar sig att ödsla mer energi på frågan för tillfället och tystnaden segrar ännu en gång.

Efter ytterligare någon timme har de tagit sig igenom ravinen. Det är hög tid för ett avbrott i vandringen så att de två vandrarna kan inta den medhavda färdkosten och samla kraft inför fortsättningen. De sätter sig på var sin sten och knyter upp sina ryggsäckar. Maius bryter en långvarig tystnad med en fnysning.

"Jag förstår inte hur Sine resonerar kring stenen i ryggsäcken."

Maison avvaktar ett par ögonblick innan han svarar.

"Det finns kanske orsaker …"

Maius sneglar i smyg för att se om Maison driver med honom men lyckas inte läsa av varken hans ansikte eller rörelser. En känsla av främlingskap åstadkommer en tunn slöja av sorg hos Maius och han försöker förgäves mota bort de tankar som följer. Varför kan han inte läsa av honom? Känner han inte sin egen son?

En kort episod från den tid när han var runt nio år gammal dyker utan förvarning upp ur hans inre. Han minns när hans mor försökte trösta honom efter en dag tillsammans med sin far då de skulle ha fiskat. Han hade sett fram så mycket mot att äntligen få vara tillsammans med honom hela dagen, men den blev inte som han tänkt sig. De hade fått avbryta utflykten efter att kroken fastnat i ett av Maius fingrar. Han hade inte bara misslyckats med att fånga den stora fisken som han visste simmade i vattnet någonstans, utan också med att fånga en stund med sin far. Hans far hade i stället blivit arg för att Maius inte kunde hålla ordning på sina redskap. Episoden smärtade i kropp och själ.

Maius mor var dock av en klok sort och berättade om pärlmusslan som man med lite tur kan hitta på botten av Lyckans å. Hon hade sagt att när det kommer något oönskat in i musslan så börjar den kapsla in detta i ett vackert hölje. Den fortsätter med detta tills det slutligen bildats en skimrande pärla. Det som var oönskat är då inte borta, men med tiden så har det förvandlats till någonting värdefullt.

Maius hade inte velat tänka så ofta på den här händelsen, men nu snubblade hans tankar på den i flykten. Han ville gärna ge sin mor rätt, men hade misslyckandet den dagen verkligen förvandlats till någonting nyttigt på något som helst vis?

Han tvingas mot sin vilja inse att moderns ord förmodligen bara var ett listigt trick för att försöka trösta honom. Och sorgen över att en magisk stund med en far förbytts mot en stund av skam, smärta och besvikelse tränger nu fram starkare i Maius än någon gång tidigare. Det skulle heller aldrig komma att bli fler tillfällen för dem.

Maius ser på sin son och önskar att deras relation vore lite annorlunda. Han önskar att de kunde börja samtala med varandra. Om viktiga saker.

Maius häller upp en skål med blandade bönor.

"Har du någonsin funderat över varför de stora bönorna förr eller senare alltid hamnar överst och de minsta underst?" frågar Maius.

Maison rynkar knappt märkbart på pannan vid den oväntade frågan och knycker på huvudet efter att han halvhjärtat försökt hitta ett svar.

"Små bönor ramlar ner mellan de stora bönorna för att de helt enkelt är mindre, och då kommer de små att bära upp de större", förklarar Maius. "Därför umgås de små bönorna med små och de stora med stora bönor."

Maison rycker på axlarna.

"De små är mer praktiska att ha med sig för de kräver mindre utrymme", säger han.

"De små är för all del användbara. Men de stora är intressantare", svarar Maius och provar ett leende mot Maison.

"Det är väl en smakfråga", säger Maison utan att riktigt besvara leendet.

"De stora som lagt sig ovanpå måste väl ändå ha lite bättre utsikt?" skrattar Maius utan att få sällskap. Han tystnar tvärt och spänner ögonen i Maison. "Om man stannar på botten kommer man att sakna perspektiv, Maison. Man måste ta kontroll över sitt liv. Klättra upp och välja det goda åt sig. Annars får du se någon annan ta det ifrån dig. Du måste bli som de stora bönorna!" Maius skakar om bönorna i skålen medan han betraktar hur de skiktar sig just på det sätt han förutspått. "När du väl kommit överst så kan du låta de andra bära dig, de som inte valt något bättre. De som är nöjda ändå."

"Är det fel att vara nöjd?" frågar Maison utan att titta upp. "När jag var liten ville du att jag skulle vara tacksam över det vi hade."

"Då hade vi inget annat att välja på. Men jag lät de små bönorna lyfta upp mig till det jag är idag. Nu kan vi välja vad vi vill, Maison, eller hur?"

"Så är du nöjd nu då?" frågar Maison med ett cyniskt leende. "Skulle du då rent av kunna tänka dig att stanna hemma framöver?"

Maius ser hastigt på sin son.

”När du har alla valen i din egen hand bestämmer du själv vad du vill vara nöjd med och hur länge. Du plockar helt enkelt åt dig vad du anser vara det bästa. Varför välja en omogen tomat, eller en som fallit på marken? Och varför nöja sig med endast en, som bara mättar för stunden?”

”Riskerar man inte missa något viktigt då?”

”Vad skulle man missa?” undrar Maius och tar en tugga från ett välmatat kycklingben.

Maison noterar att hans far verkar genuint oförstående och tänker därför inte lägga mer möda på diskussionen.

Måltiden äts fortsättningsvis under tystnad, allt medan Maius funderar ut vad han egentligen vill säga till Maison vid nästa tillfälle. Det han sagt hittills har uppenbarligen inte landat rätt.

”Det är hög tid att fortsätta vandringen, Maison. Vi vill inte komma sent till Vizinha. 'Den som har ont om tid riskerar att behöva stjäla den från någon annan', eller hur?” citerar Maius och hoppas att ett visdomsord ska kunna överbrygga avståndet mellan dem, precis som han själv uppskattat sin mors kloka tankar.

Maison kan emellertid inte tolka det på annat vis än att hans far fortfarande är irriterad på att de inte kunnat ta sjövägen. Han svarar inte men sätter av i rask takt längs stigen. Maius går ikapp och förbi och tar åter täten, men förstår markeringen från Maisons sida och inser att han själv åter gjort ett dåligt val.

Det slår honom att han nog aldrig gjort så många misstag och dåliga val som under denna vandring. Bara för att han på kort stund velat hinna ikapp en relation med en annan människa som han uppenbarligen försummat under många år. Var det inte just det här han som barn lovat sig själv att undvika när han en dag skulle bli vuxen?

Maius hade haft för avsikt att under vandringen tänka igenom det kommande mötet med Vizinhas råd, men finner att han i stället ägnat större delen av tiden till att rannsaka sin relation med sin son. Detta gör honom dubbelt frustrerad; dels har han förlorat dyrbar tid, dels har tankemödorna inte lett honom närmare Maison, snarare tvärtom.

Samtidigt som de åter siktar ån som rinner till Vizinha börjar Maius inse att han kanske blandat ihop relationerna. En handelspartner kan man hantera med enkla trick och fraser. Det är ett spel, båda vill vinna något för egen del och båda är medvetna om det. Det spelet behärskar Maius. Men Maison är inte en handelspartner. Det är hans son. Han är på riktigt.

Maius stannar upp. Han undrar varför han går några steg före Maison med ryggen mot honom. Hur ska man lära sig att förstå ett ansikte om man inte vandrar tillsammans? Och hur kan man lära känna någon utan att försöka förstå honom?

Han vänder sig om och möter Maisons blick.

”Maison”, säger han.

Maison stannar framför honom.

”Vi borde …”, inleder Maius och söker efter något med tanken och blicken. ”Låt oss gå ner till ån och fånga fisk!”

Maison ser undrande på honom.

”Fånga fisk?” Maison vänder sig mot ån och är tyst en stund. ”Det finns det väl inte tid för?”

”Vi ger det tid. Kom!”

Maius lägger armen runt Maisons axlar, som förundrad låter sig föras till ån.

”Vi har inget att fiska med”, invänder Maison.

”Vi har våra händer. Och harpuner kan du tälja, det har jag sett dig göra.”

Så får Maius med sig Maison ut i ån för att fiska. Maison är först förvirrad och förstår inte riktigt vad som händer, men vill gärna tro att det är något bra. Efter en stund jagar de runt i vattnet, kastar harpun, skvätter ner varandra och skrattar som om de vore två barn.

Vid ett tillfälle böjer sig Maison ner och plockar upp något från botten av ån. Han står en stund med det han funnit och går sedan bort till sin far.

”Har du sett!” säger han och håller fram en öppen mussla med något runt, blankt och skimrande inuti.

Maius ser på det hans son håller i sina händer. För första gången sedan han var nio år gammal klarar han inte att hålla emot sina tårar inför någon annan.

# XXXI

## Att utmana skyarna

Sine stannar kvar i Vattenmarken denna dag. Han följer visserligen sina arbetskamrater ut ur passet men övertygar dem om att han tänkt ge sig upp i bergen för att få en överblick över Vattenmarken. Om Maius kommer tillbaka med besked om att man kan släppa på vatten mot Vattenmarken behöver de veta förutsättningarna. De övriga ifrågasätter om han verkligen kommer att hinna ta sig både upp och ned och så småningom hem innan mörkret faller, men Sine framhärdar. De låter honom stanna eftersom de vet de att Sine brukar vara envis när han väl bestämt sig.

När Sine försäkrat sig om att ingen längre ser honom återvänder han till Vattenmarken. För första gången på länge har han skymtat fler än någon enstaka frukt på Vishetens träd. Regnperioden har trots allt gjort någon skillnad, åtminstone för vissa av träden.

Med en lång stör slår han ner frukter som hänger högt upp i trädkronorna i det område där man arbetar för tillfället och hoppas att det inte ska synas. Andra träd tömmer han på all frukt som går att komma åt.

Han fyller ryggsäcken med frukterna och tar dem med ut ur Vattenmarken och över hängbron till andra sidan, där han sedan tidigare gömt ett lerkärl under en klippavsats. Han sätter sig ner vid åkanten och börjar plocka fram frukterna en och en och pressar fruktsaften ur dem, ner i kärlet som han ställt bredvid sig. Han har tänkt ut att det måste vara det enklaste sättet att få med sig mesta möjliga av den värdefulla vätskan. Resterna från frukterna slänger han i ån, som sväljer dem med viss tvekan.

Han planerar att först styrka sig med en bit mat så fort han är klar för att sedan vandra tillbaka till Casavale. Då kommer han att lämna kärlet till Mediana för att nästa dag kunna meddela Maius att uppgiften utförts enligt planerna.

Medan Sine kramar ur frukterna reagerar han på att dropparna är blodfärgade. En något olustig förnimmelse av att tömma något på liv kommer över honom. Han luktar försiktigt och smakar sedan ännu försiktigare på några droppar. För ett ögonblick halkar alla sinnesintryck omkring utan att få fäste i Sine och han spottar hastigt ut det han smakat. Han kan inte avgöra om det var fruktsaften eller bara spänningen som fick hans kropp att reagera, men han bestämmer sig för att inte göra om det.

Just när han plockat ur och pressat den sista frukten får han i botten av ryggsäcken syn på stenen som han tog med sig under morgonen. Han tar upp den i handen och begrundar den. Varför hade han egentligen sparat på en sten? Det var en ren instinkt. När Maius frågade om orsaken fabulerade han ihop en förklaring i stunden.

Han blundar och känner på den. Då den träffade honom hade den visserligen orsakat honom smärta och ett sår, men framför allt irritation. Han hade tagit tag i den som om den var en störande löshund med behov av en tillrättavisning.

Sine tänker tillbaka på samtalet som han och hans vänner hade när de kastade sten utför berget.

*'Man vet aldrig vilken väg stenen kommer att ta'. Men varför hade denna lossnat just när vi passerade? Och varför hade den träffat just mig?*

En känsla av att någon, eller något, vill honom ont kommer över Sine. Känslan tätnar ju mer han tänker på hur få som egentligen gjort honom gott i livet. Och hur få som har sett honom, Sine, för den han är. En far som på sin höjd accepterat honom först om han dagligen slitit ut sig på odlingarna. En mor som försvarat hans far för att hon helt enkelt saknar mod till annat – bara i smyg har hon nervöst vågat bekräfta sin sanna modersroll.

Och nu sitter han här. Han valde Maius, mannen som hans far hatar. Men han funderar på om Maius måste vara god bara för den sakens skull.

Sine tänker igenom sin situation. Maius hade gett honom ett stort förtroende.

*Varför? När Maius gör något är det alltid för att vinna något för egen del.*

Sine häller honungsolja och rostade solroskärnor på ett stycke bröd och tar ett bett.

*Hos min far var jag fånge. Vad är jag nu? Maius har ju faktiskt också bundit mig.*

Han har lovat att vårda och vaka över Maius hemlighet utan att röja sitt uppdrag. Instruktionerna var tydliga: dels skulle han leda arbetet att dika ut Vattenmarken för att föra vattnet så långt in som möjligt till den uttorkade marken, dels smuggla så mycket fruktsaft som är möjligt till Mediana utan att röja fruktens hemlighet för någon.

Sine frågar sig vad vinsten egentligen har varit i att ställa sig till Maius förfogande i stället för att arbeta hemma på odlingarna. Trots att Sine gjort valet av egen vilja börjar han känna sig manipulerad. Hade Maius lurat honom?

*Maius är väl förmodligen i behov av någon som kan hjälpa honom att ställa till rätta det som han en gång åsamkat dalen. Är det inte så det ligger till? Maius får erkännandet men han slipper utföra arbetet. Och som om inte det var tillräckligt vill han även dra nytta av de gamla halvdöda träden inne i Vattenmarken – en plats som är för farlig för att Maius själv ska vilja röra sig där. Och hur skulle jag själv få någon del i dem? Alla vet ju vem Maius är. Varenda affär han gör slutar med att någon står i skuld till honom.*

Sine kramar hårt om stenen, så hårt att han spänner varje muskel i kroppen. Nu är det han som kontrollerar stenen och då kan den inte utsätta honom för något mer spratt. En våg av inre smärta sköljer över honom då han nås av insikten att det är just kontroll över sitt eget liv han saknar. Han har alltid varit i händerna på andra. Människor som inte vill honom väl, som helt enkelt inte bryr sig om vem han är.

*Men det behöver inte vara så. Det ska inte vara så.*

Han tittar på stenen. Han kan göra vad han vill med den. Rollerna är ombytta. Han känner efter vad han vill göra: trampa ner den i leran, slå den i bitar, låta den sjunka ner till botten på ån. Han ser scenarierna inom sig och upplever en behaglig känsla av att vara herre över dem alla.

Han väljer till slut att kasta den med all kraft han kan uppbringa mot öppningen till Vattenmarken, där den sakta men obönhörligt slukas upp av kvicksanden. Och det är han, Sine, som själv bestämmer att det ska bli stenens öde. Så går det för den som prövar honom.

Efter urladdningen står Sine still och känner in vad som sker med hans kropp. Den kraft som tillfälligt lämnade honom med stenen fylls på igen, likt en båge som spänns på nytt efter en avlossad pil under en intensiv strid. Han vill göra det hela en gång till, men kraftfullare.

Sine vänder sig om och letar efter något som är större, kraftfullare. Han hittar en större sten som han precis orkar lyfta över huvudet för att därpå kasta den med all kraft ner i ån. Det smäller till när den landar i vattnet på några andra stenar. Ljudet studsar runt mellan klipporna, som om de vill berätta för varandra att något viktigt inträffat. En fågel lyfter från en trädkrona och lämnar skogen under sina vingar.

Sine ser sig omkring och ropar med hög röst:

”Det är jag! Sine!”

Han lyssnar. Klipporna och skogen lyder och förmedlar budskapet vidare tills det vandrat så långt att det inte längre når hans öron.

Han finns. Och han bestämmer. Han ska just till att ropa igen när han hör ett svar från fjärran. Ett mullrande. Han ser sig omkring och lägger märke till att det börjar mörkna. Ett åskväder är på väg in över dalen. Ytterligare muller hörs, nu närmare än det förra. Sine upplever att han är på väg att tappa övertaget. Han måste gå till motangrepp.

”Vill du ha strid – då ska du få det!” ropar Sine till skyn.

Han känner hur kroppen fylls av en energi på ett sätt han aldrig upplevt tidigare. Han samlar ihop all upplevd smärta och vrede inför en total urladdning, liksom skyarna samlar på sig kraft som frigörs i en eld som slår marken. Han ser sig omkring och letar en värdig förmedlare av den urladdning som väntar. Och han får syn på den, vilande på en avsats på östra sidan om åns förgrening. I samma ögonblick står det klart för honom att den har väntat på just denna stund sedan urminnes tider.

*Ödesstenen.*

# XXXII

## Ödesstenens fall

"Alejo!" ropar Amare vädjande utanför muren till hans hus. "Jag har inte sett Sine komma tillbaka från Vattenmarken i kväll. Maius och Maison har begett sig till Vizinha till fots och ingen syns till i deras hem. Och nu ser jag oväder närma sig."

Alejo avbryter sitt grävande och går fram till grinden. Han lutar spaden mot stenmuren och de kysser varandra medan han lyfter på grindklykan för att släppa in Amare.

"Han är kanske med sina vänner?" föreslår Alejo.

"Delizio har berättat att Sine gav sig upp i bergen efter arbetspasset."

"Varför gjorde han det?"

"Han ville skaffa sig en överblick och kände ett ansvar inför Maius att kunna redogöra för hur planerna fullföljs. Det borde vara ett gott tecken, men jag känner på mig att något inte är som det ska."

Alejo ser att Amare menar allvar och bestämmer sig för att ge sig iväg för att söka upp hennes bror. Han har lånat ut sin egen ryggsäck till Sine, så han går in i huset och packar en bärsäck med tänddon och tre fackelstavar som får ligga i olja under vandringen för att göra dem brinnfärdiga. Tillsammans tar de sig ner mot ån och stannar upp vid bron mellan östra och västra dalsidan. Amare kysser och håller honom länge i sin famn. Greppet hårdnar samtidigt som hon ber honom att gå.

"Jag hade gärna följt dig, det vet du."

"Jag vet."

Alejo ler varmt medan han ser djupt och länge in i hennes ögon. "Amare, kärleken till dig har fått mig att inse att jag skulle göra vad som helst för dig. Jag skulle tillbringa en evighet med dig om jag kunde."

"En evighet med dig hade känts som ett ögonblick, Alejo."

Amare kysser honom ömt och släpper långsamt taget om honom. När Alejo lämnar Amare bakom sig och beger sig upp mot stigen till Vattenmarken hör han ett muller på avstånd. Han lyfter blicken och ser hur himlen tätnar. Det är en kväll då mörkret kommer före skymningen.

Mullret väcker även andras nyfikenhet och Alejo skymtar i skuggorna en äldre kvinnogestalt, som med ögon vaksamma på allt som händer samlar ved till sin eldstad.


Tankarna går inte att stoppa längre, de har vandrat för långt in i Sines medvetande. Han får för ett ögonblick en känsla av att Vide sagt honom något viktigt, men i det tillstånd han nu befinner sig i kan han bara höra andra, mer högröstade tankar. Han klättrar upp för avsatserna och planerar under tiden för hur stenen ska störtas ner längs bergväggen. Det kommer att ge skyarna svar på tal. Dundret från stenen kommer att eka länge mellan bergväggarna, kanske för alltid. Och när den till slut fallit ner till marken är den lagd under kontroll.

*Liksom jag tog kontroll över den sten som slog mig i morse* tänker Sine. *Det måste ha varit ett tecken! Ingen kommer mer behöva frukta att Ödesstenen ska falla ner över någon.*

Han ser sig för ett ögonblick återvända som Sine, hjälten, till byn. Han njuter av tanken.

'*Den tanke du ruvar på idag kan förändra en by imorgon*'. Ja, det var ju så Vide sa, minns Sine.

I rätt sammanhang verkade orden inte längre löjeväckande för honom. Allt som tidigare sagts och hänt och som nyss tyckts gåtfullt för honom faller på plats.

Tankarna ger Sine kraft att genomföra den mödosamma klättringen i det tilltagande ovädret. När han når Ödesstenen blåser det kraftigt och regnet har dragit in i dalen. Åskdundret har kommit närmare för var gång. Han tänker ett ögonblick att han kanske borde ha vänt om, sett till att kunna ta sig hem medan det var ljust och säkert. En lång vandring tillbaka hem i mörker och regn väntar, men nu spelar det ingen roll längre. Han fortsätter helt enkelt på den stig han bestämt sig för. Nu är han här och tiden är inne.

Han ställer sig vid avsatsens rand och blickar ner. Den avsats där den första bosättaren måste ha stått när stenen var på väg att välta över honom skymtar nedanför honom. Han lägger sig ner och ser efter under stenen. Legenden är åtminstone sann på den punkten; det är verkligen, förunderligt nog, bara en liten sten som fått klippblocket att stanna på sin plats. Men den är likväl omöjlig att flytta på utan att han själv riskerar bli krossad.

Sine ställer sig upp och försöker rucka på det något avlånga, nästan äggformade klippblocket. Det verkar först vilja kantra över, men vänder tillbaka. Han försöker igen, med samma resultat. Men han är övertygad om att det kommer att gå genom att sätta den i gungning. Han behöver bara stöta den i samma takt som den själv vill röra sig. Invagga den i tron att de båda vill samma sak, för att i rätt ögonblick överrumpla den med en kraftfull nådastöt. Att avbryta nu är inte ett alternativ. Han tänker samla kraft och vänta tills skyarna utmanar honom igen. Då kommer han att visa vem han är, vad han är kapabel till. Han ser ut över kanten igen och föreställer sig hur stenen rullar utför branten och landar på stenmassorna långt nedanför. Han älskar känslan av att få vara herre över situationen.

Plötsligt slår det honom att formen på stenen skulle kunna lura honom. Den skulle kunna välja andra vägar än han planerat. Han börjar tveka.

*Tänk om den …*

Så händer något. En vansinnig explosion från ovan. Den hörs i samma stund som den lyser upp himlen. Sine kastar sig instinktivt ner. Det mullrar länge i dalen. Dånet rullar runt från sida till sida, försvagas och växer igen för att slutligen tona ut och ersättas av ljudet från regnet som slår hårt mot berget. Sine tar sig för ena örat. Det hörs ett besynnerligt ljud som han inte upplevt tidigare. Han känner också en frän lukt. Hjärtat dunkar hårt och snabbt och det smakar svagt av blod i munnen. Skyarna har tilltalat honom genom alla hans sinnen. Hjärtat pumpar hårt och en urkraft väcks inom Sine. All tvekan är borta, all försiktighet, alla resonerande tankar likaså. Han vräker sig ursinnigt mot Ödesstenen, vänder sig med ryggen mot den och pressar bakåt med ren råstyrka, frambringad av all samlad inneboende vrede och begär efter upprättelse från barnsben och fram till detta ögonblick. Att den tvekar ger honom endast mer styrka. Med en yttersta kraftansträngning tippar han klippblocket över kanten och Sine ramlar ihop på avsatsen, kippandes efter luft.

Han gjorde det. Ödesstenen föll till slut.

Ett dån hörs nerifrån. Och ett till, ännu kraftigare. Efter det tycks berget vakna till liv. Ett utdraget muller och skälvningar får Sine att krypa mot avsatsens kant för att överblicka vad som händer. Först ser han inget på grund av mörkret, men sedan tänds himlen upp. Det han ser får honom att ropa högt av fasa.

# XXXIII

## Överenskommelsen


Maius och Maison når Vizinha strax efter skymningen. Under sista etappen får de tända facklor för att hitta fram eftersom de stannade något längre än de tänkt sig vid ån. Men ingen av dem ångrar det. De samtal de fört har bringat dem närmare varandra steg för steg. De skyndar sig emellertid den sista biten då de hinns ikapp av ett kraftigt åskoväder.

"Tänk på att den första bedömningen någon gör av en främling är viktig", halvropar Maius andfådd. "Den säger mycket om en människa."

"Jag lovar att försöka göra ett gott första intryck på dem."

Maius skrattar.

"Jag menar att det säger mycket om den som gör bedömningen. Döm dem inte för fort."

Maison skrattar med sin far.

"De bär skinnplagg, inte vävda kläder, men kan ju vara bra människor för det, eller hur?" säger Maius och ler självbelåtet.

"Jag dömer en människa bara utifrån om han är ärlig eller inte. Och då måste jag ju först ha gett honom en ärlig chans att visa vilka avsikter han har. Annars är det ju jag själv som är oärlig, eller hur? Är en människa ärlig handlar allt annat han säger och gör om vilka insikter han har."

Maius lägger en arm om Maisons axlar.


Framme i Vizinha välkomnas de av ett par medlemmar ur Rådet. Maius är aktad i Vizinha och de omfamnar varandra vänskapligt i regnet. Audite har sänt bud i förväg om deras ankomst med orsak av ett ytterst angeläget ärende. Man visar dem skyndsamt hem till Rådets ledare, Pellicientes, hos vilken de även kommer att få bo till morgondagen. En gemytligt sprakande eld sprider välkommen värme och torkar de våta vandrarna och deras plagg, men även en vallhund som lagt sig tillrätta framför den. De sätter sig alla till bords, rådsmedlemmarna på ena sidan med Pellicientes i mitten och deras gäster mitt emot. Därefter delar de en måltid som Maius och Maison uppskattar med alla sina sinnen efter den långa vandringen.

De äter, dricker och diskuterar den färd de just avslutat, vädret, handelsvaror och efter både allvar och skratt kommer man slutligen in på det ämne som fört far och son till Vizinha. Maius berättar hur akvedukten varit en förutsättning för det blomstrande utbytet med Vizinha, men hur byn nu beslutat att stänga den och reglera om vattnet till Vattenmarken eftersom allt vatten behövs för att rädda den och de unika Vishetens träd som växer där. Men Maius är också tydlig med att framhålla att denna åtgärd inte kommer att räcka till.

Representanterna för Vizinha lyssnar intresserat och är särskilt nyfikna på träden, som de inte har någon djupare kännedom om. De har tidigare endast fått sig berättat hörsägner om dem och Maius berättar att människorna i Gåvornas dal värdesätter dem högt och hyser stor respekt för dem och för hela Vattenmarken.

Pellicientes förklarar för sina gäster att de mycket väl inser allvaret i den situation som uppkommit och beklagar den. Men han låter också förstå att det råder en viss tvekan hos befolkningen i Vizinha kring huruvida deras egen fåra verkligen förser dem med vatten i lika stor mängd som den tidigare gjort.

”För att vara ärlig …”, säger han med låg röst och lutar sig mot sina gäster ”så pratas det en del om Casavale här i vår by.”

Han gör en lång paus.

”Jaha”, säger Maius. ”Så vad är det man säger?”

”Det finns vissa här som tror att er akvedukt skulle ta mer vatten från vår fåra än vad som är överenskommet.”

Pellicientes ser bekymrad ut. Maison lutar sig ansträngt bakåt.

”Ni har ju själva sett vattendelaren vid Vattenmarken, eller hur?” säger Maius. ”Den är ju ställd för att kompensera den mängd vatten vi tappar av till akvedukten. Varför skulle vi försöka lura er?”

”Nej”, skrattar Pellicientes försiktigt urskuldande och vänder sig mot de övriga rådsmedlemmarna, som obekvämt lydigt skrattar med. ”Det verkar inte troligt, men det pratas, som sagt.”

”Vi kan försäkra er att det aldrig funnits någon tanke hos oss att ta något vatten från er olovandes.”

”Så är det naturligtvis”, säger Pellicientes och ler mot dem. ”Vi har ju goda relationer med varandra, eller hur?”

”Absolut”, svarar Maius.

Pellicientes dröjer lite innan han fortsätter.

”Men ni skulle behöva låna ytterligare av vårt vatten, menar ni?”

”Det är givetvis för en begränsad tid, tills Vattenmarken återhämtat sig. Enligt Medicus kan det dröja tre, fyra år innan det skett. Om vattenmängden är tillräcklig, vill säga.”

Rådsmedlemmarna tittar på varandra.

”Tre, fyra år”, upprepar Pellicientes och blundar medan han lutar sig tillbaka. ”Det är en lång tid. Hur mycket skulle ni behöva under denna tid?”

”Vattenmarken har mycket att ta igen. Akvedukten har gjort våra goda handelsrelationer möjliga under lång tid, men vår generositet mot grödorna har kostat mer än vi anat. Enligt våra bedömningar skulle vi behöva avstå hela flödet från vår akvedukt – och därmed orsaka svårare tider för många i vår dal. Men med hjälp av ytterligare vatten skulle vi – om elementen är oss nådiga – kunna få Vattenmarken och Vishetens träd att leva vidare som de gjort sedan urminnes tider. Vi hoppas att en fjärdedel ska räcka. Och i utbyte ...” Maius ser var och en av rådsmedlemmarna i ögonen. ”I utbyte kommer vår by – naturligtvis – att dela med sig generöst av de gåvor som odlas. Vi har haft goda tider, men nu måste vi betala ett pris.”

Rådsmedlemmarna tittar åter på varandra. Pellicientes reser sig till slut och häller upp mer vin åt sina gäster.

"Ursäktar ni oss en kort stund? Vi måste få diskutera det här emellan oss som ni förstår. Fortsätt att äta."

"Tack", svarar Maius och greppar ett stycke grillat bröstben. "Självklart måste ni få överlägga noggrant om en så viktig fråga."

Maius sitter kvar vid bordet med Maison och smakar belåtet på vinet.

"Jag tror vi har lyckats hitta en spricka i försvarsmurarna", viskar han.

Maison följer sin fars exempel och tar en klunk vin. Genom att lyssna på samtalet har det börjat gå upp för honom hur Maius lyckas så väl i det han företar sig. Han börjar också inse orsaken till att han själv skulle följa med hit. Det var inte för sin fars skull, utan för sin egen. Han deltar i en lektion.

Efter en god stund återvänder männen ur Rådet och slår sig ner vid bordet. Pellicientes fyller glasen åt samtliga vid bordet, inklusive sig själv.

"Vi har diskuterat", säger han. "Vi är inte överens."

"Inte?" säger Maius och rätar på sig. "Behöver ni rådgöra mer?"

Pellicientes stirrar en stund på Maius.

"Vi är inte överens med *er*", säger han till slut. "Ni vet att vattnet är dyrbart för oss. Det skänker oss liv, hopp och trygghet. Och vi är naturligtvis beroende av vattnet, precis som ni. Även om vi blir ersatta i form av grödor, så behöver vi, förutom åt oss själva, även vatten åt alla djur vi föder här. De är svårare att förhandla med, som ni förstår", säger Pellicientes och ser nöjd ut när han hör sina rådsmedlemmar skratta, om än pliktskyldigt. "En fjärdedel av vattnet har vi inte möjlighet att avstå under så lång tid som ni talar om, är jag rädd. Idag har vi regn, men glöm inte att vi även har torrtider!"

De övriga i Rådet stöttar hela tiden sin ledare med eftertänksamma nickningar och skakningar på huvudet.

"Vad skulle ni kunna avstå då?" frågar Maius och vänder upp sina handflator för att ta emot ett svar.

"En sjättedel. En sjättedel av flödet i vår avgrening kan vi avstå. Fast … Ja, egentligen är det väl er fåra som är en avgrening av ån om man ska vara petig", säger Pellicientes och ler onaturligt.

Maius möter som hastigast sin sons förbryllade blick. Han vill inte riskera att han själv eller Maison skulle tappa besinningen i det här viktiga momentet.

Maius väger situationen och förstår att Pellicientes och hans män omöjligtvis kan ha räknat ut att just en sjättedel skulle vara vad de kan avstå. Han inser att de försöker vinna fördelar.

Frågan om vems fåra som är en avgrening från ån är ett gammalt tvisteämne som stundtals blossat upp mellan byarna, men det har oftast stannat vid pikar och skämt mellan byarnas befolkning. Maius själv har alltid sett frågan som fullständigt irrelevant. Vattenflödet delar på sig innan Vattenmarken och det är inte mer med det, enligt honom. Han blir därför något provocerad när någon försöker hävda det ena eller det andra och det är Pellicientes medveten om. Maius vet också att Pellicientes, liksom sin kusin Iratus, är fåfäng, mycket mån om sin heder och ytterst lynnig. Han förstår att det är en potentiellt farlig kombination och att det inte vore lyckat att starta en diskussion som leder bort från syftet med samtalet. Han behöver nu hitta ett sätt att vända tillbaka förhandlingarna till sin fördel.

”Nåväl …” inleder Maius, som ställer sig upp för att markera att ett nytt kapitel tagit vid. ”Jag vill visa er något.”

Maius tittar kort på Maison innan han plockar fram ett litet lerkrus med lock ur sin ryggsäck. Maison ser förvånat på medan hans far även letar fram en kniv. Rådsmedlemmarna rätar oroligt på sig.

”Ta det lugnt nu”, säger Maius och ler förtroendeingivande mot dem. ”Vi är fortfarande vänner. Och jag vet vad jag gör, så bli inte oroliga över det som strax kommer att ske.”

Därefter skär han upp ett sår tvärs över handryggen med kniven. De övriga kring bordet drar efter andan. Maius väntar tills blod rinner från handen innan han öppnar lerkruset och häller några droppar på såret. Maison är lika häpen och oförberedd som rådsmedlemmarna över tilltaget.

När såret långsamt börjar läkas lutar sig alla fram över bordet för att se vad som händer och rådsmedlemmarna börjar prata i mun på varandra. Maius räcker över kruset till dem.

”Frukten från Vishetens träd”, säger han belåtet.

Maison stirrar på sin far utan att finna ord. Maius ger honom en kort blick som säger att det inte heller är nödvändigt, eller ens önskvärt.

När männen på andra sidan bordet förbluffat studerat krusets innehåll lämnar de vördnadsfullt tillbaka det till Maius.

"Träden är på väg att dö", säger han kort.

Det diskuteras åter mellan rådsmedlemmarna, men den här gången sitter de kvar på andra sidan bordet och de pratar ivrigt, om än dämpat.

"Ni får en femtedel av vattnet, men då vill vi ha en femtedel av grödorna. Samt kruset du har med dig", säger Pellicientes.

Maius ser på dem och tänker att han kanske underskattat dem något. Det gäller att formulera sig väl. En tanke, hur genomtänkt den än är, uppfattas ju inte mer framstående än den framförs.

"En femtedel av grödorna blir en stor uppoffring för vår dal när vi inte längre har akvedukten. Jag vill ogärna komma hem till dalen och berätta att somliga av oss kan komma att få svälta under en tid", säger Maius och ser allvarligt på dem. "Vissa kan få för sig att Vizinha vill utnyttja vår situation. Jag är rädd att det skulle kunna skada våra relationer. Men jag har ett annat förslag", säger han förtroendefullt och vänder blicken mot Maison, som för att få ett godkännande.

Maison vet inte vad han ska godkänna så han besvarar bara blicken utan några antydningar. Maius rullar tankfullt lerkruset i handen.

"Under de besök jag gjort hos er tidigare så har jag fått berättat för mig att det inte sällan händer att era djur skadar sig. Fall i raviner, angrepp från rovdjur och andra skador", säger Maius. "Men även ni som sköter om dem råkar illa ut ibland. I vår dal känner vi till de risker ni utsätter er för. Allt för att kunna mätta era familjers munnar."

Männen på andra sidan bordet nickar instämmande.

"Men naturen har skänkt oss något som vi tror skulle kunna göra era dagar lättare. Pellicientes, du kommer att bli ännu högre aktad här i din by. Tag emot den här samt *en tredjedel* av trädens läkande frukter, i utbyte mot en tredjedel av ert vatten", säger Maius och överlämnar kruset till de häpna männen. Det blir först stående framför dem utan att någon tycks våga ta emot det, tills

Pellicientes tar fram en slaktkniv och upprepar Maius handling på sin egen hand. Han ler när han ser såret läka ihop och visar upp handen för sina bordsgrannar. Stämningen blir genast uppsluppen och Maius sista förslag accepteras medan Maison står bredvid och har svårt att begripa vad som hände.

Efter handslagen gör man upp om detaljer, såsom att Maius levererar frukten vid några bestämda tillfällen per år. Dessutom får de när som helst komma och göra kontroll av både avtappning och fruktbestånd. På så sätt skulle ingen sida kunna lura den andra. Maius understryker emellertid att det är förknippat med livsfara att ge sig in i Vattenmarken utan kännedom om förhållandena där.

"Mot drunkning i kvicksand hjälper knappast den visaste frukt i världen", skrockar Maius i samförstånd med sina värdar.

Pellicientes tackar för omsorgen och medger att det säkerligen inte skulle vara nödvändigt med någon sådan kontroll.

"Gott", säger Maius och tar Pellicientes hand och de skrattar manhaftigt medan de inspekterar varandras läkta skärsår.

Det regnar och blåser kraftigt när Maius och Maison lägger sig för att sova i gästbyggnaden hos Pellicientes. Byborna har under kvällen nöjt konstaterat att vattnet i ån kommer att stå högt nästa dag av allt regn som fallit. Blixtar har då och då lyst upp himlen och kastat kortvarigt ljus över byn och det har hörts läten från oroliga grisar, får och getter i närheten.

Båda ligger vakna länge. Maius är mycket nöjd med utfallet av kvällens överenskommelse. Han kommer hemmavid att framstå som en synnerligen god förhandlare efter att ha lyckats få Vizinha att upplåta en tredjedel av sitt vatten – mer än någon förväntat sig – och uppenbarligen mer än Pellicientes först tänkt sig. Och det bästa är att det kommer att se ut som att Casavale får detta utan någon ersättning – under förutsättning att de kan hålla avtalet om frukterna hemligt för dalens invånare under den tid vattnet behöver lånas. Det kommer heller inte att bli tal om några större mängder av frukt till dess träden återhämtat sig.

”Hur länge har du känt till det?” frågar plötsligt Maison sin far.

”Vilket?”

”Frukten från Vishetens träd.”

Maius svarar inte omedelbart.

”Jag fick höra av min fars far att det var något speciellt med träden när jag var ett litet barn. Det talades om dem förr, men ingen har trott tillräckligt mycket på berättelserna för att göra sig besvär att undersöka det på allvar.”

”Varför inte?”

”Platsen där de växer är ju otillgänglig och farlig. Dessutom har de flesta människor i dalen haft för stor respekt för Vattenmarken och träden för att ens vilja komma i närheten.”

”Men inte du?”

Maius bryr sig inte om att försöka tolka sonens ifrågasättande.

”För inte särskilt länge sedan fick jag Rådets uppdrag att söka lösningar på problemet med att Vattenmarken torkat ut. Jag studerade platsen och blev allvarligt skadad då jag hamnade i en nödsituation. Det gav mig möjligheten att undersöka verkan av frukten.”

”Varför har du inte berättat det för mig? Jag kände mig enfaldig ikväll då jag blev lika förvånad som de.”

”Det förstärkte effekten av att de fått ta del av en hemlighet. Utbytet kunde ha gått oss ur händerna om vi inte hade något alldeles speciellt att ersätta dem med. Hade du behövt kunskapen tidigare hade jag naturligtvis låtit dig få veta. Men nu känner även du till hemligheten, Maison.”

”Och nu använder du den för att köpslå med Vizinha?”

Det är tyst några ögonblick.

”Nu är det tid att sova”, säger Maius och vänder sig om i bädden. ”Vi vänder hemåt tidigt imorgon medan vi har solen med oss.”

# XXXIV

## Katastrof

Var gång himlen lyser upp skymtar Sine förödelsen. Ödesstenen har slagit sönder och dragit med sig inte bara stora delar av avsatsen nedanför, utan även nästa, och utlöst ett skred längs berget i en katastrofal kedjereaktion. Klippblock och stenar fortsätter rasa utmed berget, ända ner i ån till Vizinha och hindrar där vattenflödet. De har krossat vattendelaren till akvedukten och vattenflödet är utom kontroll.

Han lägger sig ned i ösregnet och blundar, önskar sig tillbaka några ögonblick, till en tidpunkt då han skulle kunna hindra sig själv från att orsaka detta. Det är inte alls rättvist att detta sker – han känner ju ånger! Tankar och ord far in och ut genom hans huvud.

*'Man vet aldrig vilken väg stenen kommer att ta.'*

Delizio hade begripit det här, fast samtalet vännerna hade handlade egentligen om något annat. Vad var det mer man hade sagt …?

*'Fast viktigast är väl ändå var och hur den börjar sin färd.'*

*Jag kommer att få skulden!*

Sine inser inte genast hela innebörden av det som har hänt, bara att kaos uppstått. Liksom han tidigare på några ögonblick uppfyllts av kraft, viker den nu lika hastigt från honom. I stället rinner ett obehag genom hans kropp. Och ett dubbelriktat förakt.

*Var det inte mer än så här?*

Ödesstenen, symbolen för byn – legenden – som hade utmanat honom, hade fallit så lätt.

Begärets bägare har tömts, men i stället svämmar ångestens kärl över.

*Det här kan inte vara möjligt,* tänker Sine. *Nyss hade jag allt i mina händer. Vad hände?*

Han tänker på stenen som träffade honom i huvudet under morgonen. Elden från skyn som närapå tog hans liv. Och så detta osannolika kaos.

*Varför drabbar allt ont mig idag?*

Det märkliga ljudet gör sig påmint igen. När han håller för öronen inser han att det kommer inifrån honom själv.

*Vad är det för ljud? Har elden från skyn tagit sig in i mitt huvud? Eller är det rösterna från alla som anklagar mig?*

Han vänder sig om igen för att se ut över förödelsen, men det är svårt att få en överblick under de korta ljussken som bjuds. Ett moln av stendamm blandar sig med regnet och gör det ännu svårare att se. Men ett kort ögonblick tycker han sig skymta ett ljus långt borta i skogen.

*Är någon på väg hit? Kan någon ha gett sig ut för att leta efter mig? Delizio? Amare? Ska jag ge mig till känna?*

Sine känner panik sprida sig i kroppen.

*Vad ska jag säga?*

Han spanar efter ljuset igen och tycker sig kunna se det. Det rör sig i riktning mot Vattenmarken. Han måste i vilket fall ta sig ner från berget. Det är förmodligen livsfarligt, men det vore minst lika farligt att stanna kvar. Bergssidan är skör och i obalans. Den kan rämna var som helst och är dessutom hal av allt regn. Men han vill inte bli hittad här, mitt i katastrofens ursprung, utan godtagbar förklaring.

*Elden från skyn,* tänker han. *Den hade kunnat döda mig. Men visst hade den även kunnat få Ödesstenen i rullning? Vem behöver få veta att det var jag som gjorde det? Det kunde ju lika gärna vara kraften från elden. På sätt och vis var det väl faktiskt den som fick det att hända?*

Han känner ett ögonblicks lättnad när han inser att det finns en lögn som kan rädda hans eget skinn och som han nästan kan intala sig själv att tro på. Han skulle kanske kunna ge sig till känna trots allt.

*Om jag bara lyckas ta mig förbi fackelbäraren osedd så kan jag få det att likna att jag
varit på utsiktsplatsen, precis som jag sagt till mina arbetskamrater.*

Sine kan andas ut. Han skyndar sig att lämna klipphyllan, men glömmer i
brådskan av något som han flerfalt kommer att få ångra.

# XXXV

## Översvämning

Sine lyckas visserligen smyga sig ner till hängbron, som mirakulöst verkar ha klarat sig, men fackelbäraren står på andra sidan och blockerar vägen för honom. Han blir tvungen att simma över ån uppströms hängbron för att undgå att bli upptäckt på fel sida av ån. Vattnet är strömt efter det kraftiga skyfallet, men det har fallit klippstenar i ån som hjälper honom att ta sig över men som han också skrapar upp sig på.

Så fort han kommit över sätter han sig och ser efter att han inte fått något djupt sår. I samma stund hörs en röst strax bakom honom.

”Sine! Är du välbehållen?”

”Alejo! Tack, jag är välbehållen.”

”Gott. Men vad har hänt här?”

Sine skakar på huvudet.

”Jag kan inte svara på det. Hela berget började skälva och rumla. Det lät som om hela bergssidan rasade samman. Kan det ha varit elden från skyn?”

”Det är möjligt. Har du skadat dig?” frågar Alejo när han får syn på blodet som rinner från Sines ben.

”Det är ingen fara.”

”Amare var orolig för dig … Ovädret som drog in … Och dina vänner sa att du stannade kvar här. Varför kom du inte hem?”

I samma stund går det upp för Sine att han lämnat kärlet med saften från frukterna nedanför berget som rasat.

*Är det förstört? Kommer det att avslöja mig?*

”Maius kommer tillbaka med besked från Vizinha i morgon. Jag ville få en överblick över hur det är ställt med träd och kanaler till dess.”

”Då skulle jag kanske fundera över det här. Kom!” säger Alejo och leder Sine i riktning mot Vattenmarken samtidigt som han håller facklan så att den lyser upp en del av ån. Sine förstår först inte vad han ser, men när ögonen vant sig vid mörkret ser han forsande vatten på väg in i Vattenmarken.

”Det är för mycket vatten, det fördärvar Vattenmarken!” ropar han.

”Vi behöver få se vad som har hänt”, säger Alejo. Han tänder en ny fackla på den som redan brinner och räcker till Sine.

Sammanhanget går långsamt upp för dem medan de undersöker området.

”Vizinhas fåra är helt blockerad!” ropar Alejo till Sine. ”Vattendelaren är krossad och fördämningen av trädstammar och grenar som byggts mellan sjön och Vattenmarken har brustit av det plötsliga flödet. Allt vattnet tar vägen in i Vattenmarken! Och regnet fortsätter falla …”

”Det får inte komma in för mycket vatten på en gång till Vattenmarken! Marken där inne – allt kan sköljas bort!” utbrister Sine.

”Det är vad som sker nu, är jag rädd”, svarar Alejo.

”Det här måste stoppas!” säger Sine.

”Vi kan inget göra utan hjälp. Det är för farligt”, säger Alejo.

Sine tar sig fram till stenarna och börjar lyfta dem, men känner att det är en övermäktig uppgift för honom. Alejo går runt och skaffar sig en överblick.

”Vattnet kommer att sina i Vizinha”, säger Alejo. ”I morgon får de bara vattnet som faller i kväll och i natt. Och sedan …”

”Maison!” utbrister Sine. ”Han och Maius är där i kväll och förhandlar om att få del av deras vatten. Det kommer att se illa ut för dem imorgon.”

Sine sätter sig ner och gömmer ansiktet i sina händer. Han begriper inte hur han ensam kunnat ställa till med allt detta.

”Sine”, säger Alejo. ”Du är trött efter en lång dags arbete. Vi behöver flytta stenarna, men vi måste vara fler och du måste få vila. Jag ser att dina ben är skadade också. Klarar du att gå hem till byn?”

Sine nickar.

"I så fall behöver du hämta alla du kan få tag på för att hjälpa till att röja här uppe så snart som möjligt. Sedan ska du själv gå och vila till i morgon. Jag stannar kvar och påbörjar arbetet och tar emot dem som kommer."

Sine är tacksam att någon tänker och beslutar åt honom. Hans egna tankar löper åt alla håll samtidigt, men utan att nå fram till något mål. Han lånar en fackla av Alejo och skyndar sig ned mot byn.

"Glöm inte meddela Amare att jag är kvar här!" ropar Alejo, men Sine är redan försvunnen i regn och mörker.

Sine vacklar utmattad hemåt med facklan i handen. Även tankarna vacklar och så gott som all kraft går åt till att försöka hålla uppmärksamheten på stigen som bär hem till byn.

När han märker att även facklans eld vacklar under de tungt fallande dropparna tar han skydd under ett klipputsprång, avsides från stigen. Han hasar ner på marken och försöker hålla elden vid liv. Den sprakar och flämtar, men överlever. Sine kilar in facklan mellan några stenblock, andas ut och sluter ögonen. Han behöver en stunds vila. Och kanske något att äta.

*Det finns nog något kvar i ryggsäcken. Var lade jag den? Ryggsäcken jag fick låna av Alejo. Den tog jag av mig vid …*

*Ödesstenen!*

Det känns som om någon tar honom i ett grepp och kramar luften ur honom. Han lämnade ryggsäcken efter sig som ett uppenbart spår från kampen med Ödesstenen.

*Vilken idiot jag är!*

Sine tänker intensivt.

*Det är för långt att vända tillbaka och hämta ryggsäcken. Och då skulle jag tvingas förklara för Alejo vad jag gjort. Men om jag fortsätter till byn och hämtar hjälp så kommer de ändå att finna den förr eller senare och då får varenda en veta vad som hänt. Två dåliga valmöjligheter. Vad ska jag göra?*

Sine plockar upp en sten som han kastar hårt in i berget. Den är nära att studsa tillbaka på honom.

*Det bästa måste vara att … Jag borde …*

Sine slipper välja. Han somnar utmattad i facklans sken.

# XXXVI

## På andra sidan bron

Amare står framför fönstret, trots att det är omöjligt att se någonting. Endast när elden från skyn lyser upp himlen får hon en kort skymt av dalen som ligger framför henne. Hon vänder sig om och betraktar sin mor. Kvinnan med ett ansikte där oro och krossade förhoppningar lämnat avtryck, sitter på en pall med ett vedträ i handen och stirrar in i den öppna elden. Amare förebrår tyst sig själv.

*Hur kunde jag sända ut Alejo ensam i det annalkande ovädret? Jag visste att han skulle ställa upp för min skull. Särskilt i det här tillståndet. Men just därför ...*

*Och vem vet vilka vägar Sine tagit? Han flydde inte till Maius, han flydde från Iratus. Maius tog bara emot honom. Flyr han kanske igen? Ifrån Maius – eller sig själv? Hur tänker han, vad gör han? Och vad gör Alejo om han inte finner Sine vid Vattenmarken? Tänk om elden från skyn slagit någon av dem!*

*Hur länge är Alejo egentligen beredd att söka i det här vädret? Hur länge räcker facklorna han tog med sig? Hela natten om så behövs. I så fall kan han vara borta hela natten. För Sines skull, för min ...*

Amare upplever att tankarna rör sig som ett boskapsdjur tjudrad vid en påle. De tycks vandra framåt men kommer bara tillbaka där de redan varit om och om igen. Hon kan inte med att bara stå och vänta, varm och torr, när andra som hon håller av är kvar därute i ovädret.

*Det måste finnas något jag kan göra. Jag skulle kunna sätta mig och vänta utanför Maius hus. Kanske har Sine redan tagit en annan väg dit?*

Amare bestämmer sig.

"Jag kommer inte att kunna sova så länge jag lever i ovisshet, så jag går ner till Maius hus för att se om Sine trots allt är där. Alejo är nog ute så länge han behöver."

"Varför sände du ut honom själv? Jag kunde ha gått med. Nu saknas två ..."

"Jag vet!" avbryter Amare. "Därför vill jag *göra* något."

Ansioso tittar upp på henne.

"Det är mörkt och det regnar."

"Om nu det bekymrar dig – varför skulle du då ha velat följa med Alejo?"

Ansioso svarar inte utan lägger in en vedstock i elden.

"Då följer jag med dig", svarar hon och reser sig.

"Du behöver inte..."

"Jag vill inte behöva vara orolig för er alla tre. Gör i ordning några facklor så meddelar jag din far under tiden."

Medan Amare doppar ett torrt trä i krukan med fackelolja får hon en tanke.

*Tänk om ...*

*Varför inte?*


De båda kvinnorna vandrar tillsammans ned till Maius hus. De flämtar till när ett ljus söker sig ned mot berget bakom Vattenmarken och följs av en explosion som ekar länge i dalen. Amare inser att hon är tacksam för sin mors sällskap, trots att båda känner rädsla.

De bankar upprepade gånger på dörren till Maius hus och ropar till slut på honom, Maison och Alejo, men ingen svarar. Då de övertygats om att ingen finns i huset vänder de tillbaka.

"Vi tar den här vägen hem i stället", säger Amare.

"Det är en omväg", förklarar Ansioso.

"Vi kan väl lika väl gå en annan väg hem. Den som alltid går samma väg ser sällan något nytt."

Ansioso har inga problem med att vandra samma väg som hon brukar, men protesterar heller inte mot Amares förslag. Hon vill i vilket fall inte vandra hemåt utan sin dotter.

Vägen Amare valt passerar Medianas hus och det lyser hos henne.

”Mediana är vaken”, konstaterar Amare och sneglar på sin mor.

”Ja, vem kan sova i det här ovädret?”

”Tänk om … Tänk om hon kanske vet något?”

”Om Sine? Och Alejo? Vad skulle hon veta om dem som vi inte känner till?”

”Nej, du har säkert rätt.”

Ansioso stannar upp och ser in mot huset. Amare betraktar henne från sidan.

”Vill du gå in?”

Ansioso är tyst.

”Jag såg en spricka i krukan med fackeloljan och kom att tänka på Mediana”, säger Amare.

Ansioso tar sig reflexmässigt över käken.

”Vi går in då”, säger hon hastigt och missar Amares nöjda blick.

Mediana öppnar en kort stund efter att de knackat på. Hon ser först förvånad ut, men ber dem sedan skynda sig in.

”Vem ger sig frivilligt ut i detta väder?” frågar hon retoriskt och Amare stelnar till för ett ögonblick.

”Vi letar efter Sine och Alejo”, säger Ansioso. ”Sine kom inte tillbaka från Vattenmarken under eftermiddagen trots att det nalkades oväder och Alejo gick för att söka efter honom.”

”Så Sine saknas?” avbryter Mediana.

”Ja … Vet du något om honom?” frågar Amare.

”Nej.”

”Så du kan inte svara på vad som kan ha skett?” Amare ställer frågan till Mediana och fångar samtidigt Ansiosos blick.

Mediana skakar långsamt på huvudet. Ansioso funderar.

”Du sa en gång att man kan se in i framtiden, det gjorde du!” säger Ansioso.

”Gjorde jag?” säger Mediana och ser förvånad ut. ”Är du säker på det?”

Ansioso ser något besvärad ut.

”Du frågade varför inte något av våra sinnen skulle kunna känna spår av en händelse innan resten av sinnena gör det.”

”Jaså, frågade jag det? Vad svarade du då?” frågar Mediana, som märker att Ansioso börjar bli osäker.

Amare, däremot, tappar tålamodet.

”Vad har du kristallstenen till om du inte kan se något i den? Du visste inte att Sine saknades och du kan inte säga något om vad som kommer att hända. Vet du överhuvudtaget någonting förutom det skvaller som du så omsorgsfullt samlar på?”

Ansioso rör inte en min. Mediana stryker undan en hårlock. Efter en stunds tystnad är hon på väg att säga något, men håller det tillbaka innan hon tar ny sats.

”Jag är ledsen. Jag kan inget göra i den här saken. Och vad skulle det hjälpa er att se framtiden? Det som sker det sker. Men jag skulle råda er att inte förhasta er, utan vänta med sökande tills i morgon. Det är mörkt och stigarna är svårframkomliga i regnet. Den som är långt hemifrån i detta väder väntar säkert också tills det ljusnat. Ni skulle bara riskera att fastna själva därute.”

Amare och Ansioso finner att det Mediana sagt trots allt lät rimligt och de lämnar hennes hem bakom sig. Efter en kort stunds vandring stannar Amare upp.

”Vi får handla en ny kruka till fackeloljan en annan gång.”

Ansioso skakar på huvudet.

”Krukor har jag gott om, Amare.”

En explosion på himlavalvet lyser plötsligt upp dalen i ett färglöst ljus. Nedanför sig får de en skymt av den reparerade bron som sträcker sig över Lyckans å. Ansioso drar sig till minnes en strof formulerad av den skald hon mest håller av och hon delar den med Amare:

> *Tron är en bro över vilken Hoppet stilla vandrar*
> *På andra sidan bron väntar Meningen,*
> *och de skall omfamna varandra*

Amare tar sin mors hand och kramar den.

För några ögonblick, medan hon förberedde facklorna, önskade Amare att det faktiskt vore möjligt för Mediana att sia om Alejo och Sine, även om hon innerst inne visste att hon skulle bli besviken. Men å andra känner hon sig övertygad om att hennes mor nu verkligen måste ifrågasätta sin tilltro till Medianas konster. För när det verkligen gällde, vad kunde de hjälpa dem?

Däremot är hon tacksam för Medianas råd, för Mediana hade nog trots allt haft rätt då hon betvivlade till vilken hjälp det skulle vara att kunna se in i framtiden. Kanske skulle det ha hjälpt mot en natts sömnlöshet, kanske skulle det bara ha krossat trons bro och låtit hoppet falla handlöst ner i mörkret.

*Oavsett vilket, så är det en del av vår mänsklighet att bygga broar av tro*, tänker Amare. *Mitt hopp – det är att få återse de jag älskar.*

# XXXVII

## Den försvunna ån

En tupp gal med kraftig stämma och Maius öppnar ögonen och gäspar.

”Maison! Tid att vakna. Gryningens väktare är redo för en ny dag, är du?”

”Vi har vandrat en hel dag och ska vandra en till. Gryningens väktare sitter bara på en pinne. Det är lätt för honom att gapa i tid och otid”, säger Maison sömnigt och sträcker på sig i halmen.

”Tuppskrället gör faktiskt mer än så”, flinar Maius. ”Han bevakar sitt revir.”

”Så fånigt.”

”Inte alls”, svarar Maius och reser sig upp medan han borstar av sig. ”Han känner ansvar för hönorna. Ingen fiende till dem ska få störa.”

”Fiender till honom menar du? Han vill väl bara ha hönorna för sig själv.”

”Jaså, du begriper hur tuppen tänker, du?”

Maison skakar på huvudet och kastar halm på sin far. Maius är synnerligen nöjd med livet, och känner ingen orsak att dölja det. Han får först för sig att det beror på gårdagens förhandlingar, men det slår honom att han faktiskt är mycket glad över den relation med sin son som till slut börjat väckas till liv. Något börjar röra sig i hans bröst.

En tredje möjlighet, resonerar han, för att behålla kontrollen över tankarna, vore att tillfredsställelsen kanske rentav beror på det faktum att han kunnat vara både en god handelsman och en god far – utan att kompromissa.

När han nu till slut ändå råkat släppa in sina känslor så tränger bilden från gårdagen fram, då Maison kom till honom med en pärla i handen.

*Visste han …?*

Det är inte långt ifrån att tårarna kommer igen. Känslorna leker med honom, kastar honom fram och tillbaka. Maius beger sig ut för att tvätta sig i ån i den fuktiga morgon som stillat sig efter nattens oväder. Han lämnar huset raskt för att inte behöva visa upp sig för Maison i ett tillstånd som han inte har kontroll över.

På väg ner till ån vänder han blicken mot den klara himlen i öster, men måste böja sitt huvud och slå ner sin blick då han möter solens skarpa sken. Då han vänder sig om med solen i ryggen får han syn på en lysande regnbåge med magnifika färger mot en grå himmel i väster. Maius har förstått att det är solens ljus som på något vis låter avbilda sina färger i form av en regnbåge. Han har också sett att det ofta sker i samband med att vatten från skyarna sköljt över jorden, strax innan himlen avtäcks. Även om han inte kan begripa hur det går till måste han erkänna att det är obegripligt vackert.

Maius har sett regnbågen åtskilliga gånger tidigare, men den här gången vill den inte lämna honom ifred. Den följer honom längs hans väg ned till ån och när han stannar upp gör den det samma. Han känner sig sällsynt mottaglig för intryck och studerar bågen lite närmare. Den tycks vilja säga honom något.

Han konstaterar att den på ett vis liknar en bro. En bro förbinder ju två platser som annars är åtskilda och eftersom han just knutit band mellan Casavale och Vizinha tänker han att regnbågen kanske är ett slags tecken för detta förbund.

Han skrattar till och låter sig vara nöjd och färdig med denna eftergift till sitt undermedvetna, varpå han fortsätter att gå. Men regnbågen fortsätter följa honom och under ett kort ögonblick då han står vid en avsats ovanför ån tycks den komma särskilt nära honom. Bågen har dessutom slutit sig till en ring och mitt i ringen syns skuggan av något som liknar en människas huvud.

Det är hans eget.

Maius får en besynnerlig men på samma gång behaglig och varm känsla av förändring. Som när något fruset smälter.

Han lägger undan upplevelsen på en särskild plats i sitt inre, för någonting är definitivt fel. En yttre förändring. Hans sinnen blir varse skiftningen innan han förstår vad som hänt. Först ljudet, sedan lukten och till sist … synen.

Vattnet är borta.

Där en å skulle rinna återstår endast en strilande bäck. Maius är chockad. Tankarna stormar fram, snubblar, möter lodräta klippväggar. Han går ner på knä vid flodfårans kant och sträcker handen ner mot gyttjan. Något har hänt. Flodfåran borde vara full, särskilt efter det kraftiga regnet under kvällen och natten.

Maius anstränger sig för att samla tankarna. Något har stoppat flödet. Han ser bara en rimlig förklaring. Någon måste ha reglerat vattnet och styrt allt flöde från huvudfåran till Vattenmarken. Och det måste ha skett under gårdagen. Men varför?

Något går upp för Maius. En katastrof kan vara på väg att inträffa även hemma i dalen. Vattenmarken kommer inte att kunna hantera de stora vattenmängderna. Han frågar sig om man i Casavale känner till vad som hänt. Maius är ansvarig för arbetet i Vattenmarken och inser att allt nu kanske förstörs under kort tid. De måste nu komma hem fort för att lösa problemen.

Medan Maius halvspringer tillbaka till Maison försöker han hitta en förklaring som han kan lägga fram för Pellicientes och hans råd. Han inser emellertid att det skulle kunna kosta dem dyrbar tid om det blir diskussioner och risken finns dessutom att man ändå skulle misstro honom och hela Casavale. Maius ställer sig frågan vad som händer om Pellicientes skulle bestämma sig för att hålla dem kvar i Vizinha – de måste ju tillbaka fortast möjligt.

Han överväger en hastig flykt. Det skulle se riktigt illa ut, men de får inte riskera att bli kvar i Vizinha. Då kan det vara bättre att förklara sig i efterhand. Nu är det viktigast att snabbt komma hem till Casavale för att lösa problemen som uppstått.

Maius känner in vinden. Den är fortfarande kraftig efter gårdagens åskstorm och riktningen är fördelaktig för att återvända till dalen. De skulle kunna ha användning för en snabb jakt. Han kan lämna ett meddelande till ägaren vid bryggan.

*Men Maison då?* tänker han. *Han kommer inte att tåla hemfärden i de kraftiga vågorna!*

Maius stannar upp. Det är för många frågor utan svar just nu och för många känslor som satt honom ur balans. Han drar några djupa andetag och försöker hitta tillbaka till sitt lugn. Innan tankarna landat så hör han Maison komma springande emot honom.

”Vad har hänt? Flera upprörda bybor är på väg till Pellicientes. De talar om ån och om oss. Vad är det för fel med vattnet?”

”Det fattas.”

Maius hinner inte förklara mer än så innan Pellicientes kommer rusande tillsammans med tre andra bybor, varav den ene deltog under förhandlingarna kvällen innan.

”Håll kvar dem! De tänker fly!” ropar Pellicientes.

Maison ser panikslaget på sin far.

”Vad är det du har gjort?!”

# XXXVIII

## Spekulationer

När morgonen når Gåvornas dal är Amare och Ansioso redan på väg till Vattenmarken i sällskap med Delizio. Amare har bett honom följa med, mest som en balansvikt till hennes egen och moderns Ansiosos oro, men också för att han känner till områdena utanför och i Vattenmarken efter vinterns långa arbete där. I dag skulle hela arbetslaget ge sig upp dit, men inte så tidigt som Amare önskade. Delizio hade inte tänkt stiga upp före solen frivilligt, men när han fick höra att Sine och även Alejo saknades så tvekade han inte.

Sine har legat vaken en stund, obeslutsam över vad han ska ta sig till. När han hör sin syster, mor och sin vän närma sig och nämna hans namn inser han att det är för sent för allt, utom att dra sig undan. Både Alejo och byn har blivit svikna av honom. Att ge sig till känna nu skulle inte hjälpa på något sätt. Han håller sig gömd undan deras vaksamma blickar och besvarar inte ropen på honom och Alejo. När de passerat drar han sig inåt skogen och går i en vid båge för att på håll se vad som händer runt Vattenmarken. Kanske kan han rent av lyckas smyga undan ryggsäcken från klippavsatsen där han glömt den.

Det är nu känt i dalen att Sine och Alejo saknas. Men det stora samtalsämnet är någonting annat. Synen som möter invånarna när de skådar ut över sin dal och Lyckans å är svår att ta till sig. Vattnet är fullständigt brunt av slam och kommer i så stora mängder att det inte längre flyter rofyllt, utan kastar sig oroligt hit och dit.

En efter en tar sig över från västra till östra dalsidan för att försöka få tag på rent vatten från akvedukten. De tvingas bitvis vada i det strida vattnet, som under morgonen delvis dragit sönder bron, inte långt efter att Amare, Ansioso och Delizio lämnat byn.

På östra sidan möts man av ännu större upprördhet. Vattnet strilar fram ur akvedukten och när västborna inser detta uppstår handgemäng. Anklagelser riktas i båda riktningarna, vilket inte gör det lättare för de västbor som tänkt sig att få ta del av det vatten som östborna betraktat som sitt.

Det spekuleras ivrigt i vad som hänt. Somliga av invånarna tror att det kan bero på åskovädret. Andra misstänker att Vizinhaborna kan vara inblandade.

”Kanske gick förhandlingarna helt fel”, föreslår någon.

”Vad har i så fall hänt med Maius och Maison?” frågar sig någon annan.

Flera bybor samlas vid Medianas hem eftersom alla förutsätter att hon vet något. Hon berättar vad hon sett kvällen därpå, att Alejo gett sig upp mot Vattenmarken men ännu inte kommit tillbaka. Och tydligen inte Sine heller.

”Någonting tycks ha gått väldigt fel där uppe efter det, men ni får var och en dra era egna slutsatser”, hälsar Mediana.

Spekulationerna får nu ny fart och riktning. Västborna anklagar Sine och östborna anklagar i sin tur Alejo för att ligga bakom det som hänt med ån. Gamla rykten och halvsanningar börjar grävas fram för att undergräva den enes eller andres tillförlitlighet och stämningen blir allt mer hätsk och spänd. Det förekommer till och med påståenden om att någon av dem skulle ha tagit livet av den andre och att ån därför svarat med vrede.

Under tiden har Audite och Medicus samtalat kring vad som behöver göras. De samlar byborna och Audite försöker lugna dem och vädjar om att låta vänta med alla anklagelser tills man vet vad som hänt. De vill att så många som möjligt ska följa med dem till Vattenmarken för att hjälpas åt med att leta efter Alejo och Sine och för att utföra eventuellt arbete.

När Amare, Ansioso och Delizio når hängbron utanför Vattenmarken finner de Alejo utmattad och sårig, sittande med ryggen mot en trädstam. Han ser ut att ha brottats med sten under hela natten. De inser snart varför, då de upptäcker att Vattenmarken svämmats över på grund av det stenras som blockerat ån till Vizinha. Amare springer fortast av alla fram till Alejo och lägger sina armar kring hans hals.

”Alejo!”

”Amare! Ni dröjde”, är allt Alejo orkar få ur sig.

”Vi visste inte”, säger Amare.

”Sine …”

”Vet du var han är?” avbryter Ansioso ivrigt, som nu hunnit fram till honom tillsammans med Delizio.

”Sine skulle hämta er. Och meddela dig, Amare.”

”Sände du Sine till dalen för att hämta hjälp?” frågar Delizio.

Alejo nickar.

”Vi är här nu”, säger Amare. ”Det kommer fler senare som kan hjälpa till. Men du behöver tvätta dina sår.”

Delizio ser sig omkring.

”Vad är det egentligen som har hänt här? Sine brukar ju smita från festliga tillställningar utan att röja efter sig, men det här …”

Alejo skakar på huvudet och förklarar vad han sett.

”Det är fullständigt ofattbart. Allt verkar ha gått emot oss”, säger han och pekar upp mot berget i öster. ”Jag såg det när dagsljuset återvände.”

”Ödesstenen!” utbrister Ansioso och för händerna mot ansiktet.

”Den har flyttats från sin plats”, säger Amare.

”Eld från skyn slog berget i går kväll”, säger Alejo. ”Den kan ha fått stenen och resten av bergssidan att falla. Jag var inte långt borta när det hände.”

”Vi hörde det också”, bekräftar Amare och Ansioso.

”Han har begravts under berget!” utbrister Ansioso med ett ångestfyllt rop. ”Ödesstenen har slagit min son!”

”Han ligger inte under stenarna – han var med mig efter att de rasat”, säger Alejo lugnande. ”Han tog samma väg till byn som ni kom. Är ni säkra på att han inte varit i byn?”

”Ingen har sett till honom. Inte ens Mediana hade något att berätta om honom när vi besökte henne igår kväll”, suckar Ansioso med toner av uppgivenhet och besvikelse i rösten.

”Vi måste söka efter honom”, säger Amare. ”Du har gjort en tapper insats för Vattenmarken, min kära. Men nu får den klara sig själv tills de andra kommer.”

”Gå ni”, säger Alejo. ”Delizio och jag fortsätter här.”

Amare protesterar mot att Alejo ska arbeta mer, men beger sig slutligen iväg med sin mor in i skogen, för att söka efter Sine. Delizio och Alejo stannar kvar som beslutat och planerar vad som är bäst att göra, allt medan de delar dagens första måltid. De kommer fram till att man bör försöka begränsa flödet in i Vattenmarken genom att bygga upp en ny, kraftig fördämning i stället för den som spolats bort.

”Som ett bäverbo”, förklarar Delizio. ”Fast utan själva boet. Och utan själva bävern med för den delen …”

Alejo finner att han trivs i Delizios muntra sällskap och de arbetar bra tillsammans. De använder delar av den raserade vattendelaren tillsammans med stenar, för att återskapa fördämningen. Men när de tillsammans lyfter på en sten överraskas de av vad som finns under den: ett krossat krus. Alejo tycker sig känna igen mönstret på en skärva som ett av Medianas verk, men ingen av dem förstår hur det hamnat här.

”Ja, Sine har då sannerligen haft fest här! Utan att vi var bjudna”, föreslår Delizio, innan de fortsätter sitt arbete utan att ägna fler tankar åt kärlet.

De går så upp i arbetet att de även glömt av att de skulle få förstärkning från byn, då de får höra byborna komma med Audite och Medicus i täten. Dessa ropar till varandra att Alejo är återfunnen, men finner också att Delizio hunnit före, vilket han inte är sen med att kommentera.


När nu byborna anslutit tar en ny fas vid. Efter att ha förhört sig om läget delar Audite ut arbetsuppgifter till var och en. Alejo är tacksam över att kunna återhämta sig något, medan övriga fortsätter bygga fördämning och återuppta arbetet med att baxa undan stenar ur Vizinhas fåra.

Medicus vankar fram och tillbaka, inte helt nöjd med förklaringen om att eld från skyn skulle ha tippat Ödesstenen över kanten. Han beger sig därför med stor möda själv upp till klipputsprånget varifrån den fallit för att se efter hur det skulle ha kunnat gå till. När han långt senare återvänder stannar allt arbete upp och alla tystnar. Han håller något i handen.

I samma stund börjar en skugga i skogen röra sig med snabba steg bort från området österut.

# XXXIX

## Pellicientes och Iratus

Pellicientes män närmar sig Maius och Maison för att gripa dem. Maius håller upp ena handen mot dem och de avvaktar några steg ifrån.

"Ta det lugnt! Vi flyr ingenstans. Vi står och diskuterar vad som hänt med vattnet. Känner ni till något om det här? Det flödade ju så sent som igår."

Pellicientes kommer av sig för ett ögonblick, men svarar efter att ha stämt av sina följeslagares ansiktsuttryck.

"Ån rinner från era trakter, Maius. Det är bara ni som reglerar vattenflödet. Alltså måste det som hänt ha sin orsak i era handlingar", säger Pellicientes och kontrollerar att hans logiska argument bekräftas av de övriga från byn innan han fortsätter med övertydlig stämma. "Det ser ut som att ni redan tagit ut er del av vattnet. Och mer därtill dessutom. Så var våra misstankar kanske ändå inte tagna ur luften?"

Hans män fortsätter framåt mot Maius och Maison och ställer sig bakom dem för att skära av deras flyktväg.

"Dra inte förhastade slutsatser, Pellicientes. Vi vet inte vad som hänt, inte var det skett någonstans eller vem som gjort något. Det som hänt kanske kan ha orsakats av det kraftiga ovädret igår kväll. Vad vet vi?"

"Vi vet att vi hade ett avtal och det här följer inte vad vi kom överens om."

"Låt oss undersöka det här tillsammans, Pellicientes. Vi är lika förvånade som ni. Om detta skett i våra trakter så drabbar skadan troligen även oss. Ge oss tillstånd att fara med ert snabbaste skepp till Casavale. Då kan vi ta reda på hur det förhåller sig och vad som måste göras. Men jag tror att det kan behövas gemensamma krafter för att lösa problemet. Har du några rediga män som kan följa med?"

Pellicientes tycks famla i tankarna innan han tar ett steg framåt.

"Här finns bara rediga män. Men vi gör så här: Grande! Samla ytterligare sex man för en resa över vattnet till Gåvornas dal. Gör er redo för snar avfärd."

Pellicientes viskar något obemärkt då Grande passerar honom.

"Mitt skepp är det snabbaste och det tar tio man", säger han sedan högt.

"Då har ni en plats över", säger Maison.

"Vad?" undrar Pellicientes.

"Jag tar skogsvägen. Om jag följer ån tillbaka till Vattenmarken kanske jag finner orsaken längs vägen."

Pellicientes nickar och Maius ler i smyg.

"Det låter förnuftigt. Du får gå med Grande."

Maius och Maison andas ut.


Under resan ombord på skeppet som styr över det grönblå havet på väg mot Gåvornas dal får Maius en stund för sig själv. I skummet som yr kring stäven skymtar då och då färger som får honom att begrunda upplevelsen med regnbågen i Vizinha.

Att han alls reflekterar över upplevelsen är i sig något som förvånar honom. Men hela det senaste dygnet har förvånat honom. Han har börjat lyssna till sig själv. Det gjorde han visserligen även innan, men bara till orden. Någonting har smält inom honom, det är så han känner. Han minns en isande kall vinter när han var barn. Hans far hade sänt ut honom för att hämta vatten ur en tunna, men när han kom fram till den kunde han inte se något vatten. I stället låg det ett kallt, hårt och vitt lock i tunnan. Då han kom tillbaka utan vatten blev hans far rasande och kallade honom oduglig och enfaldig. Hans mor tog med sig Maius ut, dels för att skydda honom från fler gläpord, dels för att visa honom något. Hon plockade upp en sten och lade i hans hand.

*'I kyla kan det ibland bildas ett hårt skal över det som ger dig liv'*, hade hon sagt. *'Men det går ändå att få fatt på det.'*

När Maius slog sönder isen i tunnan strömmade vatten fram. Det var så han kände det nu också. Det var inte en sten som brutit isen denna gång, men han hade fått kontakt med något som han tidigare hållit infryst.

Maius och Pellicientes anländer Gåvornas dal tillsammans med de utvalda männen från Vizinha då solen hunnit drygt halvvägs till sin högsta punkt på himlavalvet. Skeppet lägger till vid den hamn som Maius låtit bygga i lä en bit ifrån utloppet från Lyckans å. Härifrån kan man vandra på en stig över klipporna in till byn.

På klippväggen intill hamnen har någon för en tid sedan ristat in ett budskap:

EN STAD UTAN HAMN ÄR UTAN LÄNGTAN
EN HAMN UTAN SKEPP ÄR ÖVERGIVEN
ETT SKEPP UTAN HAMN ÄR VILSE

Maius har inte fått reda på vem som gjort inskriften och han kan inte heller avgöra vad denne haft för avsikt. Fram tills nu har han helt enkelt valt att tolka budskapet som en hyllning till hamnbygget. Men när han nu läser orden igen upplever han att de innehåller något mer, något han inte insett tidigare. Trots allvarligt menade försök lyckas han inte formulera det han förnimmer i sådana ord han är van vid och tankarna slinter, som fötterna på en hal klippa.

"En missnöjd sjöfarare?" frågar Pellicientes, som märker att Maius läser inskriptionen.

"Kanske, kanske inte", svarar en förvånad Maius som förlorar fotfästet för en stund.

De går iland och Maius begrundar åter varför de resesäckar byborna tagit med sig ser ut att vara onödigt rymliga för en dagsranson. Men i Vizinha äter alla mycket och ofta och han vänder i stället sina funderingar till Gåvornas dal och den gåta han hoppas få svar på inom kort.

De vandrar igenom Casavale längs östra dalsidan och finner byn ovanligt tom. Men det som framför allt slår Maius är att Lyckans å färgats brun. Han stannar upp och försöker hitta en logisk förklaring. Inget vatten rinner till Vizinha, men brunfärgat vatten forsar i Lyckans å. Maius egen slutsats är att något måste blockera vattnets väg till Vizinha och samtidigt tvinga det in mot Vattenmarken. I så fall tycks det vara så illa som han befarat.

Att döma av Pellicientes menande blick är Casavale redan dömd för förräderi. Trots detta tycks han vara ovanligt lugn.

"Är detta verkligen Lyckans å?" säger han. "Det ser mer ut som forsande olycka."

Pellicientes lyckas få sina bybor att småskratta, vilket är välkommet efter en ojämn sjöfärd som inte framkallat någon större glädje hos männen ombord.

Maius skrattar inte åt Pellicientes försök till lustighet. Än mindre när han får se Iratus halta ner för vägen från sitt hem. Pellicientes låter i stället skyndsamt meddela att han tänker vika av från huvudstråket, för att höra om Mediana kan tänkas ha några upplysningar om situationen i byn. Han befaller sina bybor att följa med och övervaka Maius hos Mediana. Han är själv betydligt gladare än Maius av Iratus åsyn.

"Iratus, kusin! Du lever?" utbrister Pellicientes.

"Pellicientes!" Iratus stannar överraskad upp. "Jo, han där nere har inte lyckats ta livet av mig helt. Ännu", svarar Iratus utan att dra på munnen medan han nickar mot Maius, som emellertid inte låtsas höra. "Men du tycks stå ut med honom ser jag?" säger Iratus och fortsätter ner för vägen mot sin släkting.

Pellicientes möter honom och de hälsar varandra med överdrivet kraftiga handslag.

"Är du här för att inspektera huset dina söner byggde åt mig?" frågar Iratus. "De gjorde ett gott arbete!"

"Det ser de sannerligen ut att ha gjort", svarar Pellicientes och blickar upp mot huset. "Och det ligger så det syns väl också. Om nu någon skulle vara tvungen att leta upp och hälsa på dig", skrattar Pellicientes.

"Det är ingen risk. Den enda som ränner där är Amares fästman. En faderlös oäkting som inte hör till denna by."

"Fästman, verkligen?"

Pellicientes lyser upp när han hör Amares namn. Iratus visar däremot inga tecken på att dela Pellicientes glädje.

”Jag närde en förhoppning om att rännandet skulle upphöra sedan hon varit i er by. Att de båda, eller åtminstone någon av dem, skulle komma på andra tankar. Men så blev det nu inte.”

”Hon utförde ett mycket gott arbete i mina söners ställe. Hon skydde inte någon syssla, vare sig i djurens stallar eller på fälten. Inte ens när hon tog hand om snoriga ungar. Alla byborna uppskattade hennes närvaro, men hon vände aldrig blicken till någon man där, vad jag känner till”, berättar Pellicientes.

Iratus skakar stelt på huvudet.

”Mannen hon vill tjäna finns i denna by. Och det är inte jag, det kan jag lova. Vad hjälper en faders möda att skydda sina barn när de ändå väljer att gå sina egna vägar? Jag har även förlorat Sine.”

”Har han funnit en flicka?”

”Nej, nej. Han lämnade oss, lurad att bo hos och arbeta för lumphögen Maius och hans son. Så nu ligger vi efter med skörden, Pellicientes. Jag är ledsen, men vi har inte mycket att ersätta dig med för dina söners insats ännu.”

Pellicientes lutar sig förtroligt närmare Iratus.

”Har Maius lurat er?”

”Maius är en parasit. Och du vet aldrig var han gör sitt nästa angrepp.”

Pellicientes rätar på sig igen och sneglar ner mot Medianas hus.

”Det där med ersättningen ordnar sig en annan gång. Och jag tror inte att vi ska behöva gå tomhänta härifrån, trots allt. Maius har avgett ett löfte och vi ska se till att han står vid sitt ord.”

Iratus förstår inte vad Pellicientes talar om och fortsätter med ett mer hemtamt ämne.

”Den här foten …” Iratus tar ett djupt andetag. ”Den här foten är Maius verk. Han har aldrig ersatt mig för den stock han tappade och som krossade min fot då vi byggde akvedukten. Den här foten, Pellicientes, gör mig till en mindre man. Vem vill ha en man som haltar och inte kan försörja sin familj? Jag har fått kämpa för att inte mista min kvinna, men jag ser ut att ha förlorat henne också.”

Pellicientes nickar ner mot Medianas hus där Maius just nu befinner sig och ser sedan allvarsamt på sin kusin.

”Är det …?”

Iratus kastar en blick mot Medianas hus och nickar.

”Hon försvinner ifrån mig så ofta hon kan. Och varje gång kommer hon därifrån med föremål som hon gömmer för mig. Jag vet mer än vad vissa tror.”

”Ett sån’t svin!” utbrister Pellicientes och spottar föraktfullt på marken åt Maius håll.

Iratus noterar Pellicientes kraftfulla reaktion men reflekterar inte närmare över den.

”Och inte nog med det. Denna morgon har min kvinna berättat för mig att Sine försvunnit.”

”Vad menar du?”

”Han kom inte tillbaka från Vattenmarken i går, där han arbetar varje dag. Min dotter skickade sin odugling till fästman att leta, men han hittade tydligen varken Sine eller vägen tillbaka till byn.”

Pellicientes ställer sig jämsides med Iratus och vänder sig om så att de har samma vy framför sig.

”Vad är det som händer med den här dalen, Iratus? Jag kunde inte tro att det var så här illa.”

I samma stund kommer Maius ut från Medianas hus och säger åt Pellicientes att han vill gå upp till Vattenmarken eftersom något tycks ha inträffat där. Pellicientes skakar på huvudet och tar avsked från Iratus, som följer sällskapet med blicken då de ger sig av upp mot Vattenmarken.

# XL

## Uppdagad sanning

Amare och Ansioso har återvänt från skogen efter att Amare plötsligt blivit trött och de har just fått se Medicus ställa sig mitt på hängbron. I sin hand håller han demonstrativt upp en ryggsäck. Medicus talar högt och fångar Alejos blick.

"Den här ryggsäcken … Den fann jag på platsen där Ödesstenen legat! Är det ett dåligt skämt? Eller bara ett märkligt sammanträffande?"

En stunds tystnad övergår först i ett sorl, varefter byborna blir allt mer högljudda, innan Audite skarpt hutar åt alla att vara tysta.

"Den som skulle kunna ha något av värde att säga om den här saken är den ende som är tyst. Kan vi få lyssna på honom i stället för era spekulationer och anklagelser!"

"Den är min", säger Alejo efter att ha studerat den på avstånd. "Men det är inte jag som burit hit den."

Det är tyst en stund innan det åter börjar pratas.

"Vem har burit den hit i så fall?" frågar Medicus.

"Sine har fått låna ryggsäcken av mig för att ha med sig till Vattenmarken", svarar Alejo. "Hans egen var trasig förklarade han för mig. Hur den hamnat uppe på avsatsen kan jag inte svara på. När jag kom hit sent igår befann sig Sine inne i Vattenmarken."

"Det finns inga spår av eld där Ödesstenen låg", konstaterar Medicus torrt utan att ta notis om Alejo. "Den som lagt ryggsäcken vid stenen kan ju mycket väl ha vält den över kanten. Varför skulle den annars röra på sig efter att ha legat på sin plats i århundraden?"

Nu hörs chockade utrop, men också protester från spridda håll blandat med nya anklagelser.

"Alejo kan inte ha rubbat stenen – han är för klen!"

"Då är det Sine som gjort det!"

"Sine är också klen."

"Det är för att han aldrig arbetar!"

"Nej, så varför skulle han flytta på en sten nu för?"

Spridda grova skratt hörs.

"Det är klart att Sine har gjort det. Det är därför har han flytt!"

"Alejo ljuger. Han är inte en av oss. Han har haft ihjäl Sine för att lägga misstankarna på en av de våra!"

Några av ordkrigarna går över till fysiskt bråk, vilket tycks utöva en dragningskraft på fler av byborna. De börjar röra sig mot varandra under hotfull stämning.

"Alejo har rätt!" hörs en oväntad röst i bakgrunden som visar sig tillhöra Maius. "Sine bar ryggsäcken igår morse."

"Maius! Du är tillbaka!" säger Audite, tacksam över att det som var på väg att torna upp sig till något ohållbart fick ett avbrott. "Och Pellicientes, välkommen till vår dal! Det hedrar oss. Och du har många händer med dig ser jag?"

"Er dal? Den man brukat kalla 'Gåvornas dal'? Jag är ledsen, men när vi seglade in såg jag inte två givande händer, utan två händer bedjande om hjälp. 'Tiggarnas dal' kanske vore ett bättre namn?" hånskrattar Pellicientes.

Denna gång har han inte stödet från de sina, som känner att deras ledare nog gått lite för långt och därför står tysta och lite obekväma, ett par steg bakom.

Audite häpnar över Pellicientes utfall och blir stående utan svar. Även byborna från Casavale häpnar och ser på varandra.

"Är det någon här som inte tvättat sig ordentligt? Vi tycks ha lockat till oss ohyra!" säger en man från Casavale och för första gången på länge skrattar bybor från såväl västra som östra dalsidorna tillsammans.

Männen från Vizinha ställer ner sina resesäckar och rätar på sig. Audite tvingas åter tillrättavisa sina bybor och ber dem att återuppta sitt arbete. Hon ser bort mot Pellicientes och börjar ana att han förmodligen inte menat så illa som det framstod. Det var helt enkelt ett mindre lyckat skämt vid fel tidpunkt. Medicus, som just bestämt sig för att varken uppskatta eller uppmärksamma Pellicientes vänder sig i stället till Maius, för att fortsätta den utredning som påbörjats innan han blev avbruten.

”Maius, du sa att Sine bar ryggsäcken. Hur kan du vara säker på att det är just denna?”

”Jag känner igen den. Han lade en sten i den på väg hit upp”, svarar Maius efter att ha hämtat sig från de olika vändningarna. ”Du kan kontrollera det själv.”

Medicus hand försvinner ner i ryggsäcken men återvänder utan sten efter en stunds letande. I stället plockar han upp ett krus med vin, två apelsiner och ett stycke bröd och vänder därefter ryggsäcken upp och ned utan att något mer kommer ur den. Maius tar fram en sidennäsduk och snyter sig när Medicus ser frågande på honom.

”Då har han tydligen gjort sig av med den”, säger han och rycker på axlarna.

Amare kliver fram och ställer sig jämte Alejo.

”Det Alejo säger är sant. Jag var med när han lånade ut den.”

”Hon kan inte räknas som pålitlig!” hörs en röst. ”De två har ju något ihop!”

”Menar ni att jag hellre skulle förråda min bror?” svarar Amare.

”Iratus familj håller väl inte samman som ler och långhalm precis?”

Ett par bybor från Casavale klarar inte av att undvika ett nära nog hånfullt skratt. Alejo håller tillbaka Amare från ett utbrott, men hennes tårar låter sig inte hindras. Han omfamnar henne hårt och viskar något i hennes öra samtidigt som han noterar att Ansioso inte rör en min där hon står bland de övriga byborna.

”Jag tror inte vi kommer längre utan att Sine är närvarande”, säger Audite. Vi behöver honom för att få klarhet, men framför allt kan han ju befinna sig i fara. Amare, jag antar att ni inte såg några spår av honom?”

Amare skakar på huvudet, fortfarande i Alejos famn.

"Jag vill att vi fortsätter arbetet här, men vi behöver några man som tar upp sökandet efter Sine", säger Audite. "Alejo, du var den sista som såg honom. Delizio, du är ju nära vän till Sine. Och ni två tycks komma bra överens – kan ni leta?"

Alejo och Delizio är beredda att ge sig av, men männen från Casavale tvingar fram beslutet att Alejo ska stanna kvar så att han kan hållas under uppsikt. I stället beger sig åter Ansioso, samt Delizio och ytterligare två av östborna, av för att försöka hitta Sine. Audite är inte helt bekväm med att låta Alejo vara kvar bland människor som anklagar honom, så hon har bestämt sig för att hålla honom under uppsikt.

Amare lämnar Alejos famn och går fram till Pellicientes. De omfamnar varandra och Pellicientes ser mycket lättad ut.

"Amare!" utbrister Pellicientes. "Kära Amare! Vad jag är glad att se dig igen!"

Pellicientes är sant glad, men hans hjärtvänlighet bär en tunn slöja av urskuldande över sig efter hans tidigare fadäs. Efter en stunds samtal med Amare vänder sig Pellicientes till Maius.

"Vi hade för avsikt att ta ut ett förskott av frukten från Vishetens träd efter det avtal vi slöt, Maius. Bara för säkerhets skull. Men Amare här har rett ut vissa missförstånd och även fått mig på bättre humör. Vi nöjer oss med vad som får plats i en av de här", säger Pellicientes och håller upp en av de väskor de haft med sig.

Maius blir stående stel som en stenstod. Audite och Medicus ser på varandra.

"Maius!" säger Audite bistert och med en tydlig ton av besvikelse. "Vad handlar det här om?"

Pellicientes ser från den ene till den andre.

"Var ni själva inte överens om att vi skulle få frukten i utbyte mot vatten, Maius?!" Pellicientes är förvånad och lätt upprörd.

En stunds skavande tystnad tränger sig ner över dem alla. Maius trevar efter näsduken igen men finner det till sist bäst att inte skyla sin skuld avseende avtalet om frukterna. Han erkänner att det begåtts ett fel i samband med diskussionerna om ersättning till Vizinha. Men han hade inte funnit någon annan utväg för att kunna ersätta dem för det vatten som behövdes för att rädda träden.

Maius förklarar också att orsaken till att trädens frukter är så intressanta beror på att de visat sig svara upp mot de gamla berättelserna. Audite gapar häpet innan hon kastar en kort blick på Medicus, som ser ut att vara på väg att ladda en muntlig salva mot Maius. Audite försöker samla sig skyndsamt, för allas skull.

"Det här är mer än vi kan ta till oss här och nu", får hon fram.

Pellicientes lyfter ena handen för att tala, medan han lägger den andra på Amares axel.

"Maius gjorde en lång vandring för att söka hjälp hos oss och delade med sig av den fantastiska upptäckten av frukternas kraft. Jag har också förstått nu att Alejo måste vara oskyldig. Amare har berättat för mig att hon bad honom ge sig ut för att leta efter Sine, trots ovädret. Hon kände på sig att något inte stod rätt till med sin bror. Alejo fann också Sine och sände honom för att hämta hjälp nere i dalen, medan han själv slet natten igenom för att röja upp här.

Kanske är Sine skyldig till att stenen vält, kanske inte. Vi får bara hoppas att han kommer till rätta, oskadd."

Han väntar in instämmanden från Audite och några andra av Casavales bybor och sveper sedan med handen i riktning mot dem som följt honom från Vizinha.

"Jag har med mig sex av våra starka män. Hade jag inte felaktigt brustit i tillit till Maius och hans son så skulle vi även haft vår allra starkaste man, Grande, med oss – men dessa är här och villiga att hjälpa till att få ordning. Audite, vad vill du att vi gör?"

Vid dessa ord fångar Alejo Amares blick och håller upp sin ena hand mot henne. Han låtsas att han fångar upp ett par droppar, drar ett finger mot handflatan och pekar sedan på Amare och ler. Amare förstår.


Spänningarna släpper efter hand och Audite leder dem alla i arbete, sida vid sida, oavsett om de kommer från östra eller västra Casavale eller från Vizinha.

I Vizinhas fåra ligger stenbumlingar som måste styckas upp, vilket kommer att ta en hel del tid i anspråk, men vattnet lyckas efter hand hitta nya vägar ner mot byn. Fördämningen som Alejo och Delizio påbörjat kompletteras och efter hand stryps flödet av vatten in i Vattenmarken, så att den kommer att få ro att återhämta sig.

Ett sällskap bestående av Medicus, Maius och Pellicientes tar sig in i Vattenmarken och studerar närmare vad som skett med träden. De kan med sorg konstatera att skadorna blivit stora och oöverblickbara. De träd som står närmast och som klarat sig bäst fram till för bara en dag sedan har drabbats hårdast av översvämningen. Jorden kring dem har spolats bort och blottlagt de känsliga rötterna. Det strömmande vattnet har också spolat bort vallarna mellan de yttre och de inre dikessystemen så att vatten forsat okontrollerat in till de innersta träden. Vad det innebär kan man inte svara på just nu, men man är enig om att Ödesstenens fall inte skulle ha fått så stora konsekvenser om inte Vattenmarken hade varit uttorkad.

Endast ett fåtal träd ser ut att ha klarat sig utan större skador och bland dessa finns något enstaka träd som fortfarande bär frukter. Männen drar slutsatsen att översvämningen fått övriga träd att släppa dem i ett desperat försök att överleva. Innan de ger sig av räddar Maius de få frukter som är kvar med hjälp av de övriga i sällskapet.

När de kommit ut ur Vattenmarken förklarar Medicus för Audite att man nog inte kan förvänta sig att den kommer att bli vad den varit. Men om tillströmningen av vatten får ske på villkor som Vattenmarken själv föredrar, så kommer den åtminstone att kunna överleva och besökas av kommande generationer. Den goda sidan av det hela är att behovet att låna vatten från Vizinha är eliminerat. Vatten finns så det räcker till; den nyss uttorkade sjön framför Vattenmarken har återbildats och går nu att reglera tack vare Alejos och Delizios anordning.

Delizio går under tiden fram till Amare, som åter slutit upp vid Alejos sida.

"Amare, du har uppenbarligen lyckats förena två byar som nyss var nära att ryka ihop som katt och hund", säger han och illustrerar trovärdigt hur detta skulle ha kunnat te sig.

Amare och Alejo skrattar med honom.

”Jag hade säkert njutit av skådespelet”, fortsätter Delizio. ”Men jag föredrar faktiskt den här lösningen. Vad sa du egentligen till Pellicientes? Eller är blodsband kanske underskattat trots allt? Tro mig, Amare, jag kommer i vilket fall att argumentera för att du blir Casavales nästa rådsledare!”

Amare skrattar åter och skakar på huvudet medan hon tar Alejos hand.

”Det är din systers förtjänst, Delizio”, säger hon.

Delizio spärrar teatraliskt upp ögonen och lyfter upp sina händer i försvar mot det oväntade påståendet.

”Curioso? Hur är hon inblandad i allt det här?” frågar han och ser sig omkring.

Amare ser på Alejo och tillbaka på Delizio.

”Tag hennes hand och låt henne visa dig sin värld. Den är nog större än du anar.”

# XLI

## Främling

Sine har inte haft lust att äta, men när han nu börjar känna hunger saknar han föda. Den kvarglömda ryggsäcken stör honom på flera vis, för tillfället mest för att han lämnat den kvar med god och mättande mat. Han har plockat frukter här och var utmed den väg han gått, men börjar bli trött. Det tar kraft att tillgodogöra sig de användbara frukter som växer i den här delen av skogen. Men framför allt är han våt och kall. Kläderna som blev genomblöta av gårdagens regn har inte torkat i den fuktiga luften. Sine har ingen klar tanke kring hur och när – eller ens om – han bör vända tillbaka till Casavale. Han har överhuvudtaget svårt att tänka klart.

När hans steg visar sig leda fram till en mindre gård omgiven av odlingar och några mindre djur ser han en möjlighet att skaffa sig något att äta. Han känner inte till vem gården tillhör och en normal dag hade han bara passerat förbi den. Men ingenting är normalt längre. Han kan lika gärna fråga dem som bor här om en bit mat och en stunds värme för att kunna torka sina kläder.

Sine märker inte av något liv när han närmar sig. Först då han står helt still upptäcker han rörelser från någon inne bland raderna med höga växter. Han ropar och först efter en lång stund kommer en mörk, satt man med buskiga ögonbryn ut mellan de gröna växterna. Han ställer sig och stirrar på Sine utan att säga något.

"Jag kommer från Casavale", börjar Sine. "Jag undrar om jag möjligen skulle kunna få …"

"Casavale? Därifrån kommer bara självgoda kräk", morrar mannen.

Sine vet inte riktigt hur han ska fortsätta konversationen, men försöker hitta förmildrande omständigheter.

"Jag är Sine, son till Iratus som är kusin till Pellicientes i Vizinha."

"Iratus känner jag inte. Pellicientes är en vekling och en fähund. Och Casavale får gärna brinna för min del. Endast en fiende till Casavale skulle kunna vara min vän."

Mannens rättframhet får Sine att skärpa sina tankar. Han anar en möjlighet.

"Jag flyr från Casavale för att ..."

"Det har ingen betydelse vad som fört dig hit. Jag odlar mina förfäders jord som nu är min. Dina fötter står på den mark som ska föda mina barn. Stå någon annanstans."

Mannen vänder ryggen åt Sine och återgår till sina grödor. Sine ser hur två barnansikten dyker upp i ett av husets fönster, nyfikna på det som sägs och sker. En kvinna springer med korta steg ut från huset och bort till mannen medan hon sneglar mot Sine med en blick blandad av rädsla och förakt. De diskuterar något ohörbart och kvinnan skakar på huvudet medan mannen viftar avvisande med handen åt Sine, som lämnar platsen. Han ser dock till att stryka förbi så nära en rad med träd att han kan smyga åt sig en handfull dadlar, förutom de han hinner stoppa i munnen. Strax därpå spottar han föraktfullt en kärna i riktning mot huset och drar sedan vidare.


Maison har vandrat tillsammans med Grande under större delen av dagen. Även om den storväxte mannen enkelt skulle kunna fälla Maison till marken om han behövde, så skulle Maison lika enkelt kunna löpa ifrån honom innan dess. Maison ser därför Grandes närvaro mest som symbolisk men har egentligen inget att anmärka på sällskapet, särskilt som Grande faktiskt delat med sig av sin omfångsrika färdkost vid första matpausen. Vizinhabor i allmänhet – och Grande i synnerhet – är storväxta och äter därefter. Maison lägger märke till att de verkar komma varandra lite närmare bara genom att dela måltid tillsammans, fastän de inte samtalar särskilt mycket. Som försiktighetsåtgärd var alltså Pellicientes beslut både överflödigt och uddlöst, men när allt kom omkring inte meningslöst.

När de kommit till ett lite stenigare parti säger Maison att han behöver stanna eftersom något inte står rätt till med hans ena fot. Då han sätter sig ned och knyter upp sandalen upptäcker han en liten men hård knöl under fotsulan.

”Ont?” frågar Grande.

”Det har blivit en förhårdnad”, säger Maison och masserar knölen.

Grande tar då Maisons sandal och undersöker den, först från insidan sedan från utsidan. Han gräver ut en liten sten ur sulan och visar Maison.

”Här”, säger han och lämnar över stenen till Maison. ”Den var hård mot dig. Din kropp blev hård tillbaka.”

Maison tar stenen och synar den.

”Tack”, säger han uppskattande.

Grande ler tillbaka.

När de vid nästa tillfälle stannar för att äta förser Grande Maison med några köttstycken och Maison tar tacksamt emot.

”Du går fort”, säger Grande mellan djupa, hörbara andetag.

”Jag mår bra av att vara i rörelse. Att det händer något.”

”Vill inte stanna upp?”

”Det gör jag väl, ibland. ”Maison tar en tugga för att hinna tänka. ”Men det känns som att något kan komma ikapp mig då.”

Grande tuggar energiskt medan han betraktar Maison med oförstående blick. Rent reflexmässigt spanar han som hastigast bakom Maisons rygg.

”Det är alltid bättre att ligga steget före”, säger Maison och rycker på axlarna. ”Oavsett vad som är på väg att hinna ikapp. Så brukar i alla fall min far säga. Och det har ju gått bra för honom.”

”Nå’t bra kanske kommer ikapp?”

”Sådant som kommer bakifrån ska man akta sig för. I min fars fall är det nog det förflutna.”

”Och du?”

”I mitt fall? Nej, men … När jag rör mig framåt så känns det …”

Maison minns vandringen han gjort med sin far dagen innan åt det motsatta hållet och hur det hade börjat uppstå en ny slags relation mellan dem. En bra relation. Han hoppas att den ska kunna bestå och ser uppriktigt fram emot att möta honom hemma i dalen igen. Något hade varit annorlunda när de var tillsammans den här gången. Hans far hade inte känt sig jagad, utan hade tvärtom stannat upp och liksom kastat av sig något gammalt.

Ett annat minne tar form, ett från när han var liten och hans mor just gått bort i sjukdom. Han hade varit ute på en åker och sått frön i fårorna de grävt upp. Bakom honom gick hans far och trampade till jorden. Vid ett tillfälle stannade Maison upp då han fick syn på en örn som majestätiskt cirkulerade ovanför dem med utbredda mörkbruna vingar. Han studerade fågelns lugna, eleganta rörelser och dess intensiva blick. Den var avslappnad och fullständigt fokuserad på en och samma gång. Plötsligt får han en stöt i ryggen. Hans far hade gått in i honom. 'Varför stannar du upp? Det är mycket kvar som ska sås! Gå nu!'

Hans far tyckte sig inte ha tid att stanna upp för att beundra en örns skönhet. Han hade inte ens sett att Maison stannat för att få se den. Maius var lika fokuserad på sitt eget arbete för överlevnad som örnen, men inte det minsta avslappnad. Nu insåg Maison för första gången att det kanske hade med sin mors bortgång att göra. Efter händelsen på åkern hade Maison försökt att vara mer fokuserad på att göra rätt. Efter hand fick han mer och mer ansvar, vilket var både en belöning och en bestraffning på samma gång. Hans far var nöjd, men samtidigt behövde han inte övervaka Maison längre och de fick mindre och mindre tid tillsammans. Och han ville inte göra sin far missnöjd – han var ju redan bedrövad.

”Bra?” Grande avbryter Maisons funderingar.

”Vad?”

”Känns det bra? När du rör dig framåt?”

”Ja, det känns bra.”

”Då fortsätter vi”, säger Grande och ler brett.


Vid ett vägskäl längre fram ångrar Maison att han inte varit mer uppmärksam under gårdagens vandring med sin far. Hade han bara stannat upp och kastat en blick bakåt vid vägskälen igår så skulle han bättre förstå vilken väg han borde välja idag. Maison förundras över hur samma väg kan se så olika ut beroende på från vilket håll den betraktas. Nu får de gissa, för varken han eller Grande vet säkert i vilken riktning de ska gå. De väljer slutligen den stig som löper närmast åfåran, eftersom den förr eller senare måste leda dem till Vattenmarken.

Vägvalet för dem emellertid fram utmed en stig som Maison inte känner igen och medan de står och försöker lokalisera sig hör de någon röra sig inne i skogen. Maison flyttar sig försiktigt tills han ser vem det är.

"Sine! Vad gör du här?"

# XLII

## Iratus fasta hand


Amare, Ansioso och Alejo är på väg att ge sig av från Vattenmarken när Maius och Pellicientes ber dem vänta. Övriga Vizinhabor avvaktar en bit ifrån.

"Skall ni bege er hemåt?" frågar Pellicientes.

"Ja, vår dag har varit lång och vi är alla trötta", svarar Amare.

"Får vi göra er sällskap? Vi har en resa att göra från Casavales hamn innan dagen tar slut."

"Gärna. Då får vi möjlighet att höra mer om Vizinha."

Pellicientes lutar sig närmare dem och talar lågt.

"Vi kommer att bli fler på vägen."

"Ja, jag förstår det", säger Amare och ser bort mot Pellicientes ressällskap.

"Jag syftar inte på dem", säger Pellicientes.

Maius vänder sig om för att se att ingen är i närheten och lutar sig sedan mot Amare.

"Maison har funnit Sine."

"Vad?!" utbrister Amare, och Ansioso måste tystas av Pellicientes innan även hon ropar högt.

"De befinner sig inte långt härifrån, tillsammans med Grande", säger Maius. "De kommer att ansluta till vår grupp längre ner, innan vi når fram till Casavale. Förhoppningsvis kommer ingen av de som är kvar där att känna igen Sine på avstånd om han skiftar kläder med någon från Vizinha och håller sig nära dem med huvan uppfälld. Som läget har blivit så är det nog bäst att han inte visar sig på ett tag. Vi för honom till vårt hus."

”Är han oskadd?”

”Det verkar så. Men jag vet inte vad han gjorde i de trakterna Maison fann honom.”

Hela gruppen om elva personer vandrar tillsammans ner mot Casavale. Strax före byn lämnar Maius och en av männen från Vizinha stigen och går ett stycke in i skogen. En stund senare återvänder de till den stora gruppen, men nu i sällskap med Grande, Maison och Sine. Sine har bytt kläder och är mycket svår att känna igen. Maison tecknar att de ska fortsätta vandra som om ingenting hänt. Alla går vidare, men Ansioso kan inte låta bli att vända sig om flera gånger för att försäkra sig om att det verkligen är Sine som återvänt. Hon är märkbart lättad och glädjetårar rinner ner för kinderna.

Framme vid Maius bostad delar de på sig. Amare och Ansioso tar avsked av Pellicientes, som tillsammans med sina skeppskamrater får sällskap av Maius ned till hamnen. Maison leder Amare, Sine, Ansioso och Alejo in i huset och går sedan för att leta fram något att äta och dricka.

Äntligen får Ansioso och Amare tillfälle att kasta sig om Sine. Men de hinner knappt tilltala honom förrän dörren rycks upp och en storväxt mansgestalt haltar in.

”Så där är du!” ryter Iratus på väg mot Sine.

Alla rycker till av överraskning.

”Så du trodde att jag inte skulle känna igen dig? Vem har kunnat undgå att höra vad du ställt till med?! Hela Casavale och Vizinha därtill har du vänt emot mig med din vansinnesgärning! Du har skämt ut oss för all framtid!”

Iratus svänger sin knytnäve mot sin son, som vacklar bakåt och faller. Sine kryper ihop och skyddar sig så gott han kan med armarna mot nästa slag som kommer där han ligger.

”Nej! Sluta!” skriker Ansioso och håller händerna för ansiktet. Amare rusar fram och tar tag i sin far medan hon ropar på honom att låta bli Sine. Iratus knuffar henne till golvet och hon blir liggande. Alejo skyndar till och hjälper henne upp.

”Barnet!” gråter Amare förtvivlat och håller sig om magen.

Det kommer ett mörker över Iratus då det går upp för honom att Alejo måste vara far till ett barn som hans dotter bär och han vänder sig ursinnigt mot honom. Ansioso tittar storögt fram bakom sina skylande händer.

"Barnet?" frågar hon halvhögt.

"Vad har du gjort min dotter?!" ryter Iratus och slår även Alejo till golvet.

Alejo möter Amares blick just som hans huvud slår i stenkanten vid eldstaden. Han ligger kvar utan att röra sig. Röda strimmor börjar flyta ut och färga det ådrade grå marmorgolvet rött samtidigt som Amare krypande når fram till honom.

"Ni är inte längre mina barn!" skriker Iratus.

"Och du är inte min far! Det har du aldrig varit!" ropar Sine och reser sig. "Du har inga barn längre men vi är fortfarande någons!" Han lägger trotsigt en beskyddande arm om sin mor.

Iratus haltar ut därifrån och slänger igen dörren efter sig medan Alejo ligger kvar med Amare böjd över sig. Hon ropar hans namn om och om igen men får inget svar. Hon lägger en hand över hans panna och håller den andra på sin mage.

"Ska jag behöva mista er båda idag?!" ropar hon genom gråten.

Händelsen sätter igång en kedja av aktiviteter. Sine kallar på Maison, som springer ikapp Maius och förklarar vad som hänt. Maius låter Maison söka upp Medicus och beger sig själv till Mediana för att be henne göra vad hon kan för Alejo under tiden. Då de båda kommer fram till Maius hus finner de Amare och Ansioso sittande vid Alejos sida, baddande hans sår med en linneduk indränkt i vatten.

Efter att Maius och Sine hjälpts åt att lyfta Alejo till en bädd ber Sine Maius att följa med avsides.

"Vi måste få tag på frukt från Vishetens träd", säger Sine. "Det finns någon enstaka frukt kvar, men för att komma åt den måste man hjälpas åt. Den skulle kunna läka honom."

Maius blir tyst och stel.

"Vad är det?" frågar Sine.

"Det är inte möjligt."

”Varför? Vi behöver den nu!”

Maius dröjer med svaret.

”Allt som fanns kvar i Vattenmarken befinner sig till havs, på väg till Vizinha. Den frukten tillhör dem nu.”

”Varför det?!” Sines desperation får hans röst att brista.

”Som ersättning för vattnet och för deras insats att röja”, svarar Maius och ser allvarligt på Sine. ”Men var är frukten du plockade åt Mediana?”

Sine blundar och sväljer hårt.

# XLIII

## Rannsakan

Under kvällen har fler anslutit och samlats kring Alejo. Maison har hämtat Medicus, Ansioso har låtit meddela Vide om vad som skett, Mediana har hela tiden baddat Alejos sår och Amare sitter vid hans sida hållande hans hand mot sitt ansikte.

Även Maius och Maison är närvarande, men Maius kan inte sitta overksam särskilt länge och tar med sig Maison för att bereda något att äta och dricka åt alla.

"Jag samtalade en del med Sine på väg hem", säger Maison medan han häller över vatten till några karaffer.

"Det vill jag gärna höra mer om", säger Maius.

Maison återger Sines historia om vad som hände efter att de skiljts åt under morgonen dagen innan. Maius nickar eftertänksamt medan han lyssnar på förklaringen till Sines beteende.

"Det har slagit mig", fortsätter Maison "hur olika våra fäder är."

Maius säger inget men ser allvarligt bort mot rummet där Alejo ligger.

"Tror du han klarar sig?" frågar Maison.

Maius slår ut med sina händer, som om de skulle kunna fånga upp ett svar på frågan.

"Vi kan bara hoppas, Maison. Alejo har gjort vår by till en lite bättre by. Det kan ingen ta ifrån honom, oavsett hur hans framtid ser ut. Men han är den siste som borde råka ut för den här galenskapen."

Maius ställer sig vid fönstret och ser ut över dalen medan han fortsätter tala.

"Det var inte handlingen i sig, utan följderna av den som tog illa. Så blev det också för Sine. Men handling följer på en tanke och tanken är född ur en annan handling. Det är ett kretslopp. Ett kretslopp som förstärker sig själv." Maius vänder sig om mot Sine. "Maison, mina handlingar har inte heller alltid kommit ur de rätta tankarna. Jag hoppas och tror du förstår att göra skillnad, innan det blir för sent."

Maius är tyst en stund innan han fortsätter, lite avvaktande.

"Jag har tänkt lite den senaste tiden."

"Ja?" svarar Maison och ser uppmärksamt på sin far.

"Jag har varit rädd", säger Maius kort.

Maison stannar upp.

"Rädd? Du? För vad?"

"Rädd för smärtan i att inse att jag inte varit en tillräckligt god far." Maius gör ett uppehåll för att skörda några örter som växer på fönsterbänken. "När din mor lämnade oss blev jag medveten om hur mycket hon betytt för dig, hur mycket hon gjort. Jag visste att jag aldrig skulle kunna ta hennes plats, så jag lade i stället all tid och kraft på det jag ansåg mig kunna utföra väl – att försörja den familj som var kvar."

"Så därför tillbringade du mindre tid med mig? För att vara en god far?"

Maius skakar på huvudet åt sig själv när han inser hur hans ord låter.

"Ja, du har försörjt mig väl", säger Maison. "Kanske bättre än du hade behövt."

"Jag har jagat regnbågen."

"Hur menar du?"

"Rädsla för att misslyckas jagade mig in i ett begär efter att lyckas. Efter att nå fram till regnbågen. Men …"

"Men du nådde inte dit?"

"Jag nådde dit jag trodde att jag ville. Men att nå dit man vill kan vara smärtsamt. Väl där insåg jag nämligen att det jag sökte inte längre fanns där utan någon annanstans. Tills jag förstod att regnbågen inte är till för att jagas. Den är till för att bli sedd. Jag försökte bli stolt över mig själv istället för att vara det över dig, Maison."

Maison ser på sin far. Maius möter sin sons blick och ser sig själv i den. Ingen av dem vet riktigt hur de ska ta tillfället vidare, men Maison ler.

Det räcker.

Ansioso har under en längre tid känt en rastlös oro och lämnar huset för en stund. När hon återvänder ställer hon sig ute på terrassen och betraktar några krukor som Maius handlat av Mediana. Hon upptäcker efter en stund att Mediana slutit upp bakom henne varvid hon rycker till och en känsla av skam och rädsla far igenom kroppen.

"Jag får ingen ro", säger Ansioso.

"Det är inget att förundras över", svarar Mediana. "Vi är alla oroliga."

"Men hur kommer det att gå för honom?"

"Det vet väl ingen. Men kanske vet Medicus mer än han säger. Han har sett mer och mer bekymrad ut."

"Det är fruktansvärt att inte veta, det är det", säger Ansioso. "Finns det inget sätt att kunna se något? Kan kristallen verkligen inte hjälpa oss?"

Ansioso ser tårögt vädjande på Mediana.

"Nej ...", svarar Ansioso håglöst på sin egen fråga. "Det kan den förstås inte."

Ansiosos blick finner ingen vila. Mediana ser länge på henne.

"Ibland kan det vara bättre att inte veta", säger hon. "Vad skulle du hur som helst göra med den kunskapen?"

Ansioso skakar på huvudet. Vissa tankar vill inte släppa taget om henne. Som vad hennes alla besök hos Mediana egentligen skänkt. Om de verkligen fyllt något äkta behov, eller bara skapat nya, som ytligt sett känts enklare att tillgodose. Eller om de det rent av växt till något ännu värre, kanske ett begär.

Hon skakar åter på huvudet och suckar djupt innan hon tar ett lika djupt andetag och beger sig inåt huset igen. Får hjärtat bara slå några slag till kommer hela kroppen snart att få uppleva att hon just tagit in en aning friskare luft i sina lungor.

Mediana står kvar vid krukorna och begrundar den senaste tidens händelser. Hon funderar på om hon själv har någon skuld i detta. Eller om det bara är

Iratus verk. Men hon oroar sig uppriktigt för Ansioso. Mediana sneglar på henne när hon passerar förbi. Tron på en kristallsten har utövat större makt än hon kunnat förutse. Men likt en sten med magnetisk kraft kräver den en motpart för att kraften ska bli uppenbar. Ansioso är en person som dragits till stenen. Men hon frågar sig vad hon själv vore utan den.

Hon brottas med tankarna en stund, innan hon fattar ett definitivt beslut om stenens framtida öde.

# XLIV

## Alltings upphov

Sent på eftermiddagen är alla åter samlade runt Alejo. Medan de samtalar om honom och hans liv kommer ett nedslående besked från Medicus.

"Jag befarar att Alejo mer eller mindre mist sina sinnen. Han upplever knappast något av det som sker här. Hans liv håller på att rinna ur honom är jag rädd."

Det är Amares tysta gråt som bekommer Ansioso mest. Den nakna, vilsna och sårbara smärta som börjat komma till insikt men ännu inte funnit några ord. Innanför denna smärta upplever Ansioso även sin egen sorg, likt ett hav hon kastats ut i och som helt saknar bärkraft. Hon dras långsamt nedåt och omsluts av ett mörker.

"När du rörde vid mig var jag älskad. När du höll i mig var jag trygg", viskar Amare nära intill Alejo. "När du lyssnade på mig var jag betydelsefull. När du såg på mig var jag vacker." Amare skakar bedrövad sitt huvud. "Varför skulle detta ske? Vad finns det för mening?"

Ansioso och Vide, sittande på ömse sidor om Amare, lägger var sin hand på hennes axlar. Orden rinner stilla ur Ansioso:

"Det finns ingen mening, min kära. Vi kommer som en vindfläkt, och vi försvinner. Det leder ingenstans att söka en mening i det. Det som är det är och det som sker det sker."

"Vi ska väl inte ge upp hoppet ännu", protesterar Mediana med mild röst ifrån dörröppningen där hon står. "Vi måste tro, tro att allt är möjligt. Och tänka bra tankar. Om vi alla tänker bra tankar släpper vi in det goda i våra kroppar och i Alejos. Eller hur, Medicus?"

Medicus rätar på sig.

"Ja, bra tankar är väl bra tankar", säger han. "De skadar säkert inte, fast om de hjälper i just det här fallet ..." Medicus knycker lätt på huvudet och bestämmer sig för att tiden lika väl kan fördrivas med att dela några tankar om livet, som att bevaka det. "Om livet i allmänhet kan vi ju bara säga säkert att det kommer att upphöra, men inte när. Det vi *kan* göra är naturligtvis att förbättra förutsättningarna för att låta det löpa så länge och smärtfritt som möjligt."

"Men det måste väl finnas en mening med detta liv. Varför lever vi annars här? Utan mening kan vi ju lika gärna dö här och nu. Då slipper vi själva all smärta", gråter Amare.

Vide veckar sin panna medan han allvarsamt betraktar Alejo.

"Meningen med livet ... Varför undrar vi inte över meningen med döden?" frågar han.

Alla de vakande vänder sig undrande mot Vide, vilket ger honom orsak att utveckla sina tankegångar.

"Ingen av oss skulle förmodligen fråga efter meningen med livet om vi visste att vi levde för evigt. Vetskapen om döden hjälper oss att söka livets mening, liksom nattens mörker hjälper oss när vi letar stjärnor på himlavalvet. Döden i sig är bara tomhet, *den* är meningslös. Men om döden i sig är meningslös, så måste ju livet – dess motsats – vara fullt av mening!" Vide ser sig om för att försäkra sig om att alla fortfarande lyssnar innan han fortsätter. "Men vi undrar alltså vad denna mening består av? Visst finns det svar. Meningen för mig är *att leva mitt liv.* Är inte svaret detsamma för oss alla?

Att leva sitt liv är att andas sina andetag. Att andas är att ge och att ta emot. Som nyfödda drar vi vårt första andetag och tar emot det nya livet. När vi lämnar detta liv släpper vi samtidigt ifrån oss vårt sista andetag och lämnar våra gärningar bakom oss. Däremellan kommer vi under hela våra liv leva i ett ständigt flöde av att ta emot och att ge."

”Jag begriper mig på andningens funktion, men vad du vill säga med detta?”
undrar Medicus med en frågande blick.

”Betydelsen av vår andning är större än vi anar”, säger Vide och lägger en
hand på sin mage. ”Att andas ut handlar om vårt dagliga arbete, det är att
skapa. Det är att dela med oss av oss själva. Att andas in betyder att låta våra
sinnen fylla oss med skönhet, inspiration, med livet självt, det är en stor frihet
vi har i våra liv. Vår andning följer en naturlig rytm om det får ske på det
naturliga sättet.

Vi har en regelbunden andning, en rytm av arbete och vila, men vi kan när
som helst ta ett djupare andetag för att fylla på med liv. Om vi vill kan vi
någon gång stanna upp och hålla andan eller för att ta ett djupare andetag.
Men det finns en rytm som passar oss var och en. Om vi under för lång tid
andas ut utan att vi får andas in så … Ja, detsamma är väl vad som sker om vi
skulle tvingas vistas för länge under vattenytan?

Att å andra sidan andas in utan att släppa ut är inte heller ett naturligt tillstånd
för oss. Vi kommer till slut att känna olust även inför detta. Det finns gränser
för oss.”

”Skulle du kunna vara lite mer konkret, Vide?” vädjar Medicus.

”Se på flickan Curioso. Hon vet hur man andas in. För henne är varje dag
ny. Hon förundras på ett nytt sätt varje gång hon studerar en stens teckning,
följer en fågels flykt eller känner efter vad vinden gör mot hennes hy. Den
som varje dag upptäcker livet kommer troligen inte att ångra någon av dagarna
då det är dags för den sista.

Och Alejo …”, börjar Vide men får under några ögonblick vänta in att
rösten bär. ”Alejo har alltid funnit glädje i att kunna arbeta, inte minst för
andra.”

Mediana för långsamt ihop sina handflator och nuddar fingertopparna med
sin hakspets. Amare låter sina tårar väta Alejo medan Medicus sneglar
misstroget på Vide.

”Men att andas är väl knappast hela meningen – är det inte lite väl
anspråkslöst?” protesterar han milt. ”Alla här inne begriper nog att andningen

är viktig för att upprätthålla våra liv, men den skulle likväl vara meningslös utan hjärtats slag. Och varifrån skulle hjärtat få sin kraft utan daglig föda?"

"Ja, du har rätt. Utan hjärtats närvaro kommer vår andning i sig inte hålla oss levande, och det vi föder oss med förstärker eller försvagar vårt hjärta", svarar Vide och vänder sig därpå till Amare.

"Om Alejo förlorar sin syn, sin hörsel, sin lukt och sin smak så gör ändå din smekning av hans hud skillnad, Amare. Om även hans känsel försvann så skulle du ge honom av din närhet. Det är allt han behöver förnimma, för det är en hälsning till honom att han är älskad. Och en droppe kärlek är ju allt som krävs för att vi ska veta att något sådant verkligen finns, eller hur?"

Ansioso blundar medan hon långsamt nystar upp en dikt ur minnet, strof för strof:

> *'Det som berör vårt innersta*
> *är doften av barndomens minnen,*
> *en förlåtande blick, en smekande hand*
> *och den skönaste musik.*
>
> *Det som berör vårt innersta*
> *är den stora skaran, samlad uti kärlek,*
> *den fallnes upprättelse, glädjens tårar*
> *och ord av äkta sanning.*
>
> *Som droppar kommer det till oss*
> *För droppar kan påminna oss*
> *att det är droppar av något större.*
> *Det är droppar,*
> *droppar,*
> *droppar*
> *av evigheten.'*

Vide lyssnar, begrundar och fortsätter sedan tala.

"Så att andas in, att vilja se och upptäcka livet på vårt eget sätt var dag, det är att låta sig fyllas med hopp. Att andas ut, att dela med oss av oss själva, det är att tro, för den som tror agerar. Men glöm inte att låta hjärtat få slå, att älska. Allt detta tillsammans ger mening och liv åt våra liv."

Amare lutar sig närmare Alejo och kramar hans hand hårdare. Hon lägger sin och hans hand mot sin livfyllda mage.

"Ändå finns det ytterligare mening, utöver att leva våra liv här på jorden", säger Vide medan han följer Amares rörelser. "Och det är gott, för våra förutsättningar att andas klar luft ser ju trots allt olika ut."

Alla verkar luta sig framåt för att tydligare kunna höra vad som ska sägas.

"Läser vi naturen kan vi se att det är endast liv som föder liv. Död föder ingenting. Det *är* ingenting, bara frånvaro av liv, så det kan inte heller föda något. Livet har inte fötts *ur* död. Liv kan däremot återfödas *genom* död. Sädesplantan föds ju genom sädeskornets död, fjärilen genom larvens död och allt liv blir ju till sist mull som göder nytt liv.

Men det synliga livets ursprung och orsak måste således ha varit liv. Verkligt, ursprungligt, ofött, oskapat och odödligt – det vill säga *evigt* – liv. Vi kan kalla detta ursprung för *Livets moder*, den som låtit föda det till synes förgängliga liv vi ser i alla dess former. Ett liv frambringat genom ordning, som hos en vis åldring och genom frihet, som hos ett lyckligt barn. Hon måste vara *livet självt*."

"Man har sökt länge efter svar om livets ursprung, Vide, men det går inte att finna något sådant svar som du antyder", invänder Medicus medan han letar levnadstecken på Alejo.

"Det saknar betydelse hur noggrant vi än letar, om vi letar på fel plats", svarar Vide. "Och det hjälper oss knappast att leta på rätt plats, om vi letar efter fel ting."

"Var och hur skulle vi leta i så fall, menar du? Om denna Livets moder funnits före allt annat och skapat allt liv, så kan man tycka att hon borde gett sig till känna någonstans i denna värld, eller hur?"

"Jag hävdar inte att Livets moder funnits *före* allt annat. *Om* vårt kosmos alltid funnits – vilket jag betvivlar utifrån dess föränderlighet – så finns det en möjlighet att Livets moder skulle kunna vara inordnad i detta, alltså som en del av tid och rum utan ände. Men om kosmos i stället uppstått vid ett visst tillfälle innebär det att en Livets moder måste stå *utanför* tid och rum om hon själv är ofödd, evig.”

Vide reser sig långsamt och går till fönstret, där han stannar upp och ser ut.

”Så tillåt oss då en stund tro att Livets moder, själv utanför tid och rum, verkligen är upphov till allt levande. Liv, skapat genom ordningens och frihetens princip, fortfarande vibrerande likt toner en gång anslagna på ett stränginstrument”, fortsätter han. ”Varför skulle hon då inte kunna vara upphov även till det kosmos som visserligen inte fortplantar sig på samma vis som livet, men som ändå är dess grundval? För vad vore träden utan fast grund att vila på? Och vad vore de utan vatten att släcka sin törst med, eller utan vind som för dess frön vidare? Allt är ju, att döma av vad vi hittills sett, skapat med samma universella princip. Ordningens och frihetens princip och dess skönhet upprepar sig i alla strukturer – från den minsta till den största, i det levande och i det icke levande. Livets moder skulle då inte bara vara livets, utan hela *Skapelsens moder.* Tid, rum och allt vi känner till omfattas alltså det som är skapat, men skaparen själv är knappast en del av detta skapade.”

”Vad menar du med att den du kallar Skapelsens moder står utanför tid och rum? Hur skulle hon då kunna skapa något som vi kan förnimma?” frågar Medicus.

”Du måste inte själv vara en del av det du skapar. Se bara på vad solen åstadkommer för oss från gryning till afton”, svarar Vide och sveper med handen genom fönsteröppningen ut mot dalen. ”Solen själv har inte vidrört denna jord, men utan dess ljus och värme kommer allt liv att förtvina. Vi kan nog vara övertygade om att inget av det liv vi ser ens kunnat börja här utan dess närvaro. Solens strålar har väckt liv i jordens mull och sjöar. De hjälper bladen att bildas och väver samman körsbärsträdets blommor. De driver saft och fruktkött in i dess bär. Dessförinnan har de hjälpt till att foga samman de unga, rörliga fibrerna i trädets stam med de gamla, stadiga, år för år. Och …”

Vide avbryter sig själv och vänder sig om när det hörs ett svagt ljud från Alejo. Medicus lutar sig över honom, lyfter hans ögonlock och studerar de orörliga ögonen. Han lyfter Alejos händer och väger dem i sina, varefter han lossar ett förband som sugit sig rött av blod. Med en linneduk torkar han av såret och baddar det med en vätska ur ett kärl, innan ett nytt förband läggs på. Alla väntar spänt på någon form av redogörelse för Alejos tillstånd, vilket Medicus inser. Han skakar bara kort på huvudet med en sammanbiten min.

”Jag vet inte om jag förstår dig helt, Vide”, fortsätter han med blicken kvar på Alejo.

Vide väcks ur sina tankar och vänder sig ut mot fönstret igen.

”Solen”, fortsätter han ”kan förmedla sin kraft till körsbärsträdets blad utan att röra vid dem, och kan fortfarande omsluta och genomlysa dem med sitt ljus. Även Skapelsens moder kan rimligen vara både formare och omfamnare av sin synliga skapelse utan att själv vara en del av den.”

”Så vad är i så fall allt det vi ser omkring oss, det du menar är skapat?”

”Det skapade är avbilden av en storslagen skapares tanke, en manifestering av hennes fantasi och kärlek. Se er omkring på de verk som Mediana format med sina händer”, säger Vide och visar på krukor och vaser i rummet som bär hennes signatur. ”Hon finns ju inte kroppsligen i leran, hon är inte en del av den, men har lämnat spår av den hon själv är i det hon skapat. Och hon nyttjar med sin skicklighet de naturens lagar som påverkar leran.”

Mediana sluter sina ögon och lyssnar.

”Och de strofer som Ansioso nyss citerade är skapade av en skald som levt här i dalen. Vi kan läsa hans verk, men ser inte skalden själv, bara spåren av hans tanke. Med hjälp av ord skapar skalden själv ordning av de tankar och känslor som fyllt honom, och han behärskar konsten. Men vi får inte glömma att oavsett hur stort verket är, oavsett hur vackert det är, så kan det skapade aldrig mäta sig med sin skapare.”

Medicus skakar på huvudet.

”Vi kan inte säga något om vad som ligger bakom allt. Vi har kunskaper, men också begränsningar. Jag tror att du drar dina slutsatser för långt, Vide.”

”Kanske har allt börjat som ett litet frö?” föreslår Mediana med ord och fingrar.

”Som ett frö?” upprepar Ansioso förvånat. ”Menar du att hela vår värld sedan skulle ha växt ut ur det? Som en vindruvsbuske ur ett vindruvsfrö?”

Maius hostar till. Mediana lyfter på axlarna.

"Det är en spännande tanke", säger Vide. "Ett frö innehåller möjligheterna till allt som det senare kan bli. Men möjligheterna måste ändå ha lagts in i det från början. Det man undrar är …"

Vide kastar en blick mot några tunna moln på himlen. När han vänd från övriga avslutar frågan brister något hos Medicus. Han reser sig så hastigt att kärlet med baddvätskan far i golvet och går sönder och alla stirrar chockat på honom. Det lyser ur ögonen på Medicus.

"Jag avråder bestämt från att ställa er den frågan!"

# XLV

## Sliten i stycken

Sine sitter lutad mot väggen till Maius hus, nedanför fönstret in till rummet där Alejo ligger. Han slitsar en sandalrem i remsor med en dolk medan han lyssnar till vad som sägs därinne. När Sine förstår allvaret faller han handlöst ner i ett bottenlöst hål av ångest och ånger. Han kan inte gå in till Alejo och de övriga. Han borde nog, men skulden plågar honom alltför mycket. Han sätter dolken hårt i den lösa sanden intill sig och vrider runt, men får inget grepp.

*Hur kunde det bli så här?*

Sine går igenom de händelser som lett fram till det som just skett.

*Vad kunde jag ha gjort annorlunda? Och vad går fortfarande att göra? Det måste finnas något!*

Sine valde medvetet att störta Ödesstenen. Han kunde inte tygla sin längtan efter att få utöva makt, någon form av kontroll, efter att ha upplevt sig förtryckt under närapå varje dag i sitt liv. Denna längtan förde honom in i en dimma av likgiltighet inför konsekvenserna. Nu är han allt annat än likgiltig.

*Varför? Var det inte detta Vide varnade för? Varför kunde jag inte ha lyssnat och undvikit att …*

Sine skräms av sina egna tankar då han börjar se sambanden.

*Jag flydde för att inte behöva möta konsekvenserna, medan Alejo fick utstå förföljelsen. Alejo, som av omtanke kom för att finna mig. Alejo som slet en hel natt i väntan på hjälp som inte kom. Jag har svikit Alejo, svikit Amare. Jag har svikit alla.*

*Iratus raseri berodde främst på mig, men Alejo kom emellan. Han som var oskyldig fick ta konsekvenserna av mina handlingar. Och det som skulle kunna rädda honom – det som jag hade ansvar för, frukten från Vishetens träd – är nu utom räckhåll. Även det hade kunnat vara annorlunda om jag bara valt att lämna Ödesstenen i fred.*

*Det var just så som Vide hade sagt. I ett ögonblick förändrades allt, till följd av en enda vansinneshandling, men själva beslutet hade växt fram innan tillfället uppenbarade sig. Det var inte de rätta tankarna som hade styrt mig fram till det ögonblicket. Det var tankar som var skygga för ljus. Därför höll jag mig undan, rädd att mitt uppsåt skulle avslöjas. Efteråt var skammen så stor att jag hellre lät offra en oskyldig människa än avslöjade mina egna brister. Jag satte fel kedja i svängning.*

Tankarna sliter honom i stycken.

*Det som hänt är så fruktansvärt att det väl egentligen inte kan ha skett, kan det? Det kan inte vara verkligt. Får inte vara det.*

Behovet av att förtränga är så starkt att han klyvs i två delar. Den ena halva Sine gör allt för att intala sig att det som skett inte har inträffat. Han skrapar med dolken i jorden och försöker skapa en vall inom vilken han kan vara skyddad från verkligheten. Men anklagelserna bryter sig ständigt igenom. De bryr sig inte om inhägnaden.

Den andra halva Sine upplever en verklighet i form av den fulla ångestens förlamande kraft. Det bottenlösa hål i vilket han inte slutar att falla, utan förmåga att hindra fallet. Men denna halva vill slitas isär ytterligare, inifrån och ut. Insidan hatar och skuldlägger honom själv, utsidan hatar och skuldlägger allt och alla runtomkring.

Varje del av honom klarar bara av att existera några ögonblick, sedan kommer antingen verkligheten ikapp, eller så blir smärtan alltför stor och han famlar åter i förnekelsens väv. Ljudet från miljoner anklagande röster kommer tillbaka och han håller för öronen utan att det lindrar.

Sine skymtar en av byborna på vägen som passerar Maius hus och tänker att han förmodligen lever ett enkelt och förutbestämt, men okomplicerat, liv. Sine skulle göra vad som helst för att få byta plats med honom.

*Nej, det måste finnas något som kan göras!*

Sine försöker samla tankarna. Han slår sina knutna händer fulla av jord mot huvudet. Men rädslan och ångesten binder honom.

*Det är inte möjligt för mig att bära hela skulden själv. Men det är ju inte min skuld, eller hur? Det finns en orsak till att det blivit så här. Att längtan efter makten och friheten att få göra mina egna val blev så stark. Något har ju drivit mig till att hamna där. Eller hur? Vem som helst som levt samma liv som jag skulle väl ha gjort samma val och alltså hamnat i samma situation?*

Sine klarar inte att själv bära den börda av skuld som hänger tungt över hans axlar, men han vet också att något måste göras.

*Det ändlösa fallet genom mörkret måste stoppas, jag måste få fäste i något,* tänker han och hugger hårt i marken med dolken. *Och det måste börja med att orsaken till det onda utrotas.*

Sine har hittat en kraft med en riktning som tycks övervinna förlamningen. Men just som han börjar resa sig faller han modlöst ner till marken igen. Han tvekar. En röst inom honom viskar att något är fel med resonemanget. Han borde inte göra det.

Desperationen är nära – krafterna drar i honom åt alla håll. Han känner igen känslan från när han stod på klippan vid Ödesstenen.

*Det är ödet – det kommer att hända igen.*

En gnista när som helst och han kommer att explodera.

# XLVI

## Frågan med de otänkbara svaren

"Varför?" frågar Vide behärskat. "Varför skulle vi inte ställa oss den frågan?"

Medicus sätter sig igen och tar ett djupt andetag.

"Jag har sett vad det kan göra med människor. Tanken kan göra en människa galen och då menar jag … galen på riktigt!" säger Medicus, fortfarande med ett för honom ovanligt högt tonläge. "Frågan har inget svar, Vide, det vet du."

"Räds du frågor som inte går att finna svar på, Medicus?"

Medicus skakar långsamt på huvudet. Därefter är det tyst så lång stund att Maius börjar känna sig obekväm.

"Så går det när folk har för mycket tid att tänka", säger han till Maison. "Vem kan leva på galenskap? Lägg kraften och förståndet på arbete i stället. Det blir man inte tokig av och det ger mat på bordet."

"Jag hörde inte ens vad du frågade, Vide", säger Mediana.

Medicus vänder sig om och håller avvärjande upp en hand mot henne.

"Glöm det!" vädjar han och skakar på huvudet. "Jag menar det. Det har hänt att människor som letat svar på frågan har …"

"Han frågade bara hur det kommer sig att någonting alls kan finnas i stället för ingenting", avbryter Ansioso, som inte vill höra vad Medicus tänkt berätta och får en upprörd blick tillbaka från honom. "Men jag håller med Medicus", fortsätter hon. "För vad har vi för nytta av att fråga oss det? Vi lever och dör oavsett om det finns ett svar eller inte."

"Ja, så är det. Vi behöver bara veta det vi behöver veta", skyndar sig Medicus att falla in, med tydlig förhoppning om att snart kunna avsluta samtalsämnet.

"Även om vi hade tillgång till den djupaste kunskap om naturens lagar, vad skulle det hjälpa oss? Vi kommer säkerligen inte att finna svar på vad som orsakat just dessa lagar och varför de samverkat så ypperligt till vår existens. Frågan kommer förbli obesvarad, så varför ödsla tid på den? Maius har rätt."

"Vad menar du med ingenting, Vide?" frågar Mediana som om hon inte alls uppfattat Medicus vädjanden. "Det är väldigt svårt att föreställa sig."

"*Ingenting* innebär att allting saknas, även *förutsättningar* för någonting alls", svarar Vide lika oberörd. "Det kan ibland se ut som att någonting uppstår där ingenting nyss fanns. En regnbåge på himlen, en svamp ur jorden, en eldslåga, eller en vinranka ur ett frö. Men de uppstår knappast av en tillfällighet. De uppstår därför att de *kan* göra det.

Vi kan till och med hitta liv på platser där man skulle kunna tro att det var omöjligt, men där någon till synes obetydlig förutsättning ändå finns. Liv vill liv, vilket inte är en självklarhet, för liv kostar. Egentligen borde väl allt sträva efter att ödsla så lite kraft och resurser som möjligt för att ens överleva och allra sparsammast vore väl att ge upp? Men priset för liv tycks vara värt att betala. Och inte bara för att överleva utan för att leva och skapa skönhet. Du har själv sett påfågelns prakt och hört näktergalens sång."

"Vad är det du försöker läsa in i detta, Vide?" frågar Medicus och ser mycket besvärad ut. "Den enklaste förklaringen är väl att förutsättningarna helt enkelt funnits, annars hade ju ingen av oss suttit här. Vi behöver inte krångla till saker mer än nödvändigt."

"Skillnaden mellan ett tomrum där inga förutsättningar finns för någonting alls och ett tomrum där den minsta lilla möjlighet finns är oändligt stor", säger Vide. "Frågan om varför någonting kan finnas är mycket viktigare än vi kan ana, just därför att vi aldrig kan besvara den på ett sätt som är möjligt att begripa. Det borde göra oss ödmjuka. Vi ställs nämligen inför två möjligheter. Antingen har vårt universum tagit sin början på något vis vid något tillfälle, vilket är otänkbart såvida inte förutsättningarna först fanns — men hur kan förutsättningar för tillkomsten av någonting finnas utan att det finns en orsak? *Eller* så har detta universum alltid existerat. Men hur skulle något som vi vet är föränderligt alltid ha kunnat existera?"

"Varför skulle inte något föränderligt kunnat ha existerat för alltid?" undrar Medicus.

"Ingenting förändras utan att det finns en strävan – frivillig eller ofrivillig – och ingenting strävar utan mål. Men ingenting förändras heller om det inte först funnits en orsak, hur obegriplig den än kan synas.

Det enda rimliga är att orsaken till att någonting verkligen kan finnas är att en oföränderlig, fullkomlig *upphovskälla* alltid har existerat. Och i så fall är ju denna upphovskälla rimligen större än det skapade i fråga om komplexitet, medvetenhet och storhet. Denna källa måste stå utanför tid och rum och vara obeskrivligt levande. Inte levande på det sätt vi kan föreställa oss, utan evigt varande. En bejakare av livet. Förutsättningarnas förutsättning."

"Vänta nu lite, Vide!" utbrister Medicus "Vad har i så fall skapat denna upphovskälla?"

"Medicus, du bygger dina tankar på en tidsuppfattning att det finns ett *före* och ett *efter.*"

"Givetvis. All vår erfarenhet säger oss att det som har hänt har hänt och att det som kommer att ske ligger i framtiden. Vad skulle vi annars tro?" säger Medicus och frambringar ett leende. "Du säger ju själv att det måste finnas ett upphov innan något kan ske, eller hur?"

"Därför finns det bara ett tänkbart svar, Medicus, och jag nämnde det nyss. Upphovskällan begränsas inte av tid och rum eller dess konsekvenser. Utanför tid och rum finns inget *före* eller *efter.* Upphovskällan är, var och kommer alltid att vara. Närmare svaret än så kan vi inte resonera oss fram till."

Medicus andas tungt.

"Du tror mycket, Vide."

"Jag är förmodligen den största skeptikern av oss alla till det jag sagt."

"Nu förstår jag dig inte", säger Medicus.

"Om du ska ge dig ut med din båt på öppet hav så borde du själv vara den som omsorgsfullt provar att båten bär och fungerar innan du sätter din tillit till den. Det handlar ju om ditt liv. Jag lever mitt liv utifrån det jag tror, därför har jag också prövat mina tankar om livet så väl jag kunnat. Så har väl även du gjort, Medicus?"

"Jo, men vi har uppenbarligen olika båtar du och jag. Och jag är inte så säker på att jag skulle våga kliva i din inför en tur på djupt vatten."

Maius och Maison ser på varandra och tycks trots allvaret finna ett visst mått av underhållning i samtalet.

"Det är givetvis farligt att tro att man själv skulle äga hela sanningen", säger Vide. "Men såväl den som tror sig veta och den som endast vet att hon tror är väl båda måna om sanningen? De drar bara olika slutsatser från sina erfarenheter, åtminstone som det verkar.

Men oavsett slutsats så är det ju av stor vikt att den används till nytta och glädje för oss alla. Så gör ju du med din kunskap, Medicus och det är värt all respekt. Människans storhet ligger ju inte i den stora kunskap hon besitter, utan i hur hon förvaltar den."

Medicus tiger tills vidare, osäker på hur han ska bemöta det han just hört. Kvinnorna ser på Vide som om de förväntar sig att han ska berätta mer, men till allas förvåning är det Maius som muntligen manar honom att fortsätta, vilket han också gärna gör.

"Utifrån vad skapelsen säger oss skulle det alltså finnas liv på två plan: dels det ursprungliga, som är evigt – och dels det synliga, som är förgängligt. Det förgängliga livet är endast återspeglingar av det liv som är evigt, liksom det kortvariga glimret i vattnet är återspeglingar av solens strålar. Det är det liv vi lever här. Men det betyder också att så länge liv återspeglas finns också det eviga livet närvarande. Om solen slocknar så slocknar även speglingarna. Därför är vi aldrig ensamma – vi har alltid Skapelsens moder vakande över oss."

"När vi inte förmår lyfta blicken ger vattnets spegel oss en bild här på jorden av det som sker på himlens valv. Det är en vacker tanke, det är det", säger Ansioso.

"Döden däremot, är endast tomheten inuti ett fullständigt uttömt, ljuslöst krus", fortsätter Vide. Det största som skulle kunna hända vore att även dödens tomrum och mörker fylldes med liv och ljus så att döden inte längre hade något utrymme kvar. Då skulle döden fullständigt upphöra att existera."

"Hur skulle det kunna ske?" undrar Ansioso.

"Det skulle kräva att *livet självt* – Skapelsens moder – gav sig in i detta tomrum. Hon skulle behöva låta sig uppslukas och omslutas av dödens tomrum för att kunna fylla även det med liv."

"Men varför skulle hon göra det?"

"Ja, det är kanske den viktigaste frågan, Ansioso. Varför? Skapelsens moder har ju sitt eviga liv och behöver sannerligen inte göra det för sin egen skull."

Medicus undersöker åter Alejo, eller låtsas åtminstone vara upptagen med att göra det. Han hummar lågmält under tiden.

"Och hur skulle hon ens kunna?" frågar Vide. "Döden och livet är inte av samma sort. De är oförenliga, som tomheten och alltet, som mörker och ljus. När ljuset närmar sig glider mörkret undan. Det odödliga livet skulle behöva bli den sortens liv som kan släppas in i dödens kärl och ersätta döden med sitt eget liv. Den odödliga skulle behöva bli som en av oss, alltså dödlig. Bli en som har ett liv som kan upphöra, men som i själva verket är *livet självt* – Skapelsens moder, och därmed inte förgås."

"Det låter inte som en särskilt trolig utgång", påpekar Medicus, som höjer ögonbrynen och ler.

"Jag håller med dig om det", svarar Vide. "Oändlig, ovillkorlig och ofattbar kärlek är det enda som skulle kunna få någon att göra något så vansinnigt. Men om hennes natur är oändlig, varför skulle inte även hennes kärlek vara det? Kärleken till dem som hon gett liv i form av en avbild av sitt eget oändliga liv. Kärlek som en sann förälder skulle känna för det barn hon satt till världen. Det är *varför*. Då skulle *Skapelsens moder* även vara *Kärlekens moder*."

Både Amare och Ansioso lyfter sina huvuden.

"Vad innebär det du säger, Vide?" frågar Ansioso.

"Det skulle betyda att vi inte bara har ett liv som kan upphöra, utan att också har del i det liv som är evigt. Det är den fullkomliga kärleksförklaringen."

"Menar du det?" frågar Amare. "Hur kan vi veta om det är så?"

"Vi kan inte veta, men vi kan tro. Och kanske är tro allt som krävs för att den utgivna oändliga kärleken ska bli fullkomlig. För liksom en omfamning behöver någon som tar emot den, behöver den utgivna kärleken bli mottagen för att vara fullkomlig."

"Men hur kan vi ta emot det vi inte kan se?" frågar Amare.

"Detta kan bara ske i tro, Amare. En tro, så som den vi övas i var afton då vi går till vila, förvissade om att en morgondag kommer att möta oss. Så förvissade att vi utan tvivel gör upp planer för den.

Även naturen tror ju, eller hur? Druvplantan känner av årstidens växling, hur solens intensitet ökar och då öppnar sig för att sätta igång sina fruktskapande processer. Varför? Därför att plantan tror att det är dags, tecknen tyder på det. Och till slut kommer allt det ljus och värme som den tagit emot från solen att manifesteras genom druvans sötma.

Dessutom, om Skapelsens moder talar den oändliga kärlekens språk så måste det ske. Och om det kommer att ske, eller om det redan har skett, så är jag övertygad om att vi människor får veta om det förr eller senare. Det kan inte gå obemärkt förbi. Själv är jag beredd att ge mig ut på djupaste vatten i denna tro."

Medicus är något otålig över Vides utläggningar, missnöjd med att någon enligt hans mening försöker ingjuta hopp utan saklig grund i värnlösa människor. Men han är villig att utgå från Vides tankevärld för att visa på bristerna i den. Att inte kunna utgå från den andres föreställningar i en diskussion är, enligt Medicus, både okunnigt och respektlöst, men framför allt meningslöst.

"Om denna Skapelsens moder nu verkligen skulle existera och dessutom talar kärlekens språk – hur skulle vi då förklara att vi inte bara ser kärlek i allt levande?"

Medicus märker till sin belåtenhet att Vide tycks vara svarslös inför hans frågeställning, men låtsas emellertid inte gör stor sak av detta. Han lutar sig fram över Alejo och verkar åter upptagen av en ny diagnos. När alla väntar på Vides svar är det i stället Ansioso som tar ordet.

"Du hörde väl vad Vide sa för bara en stund sedan? Våra dödliga liv är bara
återspeglingar, likt ljusspeglingar i vattnet. Då räcker det ju också med en liten
krusning av vinden för att bilden av det ursprungliga ljuset ska spricka. Har
du aldrig sett in i ett nyfött barns oskuldsfulla ögon? Men vad händer sedan,
när barnet växer upp och får ta del av mänsklighetens skavanker?"

Medicus lutar sig tillbaka och ser misstroget på Ansioso, men säger inget
eftersom han får syn på en glimrande tår på väg nedför Amares kind.

"Är det inte så med oss?" fortsätter Ansioso. "Så sköra är våra liv, så skör är
avbilden. Det är först när vi stillar oss som vi kan återkasta det ursprungliga
ljuset så att det kan urskiljas. Men vi låter oss röras upp av obetydliga ting eller
meningslösa strider. Låter ljuset försvinna från våra liv i stället för att ta emot
det och sprida det vidare. Det kan väl aldrig ha varit avsikten med våra liv?
Det kan det väl inte?"

Ansiosos ord får sjunka in innan Maius lutar sig närmare Maison för att säga
honom något, men talar så högt att alla ändå hör.

"Vet du vad min mor sa till mig när jag var ung? 'Vi kan söka länge efter
svaren på livets gåtor, och för varje *därför* vi gräver upp ur djupen så kommer
vi att förundras, men framför allt finna ett nytt *varför* ligga gömt under. Men
när vi grävt ända ner till det sista *varför* kommer vi att bli bestörta över vad
som finns därunder' "

"Hur så, vad finns där?" undrar Maison, som hela tiden lyssnat intensivt men
först nu låter sin egen röst höras.

"De som gräver från andra hållet!" svarar Maius och drar på munnen.
Medicus ser frustrerad ut.

"Allt grävande har faktiskt gett oss nya viktiga insikter. Vi står inte still i vårt
vetande."

"Allt som för oss närmare sanningen ger oss möjligheter till ett bättre liv",
säger Vide. "Men säg att vi under vårt grävande faktiskt skulle finna att
kärleken inte existerar förutom i våra fantasier – vad skulle det då göra för
skada om de som önskar tro på kärlekens kraft ändå får göra det utan att bli
föraktade?"

Medicus ser på Vide och slår ut med handen.

”Medicus, du påpekade nyss att Skapelsens moder borde gett sig till känna på något vis i denna värld”, säger Vide. ”Du har rätt. Om det är en evig Skapelsens moder, som i kärlek skapar såväl himlakroppar som liv genom ordning och frihet, så borde vi rimligen kunna förvänta oss vissa tecken.”

”Vilka tecken syftar du på?” frågar Medicus med en tyst suck.

”En skapande konstnär som vill berätta om sig själv vill väl visa så mycket hon bara kan av sina verk? Är hon omsorgsfull förser hon även betraktaren med de verktyg och förutsättningar som krävs för att kunna göra verket rättvisa. Vi kan därför förvänta oss att ju mer vi lär oss, desto mer kommer vi att kunna förstå hur omsorgsfullt allt är ordnat.

Ett annat tecken vore om vi fann att det existerar lagar för alla tillvarons skeenden. I stort såväl som i smått, i det yttre såväl som i det inre så skulle ordning och frihet vara de två till synes motstridiga, men likväl nödvändiga, krafter som vi tror kännetecknar Skapelsens moder.”

”Om så vore att du har rätt i ditt antagande om detta – vad skulle vi ha för nytta av att veta det?” frågar Medicus.

”Den som förstår dessa principer har lagt grunden för framgång i sina strävanden. Oavsett om du ansvarar för en familj, en by eller ett helt rike, eller om du vill skapa stor konst eller tämja naturens krafter så kommer du att finna att ordning och frihet i samklang kommer att leda dig rätt.”

”Men rent *konkret*, Vide? Vilken nytta?” frågar Medicus med allt större svårighet att dölja sin frustration.

”Vi kommer att kunna efterhärma processer som sker i naturen, för vår egen nytta eller vårt eget nöje. Kanske rent av något som liknar liv. Men vi måste då förstå att endast den som *skapat* lagarna som allt är inordnat under kan fullständigt begripa och behärska dem till yttersta fulländning så att till och med levande liv skulle kunna skapas ur intet. För den som kan detta är inga mirakel omöjliga, men den som endast kopierar får nog nöja sig med sådant som kan *likna* mirakel.”

Medicus tänker en stund.

”De naturliga processerna finns och sker ändå, av egen kraft. De behöver varken någon som hjälper dem eller några mirakel. Du vet ju hur trädets rötter själv finner sina vägar till vatten och dess grenar fram till ljuset. Processerna är framåtskridande i sig själva. Vi har emellertid tagit del av kunskap om livsprocesserna så att vi kan försöka hjälpa dem då de möter stort motstånd. Som nu, för Alejo. Livet vill liv. Ja, och i själva verket är det anmärkningsvärt vilka uppoffringar som görs bland många växter och djur för att livet ska segra. Men döden är en motståndare som vi endast kan lura för stunden. För i slutänden vet vi ju att den vinner ändå."

Medicus ser hastigt på Amare, som om han insett att de sista orden inte var de bäst valda för situationen. Amare blundar och pressar samman sina läppar.

"Så om det krävs kunskap för att hjälpa livsprocesserna åt rätt håll i svåra situationer, hur har då livet kunnat överleva utan den kunskap vi har idag?" frågar Vide.

"Lite tur och tillfälligheter har väl bidragit också, förmodar jag", svarar Medicus efter en stunds övervägande.

"Det kräver en stark tro att tänka som du gör", replikerar Vide.

Maison sneglar på Maius, som tycks begrunda Vide intensivt.

"Jag tror på kunskapen", säger Medicus dogmatiskt. "Och vi vet att även tur förekommer – och måste förekomma – i naturen. Många frön faller i obrukbar mark, men vissa råkar hamna på rätt plats. Även någon av trastens ungar kommer att ha tur genom att undgå att bli uppäten eller råka ut för andra missöden innan den klarar sig på egen hand. Det handlar bara om att det finns tillräckliga mängder av allt, även tid. Du har väl själv sett myllret av grodornas yngel? Kanske bara en enda överlever. Det är ett stort offer för en enstaka individs skull", säger Medicus och ser sig omkring för att fånga upp något medhåll, samtidigt som han upplever lite större volym i bröstet. "Och samtidigt väcks naturligtvis en viktig fråga. Skulle en kärleksfull Skapelsens moder verkligen tillåta livet att få framskrida på detta vis? Så mycket död och lidande för att upprätthålla livet?"

Medicus skakar på huvudet, men Vide nickar.

"Om Skapelsens moder skapat fröet, förutsättningar för alltings existens, så har hon givetvis gjort det även för livet och de livsprocesser som pågår, såsom hur rötter och grenar vet att finna sina vägar.

Medicus, du vet ju att död i sig inte föder liv, men ett offer av det levande är i vissa fall en förutsättning för nytt liv. Är inte vargens rov av det skadade viltet trots allt till gagn för alla? Och trädgårdsmästaren som vill låta en växt utvecklas på det sätt han önskar kommer att, när så behövs, beskära grenar som hade kunnat bära frukt, för att ge plats åt andra."

Vide tar ett djupt andetag innan han fortsätter.

"Liv har ett pris. Säg att det ändliga livet som vi ser och lever här – och som uppenbarligen kan kräva död för att upprätthållas – faktiskt är en avbild av det oändliga. Vore det då inte rimligt att även ett oändligt liv skulle kräva ett offer genom död? Ett mycket större offer. Oändligt stort."

"Vad talar du om, Vide?" frågar Medicus och blundar sammanbitet.

"Jag talar om den som är odödlig, Skapelsens moder, men som måste ha blivit som en dödlig, likt oss, för att kunna offras i dödens kärl. Vilket offer vore större än det? Vilken kärlek vore större?"

"Du talar mycket om kärlek, Vide. Men jag begrep inte vad du menar att kärleken skulle ha att göra med en eventuell skapare av vår värld?" säger Medicus och tycks åter upptagen med att undersöka Alejo.

"Allt."

Vide säger inget mer på en lång stund. Övriga i rummet försöker förstå vad han menar. Först när Medicus lutar sig tillbaka och ser på Vide fortsätter han.

"Vem vi tror att Skapelsens moder är kommer att prägla vår syn på hela tillvaron. På hela vår värld, varandra och oss själva."

"Varför skulle det göra det?"

"En ond, nyckfull eller likgiltig skapare kan uteslutas. Skulle en kärlekslös skapare verkligen ge oss möjlighet till kärlek, glädje och njutning? Skulle en nyckfull skapare ordna allt med den precision och ordning som vi kan se? Och varför skulle en likgiltig skapare ens *vilja* skapa? Men en kärleksfull, behärskad och livsbejakande skapare skulle betyda något viktigt för oss."

Medicus säger inget men frammanar en utläggning från Vide med en liten ansiktsrörelse.

”Den som älskar någon ger henne *frihet*. Kärlek mellan två förutsätter ju en fri vilja. En fri vilja är just vad vi har, och därmed ett ansvar, men också orsak till tacksamhet över friheten.

Den som älskar någon ger henne *goda gåvor* att glädjas över. Och goda gåvor har vi ju fått. Därmed har vi något att förvalta men även känna tacksamhet inför. Vi kan rent av njuta av dem, så länge vi gör det på ett generöst vis. Ingen annan ska ju behöva betala ett pris för min njutning.”

Maius har lutat sig framåt och Vide möter hans uppmärksamma blick.

”Den som älskar någon gör allt för att få *vara tillsammans* med henne. Om Skapelsens moder skulle lida döden för oss för att kunna umgås med oss så vore detta det yttersta tecknet på hennes kärlek, men också på att vi var och en är oerhört värdefulla.”

Vide ser på alla innan han fortsätter.

”Kärlek är ordning – sådan som kommer av attraktionskraften, den som håller samman, men kärlek är också glädjens och fantasins frihet. Även i kärleken själv ser vi alltså ordning och frihet. Och kärleken hjälper oss att se skapelsens skönhet. Så djupt vi kan skåda och så fjärran våra ögon kan se kommer vi säkert att mötas av skönhet i det oändliga. Det verkar rent av som om skapelsens skönhet förväntar sig att få bli upptäckt.

Kärlek och skapande tycks stå varandra mycket nära. Även detta tyder då på att Skapelsens moder också är Kärlekens moder.

Har ni alla tänkt på att ljuset, som ju hjälper oss att se, är osynligt för oss tills det möter något som kan ta emot och återspegla det? Se på solens ljus om natten – det färdas genom rymderna i hemlighet tills det möter månens skiva och blir synligt för oss. På samma vis måste kärleken från Skapelsens moder få komma till uttryck i någon som kan ta emot den och återspegla den. Detta är orsaken till att vi existerar. Det är också orsaken till att vi inte behöver frukta döden.”

Vid de sista orden vänder sig Amare mot Vide och en glimt av hopp lyser igenom de tårfyllda ögonen.

”Det här, tillsammans med det vi sagt om Skapelsens moder, betyder naturligtvis *allt* för dem hon gett liv. Och om vi tror att hon gjort allt detta för oss av kärlek så borde det naturligtvis också få stora konsekvenser för hur vi handlar.”

”Jag förstår ändå inte varför döden alls måste finnas”, säger Ansioso.

”Döden är en konsekvens av den fullkomliga kärleken”, svarar Vide.

Flera av de närvarande rycker till och uppmärksamheten skärps ytterligare.

”Hur kan du säga något sådant?” frågar Ansioso.

”Är inte slagg en konsekvens av guld som renats i eld så att guldet kan vara rent?” svarar Vide. ”Liv och kärlek hör intimt ihop. Kärlek är liv, frånvaro av kärlek är död. Men sann kärlek mellan två måste lämna en möjlighet att låta den andre avstå från den. Om nu Skapelsens moder i sin fullkomliga kärlek skänkt oss ett liv så måste vi alltså erbjudas en möjlighet att välja bort det. Det är i så fall döden vi väljer. Döden är det lilla utrymme som lämnats kvar av det som inte är liv. Men om vi alla hade valt livet och kärleken så skulle döden vara överflödig. Kärlek är ett val, därmed också livet.”

”Och det valet har vi inte gjort fullt ut, är det inte så?” säger Ansioso medan hon långsamt gungar sitt huvud.

Medicus tar ett djupt andetag och lyfter blicken, men taket hindrar honom att se så långt han önskar, varför han i stället vänder sig mot fönstret. Vide ser att Medicus överlägger med sig själv. En trädkrona syns vaja i vinden där utanför. Vide tar in det han ser och sluter sedan sina ögon.

”Ordning och frihet”, säger han långsamt. ”Det är logik och fantasi, verklighet och dröm. Det är förnuft och känsla. Det är vila och rörelse, att samla och att sprida. Ordning och frihet är sanning och kärlek. Båda behövs i lika mått för att skapa något meningsfullt. Som trädets vajande krona och dess stadiga stam behöver varandra för att vara ett träd. Därför trivs vi så väl i trädens närhet – de stämmer oss till att själva bli sanna.”

Amare rycker plötsligt till.

”Jag kände något!”

Hon släpper tillfälligt Alejos hand och känner över sin mage. Samtidigt rör Alejo på handen innan den faller livlöst.

”Alejo!”

Medicus reser sig hastigt och känner på Alejo. Efter en stund stannar han upp, ser på Amare och skakar långsamt på huvudet.

Amare ropar ut sin förtvivlan.

Det är över.

Medicus börjar långsamt och tankfullt packa ihop det han haft med sig. Amare sitter gråtande kvar, böjd över Alejos kropp, med hans händer i sina. Ansioso erbjuder henne vördnadsfullt en tygrulle men Amare märker den inte för alla tårar som fyller hennes ögon. Då Ansioso långsamt börjar veckla ut rullen ser Amare den. Hon griper tag i tyget och trycker det hårt mot sitt ansikte. Hon kysser sedan Alejos panna innan hon långsamt breder ut kärleksväven över honom.

# XLVII

## Befriad

Medan Maius står vid Alejos bädd för att ta avsked får han syn något i ögonvrån, en rörelse utanför fönstret. Han tar Vide i armen och går ut ur rummet för att låta de kvarvarande få sörja i lugn och ro. De båda samtalar en kort stund innan de ursäktar sig för de övriga och lämnar huset i hast.

Sine står i olivlunden nedanför sin fars och svettas. Han kramar dolken i handen. Tankarna sveper likt skuggor genom honom. Han noterar dem men de låter sig inte fångas. Han tycker sig höra rasslet av en kedja.

*Vad sa Vide om en kedja som svänger med?*

*Men nu är det för sent. För sent för allt. Utom för hämnd.*

"Gör det inte Sine!" säger en kraftfull röst bakom honom.

Sine blir överrumplad av rösten och den bestämda hand som läggs på hans axel. Han vänder sig om och vrider sig ur Maius grepp.

"Men han förtjänar att dö! Han är inte värdig ett liv", utbrister Sine och stöter sin dolk i stammen på det träd han stått lutad mot. Det ser ut att ge honom fäste för ett ögonblick.

"Vem av oss kan avgöra vem som är värdig att leva? Han må ha tagit illa vara på sitt eget och andras liv, men i vilket ögonblick blev just din far ovärdig?" frågar Vide och nickar upp mot huset.

"För mig spelar det ingen roll!" utbrister Sine som vrider loss dolken och väger den i handen. "Han har fördärvat mitt och Amares liv. Och han har tagit Alejos. Vi blir inte fria förrän den som förtryckt och skadat oss är borta."

"Du vill skapa balans i tillvaron, Sine. Det vill vi alla. Men du har tänkt placera din fars orättfärdiga handling i ena vågskålen och din egen hämnd på honom i den andra. Det är inte så livets våg balanseras. Din far tog sig så mycket frihet att det ledde till kaos. Rådet får avgöra om hans frihet ska begränsas på grund av det han gjort, men balansen måste hur som helst återställas på ett ordnat sätt, inte med mer ont."

"Att bara begränsa hans frihet kan aldrig väga upp det han gjort oss", svarar Sine. "Dessutom har han ju ändå inte gjort något vettigt med den frihet han haft hittills. Det enda rättvisa vore att han får smaka sina egna medel. Hur ska han annars förstå vad han gjort oss andra?"

Vide söker Sines blick.

"I en tillvaro där man försöker balansera orätt med hämnd finns det endast förlorare. Är det inte upprättelse du söker, Sine? Det kan aldrig ske genom hämnd, men genom ånger och förlåtelse. Och den som har en skuld måste åtminstone ges en möjlighet till ånger."

Sine är tyst länge. Varken tankar eller ord tycks kunna bära det han känner.

"Han har tagit hoppet ifrån oss. Det finns inget mer att förlora. Vad kan jag göra, annat än att åtminstone tillintetgöra den som tagit mitt hopp? Om inte för min egen, så för min systers skull."

"Du vill väl inte använda den du håller av som ursäkt för att skada någon?" säger Vide och ser allvarligt på Sine. "Det vore ett oerhört misstag! Och du skulle förlora ännu mer på det viset."

Sine hugger upprepade gånger med kniven mot trädstammen.

"Upprättelse utan hämnd skapar vinnare, men inga förlorare", fortsätter Vide lugnt. "Har någon fällt dig till marken kan du visserligen välja att resa dig av egen kraft och hämnas den andre med våld. Men du kan också resa dig, inte för att strida, utan för att välja bort striden. Då kan du se din motståndare i ögonen och lägga ned ditt vapen. Inte av rädsla eller uppgivenhet, utan av stolthet. Du är ju en människa, Sine."

Vide håller fram sin öppna hand tills Sine väljer att lägga dolken i den.

"Vi kan aldrig besegra ondska med ondskans egna redskap, lika lite som vi kan utrota ogräs med mer ogräs", säger Vide och stänger handen om dolken.

"Vide har rätt, Sine! Du höll en dolk i handen – vad ville du uträtta med den? Du hade kunnat släcka ett liv med den och samtidigt ge dig själv en tyngre börda att bära. I stället kan du nu välja att följa med mig och återställa Vattenmarken så att du så småningom kan skörda nya frukter från Vishetens träd med den. Det skulle kunna förändra mångas liv, inte minst ditt eget."

Sine vänder sig om mot Maius med viss förvåning i blicken.

"Ja", svarar Maius på den outtalade frågan. "De senaste händelserna har fått mig att värdera somliga ting på ett nytt vis. Åtminstone nytt för mig. Vi delar den här dalen med varandra och vi delar varandra i den här dalen."

Sine lutar sitt huvud mot olivträdets stam och går ner på knä.

"Jag håller på att slitas i stycken av det här. Faller i ett bottenlöst hål ... Jag är redan dömd, mitt liv spelar ingen roll längre."

"Vad är det du vill säga, Sine?" frågar Vide.

"Det var ... Det var jag som välte stenen."

"Vi vet", säger Maius efter en kort paus.

"Därför vill vi ge dig möjlighet att ställa tillrätta det som gått fel", säger Maius.

Sine ser förundrat på dem innan han slår ner blicken.

"Det jag gjort kommer aldrig att kunna göras ogjort."

"Det kan inget vi gör. Men ångrar du det?" frågar Vide.

"Ja, det gör jag! Skulden är min. Och skammen."

"Vi känner skam för att vi har fallit i smutsen och kanske rent av dragit andra med oss. Vi har låtit tilliten brista. Men rädslan för den egna skammen kommer att föda förakt. Ett förakt som inte stannar vid oss själva. Det är mänskligt att känna skam för att ha fallit. Vi ska bara inte stanna kvar i smutsen, för det är inte vår naturliga plats. Du är en människa, kom ihåg det."

"Men det jag gjort är oförlåtligt."

"Det är inte upp till dig att avgöra om något är oförlåtligt, Sine. Det vore allvarligt att frikänna sig själv från skuld, men värre vore att inte acceptera förlåtelse som ges. Då sätter man sig över den som kan ge den. Du flydde från möjligheten att *be* om upprättelse och samtidigt från möjligheten att *få* upprättelse. Förlåtelse är en brusten relation som helas från hjärta till hjärta.

Det är tillit som återupprättas. Förlåtelse är viktigt, Sine. Både att förlåta och att förlåtas.”

Sine försöker att ta in det Vide säger till honom.

”Hur skulle jag kunna få upprättelse från det jag har gjort och orsakat?” frågar Sine och skakar på huvudet. ”Mitt liv är mörker, Vide! Jag är så långt det går att komma från den jag borde vara!”

”Minns vad jag sa till dig, Sine: Du ska inte jämföra dig med den fullkomlige! Men bilden av den fullkomlige har hjälpt dig att se var du befinner dig just nu – och åt vilket håll du behöver vända dig.”

Vide ser på Sine, som gömmer ansiktet i sina händer.

”Jag tror på den fullkomliga kärleken, Sine. Men fullkomlig kärlek vore omöjlig på grund av den fullständiga sanningen om oss, om vi inte hade förlåtelse och försoning. Och det är samtidigt den fullständiga sanningen som gör fullständig upprättelse möjlig.”

Vide lägger en hand på Sines axel.

”Du har velat få kontroll över din tillvaro. Men kontroll kan vara ett begär för oss, medan det i själva verket är trygghet vi söker. Och vägen dit går genom att se dig själv med ögonen hos den som verkligen älskar dig, Sine. De ögonen ser igenom de mänskliga bristerna. Att bli sedd med dem – och att själv se med dem – gör skillnad på liv och död.”

”Ingen älskar mig så, Vide. Ingen!”

”Kanske känner du bara inte igen kärleken, Sine? Kanske kämpar människor du har omkring dig med att få kärleken att räcka ens till sig själv för att de också känner sig oälskade. Men om du kunde se dig själv med ögonen hos den som själv är den oändliga kärleken, den fullkomlige, så skulle du veta att den är ämnad för dig och att du är ämnad för den som har i överflöd till alla.”

”Varför skulle jag tro på det här? Varför?”

”Den kärlek vi mött är endast droppar av något oändligt stort. I annat fall hade den tagit slut för länge sedan. Och lika lite som en vattendroppe låter oss förstå havets storhet kan en droppe kärlek beskriva dess källa.”

Sines blick talar förvirring, men samtidigt ett litet, begynnande hopp. Vide ser allvarligt på Sine innan han fortsätter.

"Förlåtelse handlar om läkandet av flera relationer, Sine. Du behöver förlåta dem som orsakat din brustna tillit, från din barndom till idag. Annars kommer du alltid vara en sårad människa."

Sine blundar utan att säga något.

"Du behöver också ta emot förlåtelse från de vars tillit till dig som vän och människa du skadat, de du har åsidosatt i din egen strävan. Men det är även nödvändigt att du kan förlåta att du har skadat tilliten till dig själv, när du tillät dig gå längre i dina handlingar än du innerst inne ville.

Förlåtelse gör oss människor mänskligare, både när vi förmår förlåta och när vi tar emot förlåtelsen. Att förlåta innebär att de bojor som någon bundit den andre med blir upplåsta. Då går båda fria. Tror du på befrielsen i förlåtelse, Sine?"

Sine är tyst länge. Han vänder sig mot sin fars hus.

"Jag kan inte ... Jag förstår inte hur det skulle gå till", säger Sine.

"Du har precis bekänt vad du gjort, Sine. Det krävs mod att lyfta fram sina mörka sidor i ljuset inför den eller de som man kastat sin skugga över. Du riskerar att bli anklagad, rent av fördömd av någon. Men det visar att du vill sanning. Kan du även förlåta din far?"

"Ja", säger Sine först tyst. "Ja, det gör jag", upprepar han starkare för sig själv. Han möter Maius blick, därefter Vides, och inser långsamt att de alla kanske trots allt är delar av samma värld.

"Självbehärskningen kan brista ibland", säger Vide. "Ditt yttre och ditt inre slits isär för några ögonblick, men *livet* finns ju kvar i dig trots allt."

"Och har du fallit i ett bottenlöst hål lär du komma ut i andra änden. I annat fall kan du ta tag i den här", säger Maius och sträcker ut en hand med ett brett leende.

Sine stryker sig torr runt ögonen. Sorlet i huvudet är inte längre lika påträngande, men framför allt är det inte anklagande röster som hörs. Det låter snarare som en jublande skara.

Han tar den utsträckta handen och reser sig långsamt upp från marken.

# XLVIII

## Skuggornas hus

Solens strålar trasslar in sig i ett tunt dis som svävar in över dalen. Konturerna av hus, murar och växter är långt ifrån så skarpa som de är en klar dag. Vinden rycker i mantel och hår på den gamle mannen. Han ser över mot den östra sidan medan fötterna rör sig tungt längs den väl upptrampade stigen. Han kastar en trött blick upp mot en spanande gam och fäller upp huvan över den silvergrå hjässan.

Vid grinden framför huset stannar han upp, lyfter klykan och håller den en stund i sin hand. Grinden svänger ut då han puttar på den och han stänger den sedan omsorgsfullt efter sig. En spade med intorkad jord på står lutad mot muren och fångar hans uppmärksamhet. Han greppar den och vänder sig om. Blicken vandrar länge runt på grödorna som växer i olika rader. Slutligen fastnar den på ett område med en uppgrävd fåra strax intill huset. Han tar sig dit och fyller igen den.

Då fåran jämnats ut går han fram till huset, skaver omsorgsfullt av jorden från spaden med ena sandalen och ställer den intill dörren innan han kliver upp på trappsteget. Hans hand hejdar sig då den är på väg att knacka och öppnar i stället dörren med en försiktig rörelse. En djup suck hörs innan han tar ett steg in i det som nyss varit en levande mans bostad.

Den gamle fäller ner huvan igen och blinkar några gånger mot skuggorna innan fötterna bär honom framåt. Han rör sig som om kroppen vore gjord av bly, fram till en bänk vid bordet som står framför fönstret. Efter att ha öppnat fönsterluckorna skingras en del av alla skuggorna och han slår sig stilla ned.

På bordet står en kruka med olja. Händerna följer dess form medan allt blankare ögon betraktar husets sparsamma inre. Blicken landar på en koffert som står intill husets enda säng.

Ingenting annat händer på en lång stund, tills han reser sig och går fram till kofferten, sätter sig på knä och varsamt lyfter locket. Det knarrar och dofter av trä, bläck och pergament stiger mot näsborrarna.

När två plädar lyfts upp ur kofferten och läggs vid sidan får den gamle syn på det som låg under dem. Han stannar omedelbart upp några ögonblick, innan han med båda händerna lyfter upp ett ihoprullat ark. Hans fingrar stryker lätt utmed ytan och han för rullen närmare sitt ansikte för att känna doften. Ansiktet är koncentrerat medan arket varsamt rullas upp, men när allt ligger uppenbarat inför honom förvandlas dragen till något som närmast antyder förvåning. På arket finns en karta, eller snarare en avbildning av en karta, gjord av ett barn. Den gamle följer linjerna av bläck med ett pekfinger och nickar igenkännande. Vid en punkt stannar fingret. Ett skadat skepp har tecknats stående på ett grund. Just här har linjerna fläckvis blivit suddiga. Han tar ett djupt andetag och rullar ihop arket.

Nästa föremål han lyfter upp är ett ofärdigt halsband. Pärlor från flodmussla har trätts på en tråd, med det finns plats för fler. När den gamle lutar sig över kofferten hittar han en ask med en nål och blanka, skimrande pärlor som ännu inte fått något hål borrat genom sig. Bland dessa ligger också en mycket vacker, röd ädelsten. Han lägger försiktigt ner halsbandet och asken i en ficka på sin mantel.

Just som den gamle ska stänga locket hejdar hans sig. Han tar upp en liten oregelbunden, platt träbit. Efter att ha vridit och vänt på den bestämmer han sig för att leta lite till i kofferten och hittar då fler bitar. Han samlar ihop dem och tar dem med sig till bordet vid fönstret. Där lägger han ut dem framför sig och börjar foga samman dem, tills ett ansikte av en främmande man framträder. Färgen är skavd på flera ställen och den sista biten som läggs på plats skiljer sig från de övriga. Den ser ut att vara tillverkad i efterhand. Träslaget är lite mörkare än övriga bitar och framsidan är målad endast med mörkt bläck.

Den gamle mannen plockar upp den sista träbiten igen och studerar den ofärdiga bilden på bordet. Han vänder sedan blicken ut genom fönstret, ut över dalen och blir sittande länge på det viset, innan han lägger den sista biten på plats igen.

Han blundar och nickar långsamt medan en tår letar sig ner för kinden.

# XLIX

## Liv efter död

Aldrig tidigare har Amare gråtit som nu. Tårarna tycks vara hämtade ur en aldrig sinande brunn.

Två veckor har passerat sedan Alejo lämnade livet på jorden och hans kropp ligger nergrävd i marken strax under henne. Varje dag har hon kommit tillbaka till gravträdgården för att sörja och för att vattna den körsbärsträdskärna som planterats samtidigt med hans kropp.

Hon har suttit länge på marken med en av Alejos lockar i handen, när Vide ser Amare och sätter sig vid hennes sida. Han väntar in hennes ord och de kommer till slut.

”Jag kan inte sluta gråta.”

Vide lägger sin hand på Amares.

”Du behöver inte sluta. Tårar är kanske det sannaste språket vi har. Ibland det enda. Tårar är frusen smärta som smälter ner och lämnar oss.”

De sitter tysta en lång stund innan Vide på sitt finger fångar upp en av Amares tårar som droppat ner på hans hand.

”Tårarna verkar både på vår kropp och i vår själ”, säger han. ”De behövs för att vi ska kunna se klarare och de hjälper oss att läka våra sår på insidan och på utsidan. Har vi inte redan som barn fått förmågan att fälla stora mängder tårar då ett sår rivits upp?” fortsätter Vide och stryker ut tåren över ett rivsår som han nyss fått på handryggen.

Amare skakar kort på huvudet.

”Jag önskar att frukten från Vishetens träd kunde läka min inre smärta lika hastigt som den läker ett sår utanpå kroppen.”

Hon ser på Vide genom tårarna, på de ärr som klättringen till bergets topp lämnat kvar på honom.

”Ja, de är inte så vackra precis”, säger Vide och ler när han förstår att Amare betraktar honom. ”Men läkandet av sår måste kanske inte vara vackert.”

”Kände du till att frukten från Vishetens träd kan läka sår?” frågar Amare. Vide nickar långsamt.

”Varför har du själv inte använt den?”

”Vi ska vara försiktiga med att låta våra sår läka för fort. Det kan göra oss omänskliga.”

”Jag förstår ändå inte”, börjar Amare och skakar på huvudet. ”Varför måste kärlek vara så smärtsamt?”

Vide stryker ett finger på ett av sina ärr.

”Kärlek och smärta – de är oskiljaktiga, Amare. Ju mer du älskar, desto större blir din smärta då det du älskar tas ifrån dig.

Lyssna, Amare. Vi är skapade till gemenskap. Den djupaste gemenskapens uttryck är ren kärlek. Två människors själar som berör varandra med sådan kärlek att de blir som en. Två kroppar som berör varandra med sådan kärlek att de blir som en. Den djupaste kroppsliga smärtan är när en kroppsdel slits från din kropp. Och den djupaste själsliga smärtan är när den du är en med slits ifrån dig. Om kärleken vore oändligt djup mellan två så skulle också smärtan bli oändligt stor om de behövde skiljas åt. Solens sken skulle vändas i mörker, själva jordens grund skulle vackla.”

”Vore det då inte bättre att aldrig älska?” säger Amare och reser sig upp för att kunna se ut över dalen. ”Vide, jag har aldrig älskat någon som Alejo. Han har ju aldrig gjort någon förnär. Varför?” frågar Amare innan hon gör ett uppehåll för att torka tårarna. ”Hur ska man kunna tro något gott om livet? Det är inte rättvist. Vad har vi gjort för ont? Och barnet! Vårt barn får växa upp utan en älskande far, men med min hatande far! Jag har …”

Amare avbryter sig själv och ser urskuldande på Vide, som nickar åt henne.

”Jag har till och med övervägt att inte behålla barnet.”

”Jag …”, börjar Vide och blickar ut mot havet med ögon som blir blanka. ”Jag vet att Alejos mor gick i samma tankar efter att han blivit till i henne.”

Amare drar efter andan och håller sina händer för ansiktet.

”Inga ord eller handlingar kan ersätta den du mist”, fortsätter Vide och ser ut över husen i dalen. ”Även om många i vår by kommer att visa dig stor kärlek så är den av en annan sort än den du upplevde med Alejo. Den tillhörde bara er. Nu finns den bevarad hos dig och ert barn.” Vide ser på den långsamt växande välvda formen som vittnar om spirande liv. ”Den gåva du bär är tillkommen av kärlek och har börjat sina dagar i trygghet”, säger Vide och ler mot Amare.

Amare har sin blick vänd mot barnet innanför och gör ett kort försök att le, men kraften räcker inte riktigt hela vägen fram.

”I livet utanför ditt sköte kommer kärlek och trygghet fortsatt att vara barnets största önskan. Denna önskan kommer att växa till en stark längtan, kanske ett begär, under somliga dagar. Men den ursprungliga längtan är god eftersom den ju också har ett svar. Amare, jag är glad för att barnet får dig till mor.”

Tårarna strömmar längs gamla och nya fåror nedför Amares kinder medan hennes ögon följer vattnets väg ut mot havet. Lyckans å är åter blå och grön, sedan den upprörda sanden börjat lägga sig tillrätta.

”Alejo hade säkert varit en utmärkt far och ett stort stöd för er. Nu kommer barnet att få en lysande mor och en by som vill vara med att bära er. Barnet kommer ju att vara en del av vår gemenskap. Det är både en skyldighet och ett privilegium vi har, Amare. Vi har blivit till av gemenskap, vi uppfostras i gemenskap och vi lever i gemenskap. Vi är ju, som jag redan tidigare sagt, skapade till gemenskap.”

”Vide, jag tror ändå inte att jag kommer att orka det här. Jag vet att ni kommer att finnas för oss, men … Stunderna däremellan … Att somna in om natten och veta att han inte möter mig när morgonen kommer. Att inte få känna hans hand, hans lockar. Var ska jag få kraft till varje ny dag ifrån?”

Amare trycker Alejos lock hårt mot sin kind. Vide sluter sina ögon.

”Vi finns där, men det är också viktigt att du så småningom finner din egen styrka. Och för att hitta den måste du våga utsätta dig för smärta.

Vapensmedens briljantaste klinga har blivit hårt ansatt då det formats – slagg har knackats bort under hårda slag. Om ett år eller så kommer ert barn försöka ta sina första egna steg. Och jag tror inte du då varje gång rusar fram och räddar det från att falla, eller hur?

Livet består för oss alla av goda saker, sådant som bär oss, men också av sådant som tynger. Vi behöver alla ett skepp som kan bära våra bördor då vi tar oss över havet. Låt din tacksamhet vara skeppet som bär. Alejo berättade för mig hur du lärt honom det sättet att leva.”

Vide öppnar ögonen och håller fram sina händer med handflatorna uppåt. Amare reagerar när hon ser rörelsen. Hon har sett den förut, hos den hon älskade.

”Tacksamhetens skepp är format som två öppna, sammanfogade händer, precis som vår dal, Gåvornas dal. Den blev kallad Tiggarnas dal när vi inte längre klarade oss själva, men det behöver inte vara varandras motsatser.”

Amare försöker förstå.

”Att ta emot och att ge är helt enkelt den äkta tacksamhetens två skepnader. Därför behöver du inte söka kraft att kunna ge, bara ett hjärta att fortsätta ta emot på rätt sätt. På samma vis som du inte behöver anstränga dig för att andas ut när du väl andats in.

Ett skepp format som tacksamhetens händer låter sig bäras av vattnet. Börja var dag med att sjösätta skeppet – inled med de goda tankarna, så som du brukar. Vårda skeppet och det skall bära dig. När du känner att skeppet bär kan du sätta segel – då kommer det föra dig framåt. Låt seglet vara villigheten att ta emot livet.”

Amare håller sina händer vända uppåt och locken från Alejo hon fortfarande håller väts av längtande tårar.

”Och låt rodret styra dig dit du vill. Om vi hjälps åt att laga varandras segel så kan vi också segla tillsammans och bära varandras last när det behövs. För allt som vi tar emot i livet ser vi kanske inte som en god gåva.”

Vide gör ett uppehåll och ser ut mot havet.

"Men en dag kommer du att se att det som tyngt ditt skepp kanske rent av gjort din färd lite stadigare."

Amare får en sällsynt skymt av genomliden smärta i Vides ögon. Hon känner sig förlägen över att ha öst sin sorg över Vide.

"Vide, du var som en far för honom. Hur kan du känna någon tacksamhet?"

"Det är inte lätt", svarar Vide och skakar på huvudet. "Det är inte lätt. Vi ser det vi haft och mist, men vi glömmer att allt är ett lån. Till denna världen kommer vi nakna och vi lämnar den nakna."

Vide sträcker sig ner mot marken och lägger handen på den plats där Alejo ligger.

"Alejo berättade för mig att han ville ha ett körsbärsträd planterat över sig om jag skulle bli kvar här längre än han. Vet du varför?"

"Berätta!"

"Om en liten tid kommer körsbärsträden att blomma", säger han och pekar på en dunge i närheten. "Blommorna kommer från ingenstans och försvinner lika hastigt. Vi vet att de är ett lån för en liten stund. Vill vi glädjas över dem kan vi sätta oss under trädets blommande krona och låta den färga det vi ser omkring oss", säger Vide och ser på Amare.

"Men det finns något mer …"

Amare lyssnar uppmärksamt.

"Rötterna. Du vet lika väl som jag att Alejo kände sig rotlös. Han rycktes bort från modern, sedan från hennes släkting, därefter från skeppet. I hans fall var det säkerligen nödvändigt, men inte desto mindre kände han sig som en gäst här. Hans djupa önskan och längtan var att få känna sig hemma någonstans och jag vet att du lät honom få uppleva det här. Körsbärsträdets rötter söker sig alltid till livgivande vatten oavsett hur ytligt de kan tyckas löpa, men det har också en rot som går djupt. Så djupt som det krävs."

Amare låter Vides ord sakta sjunka in.

"Men var gör du av all din smärta nu, Vide?"

Vide låter sig röras i sitt innersta och det blänker till i ögonen.

"Smärta …", börjar Vide. "Genom smärta har jag lärt mig om smärtan. Den gör oss medvetna. Och den drabbar oss vare sig vi vill eller inte. Vi kan låtsas att den inte finns i oss, så att vi slipper uppleva den för några ögonblick, men smärtan har alltid en orsak. Ibland kan orsaken rubbas, ibland inte. Det finns smärta vi behöver godta, då orsaken inte kan rubbas, men vi får aldrig godta att den ruinerar våra liv. Och vi får inte låta rädslan för smärta hindra oss från att gå dit vi vill.”

Amare lägger sin hand på Vides och vänder sig ut mot dalens öppning. Där det strömmande vattnet i Lyckans å möter det oändliga havet tycks det stanna upp, som i förundran.

”Det är så mycket han aldrig fick se”, säger hon.

”Resor ut över världen ger oss nya insikter. Men Alejo såg längre och djupare än de flesta ifrån den sten han satt på.”

Amare tystnar för några ögonblick då hon får syn på månskäran, trots att det är mitt på dagen.

”Jo, så var det nog.”

Vide nickar.

”Har du någon gång bott i tält, Amare?”

”I tält? Ja, det fick jag göra vid några tillfällen i Vizinha när jag vaktade boskap långt uppe i bergen.”

”Då vet du att man skulle kunna ställa en tältpinne stadigt i mitten, hänga tältduken över den och nöja sig med det.”

”Det ryms inte mycket i ett sådant tält.”

”Nej”, säger Vide och skakar leende på huvudet. ”Tältduken behöver spännas ut i olika riktningar och förankras där marken är fast.”

Amare ser undrande på Vide.

”Alejos medvetande var rymligt. Hans sinne var öppet för tankar och föreställningar i olika riktningar. Han ville förstå olika människor, hur de tänkte, hur de trodde, hur de menade. På så sätt gjorde han plats för andras världar och vidgade på samma gång sin egen.

Att resa till jordens alla hörn kan underlätta förståelsen för andra sätt att leva, tro och tänka. Men den som inte tar människor hon möter på allvar kommer inte ha ett särskilt rymligt tält. Och för den som saknar en fast grund att ställa det på kommer det kanske rent av falla ihop och orsaka ett trassel.”

Amare begrundar dessa tankar, men snart sköljer en ny våg av frågor över henne.

"Om jag bara kunde veta att han har det bra där han är nu."

Vide reser sig långsamt och stryker med handen på en av buskarnas blad.

"Vad vet vi egentligen om livet, Amare? Allt och ingenting. De viktigaste händelserna i våra liv råder vi sällan över, trots att vi helst av allt skulle vilja det."

Han ser sig omkring. På en gren ätandes av ett blad finner han vad han letar efter: en larv.

"Vad vet larven om livet? Allt och ingenting."

Vide puttar ner larven på marken och den börjar en mödosam resa mot en ny gren med saftiga blad högt där uppe.

"Den kämpar tills den hittar något som får den att överleva dagen. Väl där kanske något puttar ner den från sin gren. Det är inte rättvist. Men vad kan den göra, mer än att fortsätta kämpa? Och hoppas."

Amare följer med blanka ögon larven som strävar vidare, men utan att hon riktigt förstår vad Vide vill säga. Vide vandrar runt bland träden och viftar med händerna, innan han återvänder till Amare.

"Larven känner till det som behövs för att överleva. Ändå vet den ingenting om vad som väntar. I nästa liv."

Vide öppnar sina kupade händer och släpper ut en förtrollande vacker fjäril. Han ler med hela ansiktet när han följer den med blicken. Han sneglar på Amare, som också följer fjärilens flykt.

"Den som inte har något hopp om en framtid i sitt hjärta kommer tro att lidande och död är det värsta som kan ske. På sätt och vis är det väl också så. Men det finns något större."

När Amare möter hans blick fortsätter han.

"Vi lever våra liv bakvänt. När vi tror att vi kommer närmare och närmare ett avsked till livet, så är det egentligen tvärtom. Vid någon tidpunkt vänder vi oss om för att se bakåt och går då med ryggen före mot det verkliga livet.

Larven är klokare. Den förbereder sig inför det nya livet, då den kommer att lyfta och flyga ut. Den längtar och vet att något väntar, men inte vad. Vi som blir kvar här nere på jorden lämnas med minnen och en kropp som planterats i jordens mull. Det enda vi vet säkert om det vi kallar döden är att våra kroppar förgår. Men kroppen är inte allt. Vi är mer än vi kan föreställa oss.”

Amare torkar sina ögon för att kunna få syn på fjärilen igen.

”Så var tror du vi hamnar när vi är färdiga här?”

”Säkerligen till en plats utanför tid och rum.”

”Hur skulle det vara möjligt för oss?”

”Det är det inte. Åtminstone inte för våra kroppar. Vi använder dem naturligtvis så gott vi kan, men de begränsar oss. De hör hemma i denna världen. För det som är i oss, våra själar, finns det däremot inga begränsningar. Ingen kropp som tynger eller åldras och som bara kan uppleva tillvaron med några få, begränsade sinnen. Därför behöver vi dö bort ifrån kroppen.”

Vide lyfter av sin mantelkappa och håller upp den.

”Kroppen är manteln kring våra själar. Ibland passar manteln inte så bra – den kan vara snäv, trasig eller smutsig. Eller så kan den helt enkelt kännas fel. Men vi bär den oavsett. Först när kroppen kläs av oss blir vi jämlika, men fortfarande unika. Lyssna, Amare: Vem som helst kan förstå en annan människas unika egenskaper. Men det är bara den som förstår sitt eget verkligt unika värde som också kan förstå sin medmänniskas unika värde. Det förunderliga är att ju mer vi människor inser vår egen unikhet, desto mer inser vi även att vi alla hör ihop. Likt pusselbitar i ett pussel. Och det är först när vi blir avklädda våra dödliga kroppar som vi får uppleva det *verkliga* livet. Först då kommer vi var och en att uppleva rättvisa, oavsett vad vi gjort eller vad som hänt i detta liv.”

Vide lämnar över manteln till Amare, som ser undrande på honom.

”Det ligger något i fickan som var ämnat för dig. Jag hjälpte honom bara att fullborda det.”

Amare trevar i mantelfickan och stelnar till. Hon plockar fram ett glimrade pärlhalsband. En av pärlorna är en röd, obeskrivligt vacker ädelsten.

Tårarna rinner av Amares kind och fångas upp av marken under hennes fötter.

# L

## Livets mening


”Vide!”

Vide sitter på knä vid grunden till sitt hus där han försäkrar sig om att stenarna ligger rätt, när han hör Ansiosos röst. Han reser sig och borstar dammet av sina händer mot en linnegördel som är fäst kring midjan.

”Ansioso! Vad glad jag är att se dig. Kan jag göra något för dig?”

”Amare berättade om samtalet ni hade. Hon säger … Du betyder mycket för oss, Vide, det gör du”, säger Ansioso och nickar åt sina egna ord. ”Jag skulle vilja ge dig något.”

Hon lyfter fram ett vackert välvt lerkärl som hon burit med sig. Det är omsorgsfullt dekorerat med hibiskusblommor och ormbunksblad.

”Jag vill att du ska ha den. Jag har många, som du vet, men den här är speciell, det är den. Jag har gjort den själv.”

Vide tar ödmjukt och tacksamt emot den vackra gåvan.

”Vide”, börjar Ansioso när Vide ser på henne igen. ”Vid Alejos dödsbädd sa du att meningen med livet är att leva sitt liv. Är det verkligen så enkelt?”

”Är det enkelt? Kanske är det så. Åtminstone om jag förstår fullt ut vad det innebär att verkligen leva. Och om jag förstår fullt ut vad som är mitt liv.”

”Hur vet vi det då?”

Vide bjuder henne att slå sig ner medan han hämtar en kittel med varm örtbrygd och bröd samt en skål inlagda oliver inifrån det lilla huset.

”Mitt liv definieras av vad jag älskar, ditt liv av vad du älskar”, säger han och häller upp en mugg var åt dem. ”För vad är vi utan kärlek, egentligen?”

Vide sätter sig ned och tar den varma muggen i sina händer innan han fortsätter.

”Vad älskar du, Ansioso?”

Ansioso är oförberedd på frågan, men samlar sig medan hon läppjar på örtbrygden.

”Jag älskar min familj. Mina barn älskar jag.”

”Ja, det vet jag att du gör. Och mer?”

”Mer? Jag …” Ansioso vänder blicken inåt. ”Jag vet inte … jag älskar väl … Jag … Vide, jag vet inte vad jag ska svara på det. Räcker det inte att älska sina barn?”

”Naturligtvis räcker det. Den som har fått en så stor gåva som ett barn kan inte ha en viktigare uppgift än att älska det”, svarar Vide. ”Men är du inte även en människa som älskar poesi, Ansioso?”

”Poesi? Jo, det … men … Räknas poesi? Kan det vara kärlek? Ja, visst älskar jag poesi!”

”Läser du mycket?”

”Jag läser när jag hinner med. Men det är inte så ofta.”

”Varför inte?”

”Iratus tycker inte det är nödvändigt. Det tar för mycket tid, det gör det.”

”Från vem?”

”Jag får ju mindre tid över att sköta det som behöver göras. Det är så mycket min tid skall räcka till, Vide.”

”Det är en rikedom att ha tid i överflöd. Att kunna välja den vackraste vägen till sina sysslor, inte nödvändigtvis den som leder dig fortast fram. Att hinna stanna upp längs vägen, inte jäkta för att snarast hinna med nästa syssla. Hur många sysslor är egentligen viktigare än livet självt?”

Vide kastar en blick ut över dalen.

”När vi älskar blir vi helare människor, Ansioso. Vi är vad vi älskar och när vår kärlek tar sig uttryck i våra handlingar förvandlas vi till dem vi egentligen är tänkta att vara. Men vad händer med oss då vi inte får utlopp för kärleken?”

Ansioso skakar på huvudet. Hon ser bort från Vide och blinkar undan en tår, sedan en till.

”Hur är det, Ansioso?”

”Jag har levt ett liv utan att leva, Vide. Du säger det ju själv, att meningen med livet är att leva sitt liv. Jag har inte levt mitt liv. Det är meningslöst, bortkastat. Det har runnit ifrån mig, som sandkornen i ett timglas. Det enda jag kan trösta mig med är att jag är för gammal för att dö ung, det är jag.”

Vide sluter ögonen, som för att tydligare kunna se vad Ansioso ser.

”Vide, jag förstår mig inte på tiden. Vart flyr den? Min tid är snart förverkad. Mitt liv har bestått av så många ögonblick och ändå …” Ansioso pressar ner sitt sammanbitna ansikte mot sin knutna hand. ”Ändå känns dessa ögonblick tillsammans som alltför få och alltför korta när jag ser tillbaka på dem.”

”Tiden är gåtfull, Ansioso”, säger Vide och öppnar sina ögon. ”Hela vår värld existerar och lever genom att balansera begreppen ordning och frihet. Och vi behöver förstå den med dessa begrepp. Även det som ter sig gåtfull för oss, som tiden.

Tid lyder under ordning, under obeveklighet. Det obevekliga är den tid som flytt, de handlingar vi utfört och de upplevelser vi haft. Men tid lyder också under frihet, nuets möjligheter till nya handlingar och upplevelser.”

Vide vinkar till sig Ansioso medan han går ner på knä och lyfter upp en sten från marken. I den fuktiga jorden där den legat syns maskar, larver och andra småkryp fly ner i jorden, undan det plötsliga solljuset.

”Har du sett hur de som lever i marken lämnar spår av det förflutna bakom sig i form av små gångar? Men oavsett var de befinner sig har de i varje ögonblick friheten att välja en ny riktning.”

”De flyr ju bara tillbaka ner i sina egna gångar!”

”Ja, de här gjorde det” säger Vide skrattande. ”De blev rädda och då är det ju enklast och tryggast att för en stund krypa tillbaka därifrån de kom.

Tänk dig annars ett timglas, Ansioso. Det skulle kunna vara möjligt att räkna hur många sandkorn som rinner från soluppgång till soluppgång eller från vårt första andetag till det sista. Det är ordning. Men tid behöver förstås med andra mått, i upplevelser.”

”Hur menar du, Vide? Tid förstås inte så lätt på några ögonblick.”

”En tid av leda kan tyckas oändlig medan vi genomlider den”, förklarar Vide. ”Men i efterhand upplever vi att denna tid flytt från oss likt vatten som spillts i fin jord. Därför är det inte så mycket de många sandkornen i timglaset som räknas när vi vill sammanfatta den tid vi levt, utan hur vi värdesätter de ögonblick vi upplevt. Och för att kunna värdesätta dem behöver vi ju då och då använda lite tid för att reflektera över – ibland rent av omvärdera – den tid vi fått. Ger vi tiden ett värde så blir den ju också värdefull för oss.”

Ansioso ser uppmärksamt på Vide.

”Jag vill berätta en sak”, säger Vide och lägger en hand på hennes närmaste axel medan de vänder sig ut mot havet. ”För länge sedan, när jag fortfarande seglade på haven, var jag en människa som uppskattade de sena kvällarna ombord på skeppet. Vi sjöng, dansade, drack och berättade historier och skrattade. Det var nog så att vi såg dagen som förlorad efter allt tungt slit och försökte helt enkelt krama någon mening ur den. Men där fanns ju en ung pojke ombord också.”

”Alejo ...” säger Ansioso med vemod i blicken.

Vide sväljer och nickar.

”Han var först på däck av alla på morgonen. När våra ögon slogs upp och det tunga huvudet påminde oss om den sena natten innan hade han redan utfört mycket av sysslorna. De flesta av mannarna var därför måna om att få honom till kojs på kvällen. Kanske inte så mycket av omsorg som av egen bekvämlighet. Han såg ju till att vi kunde fortsätta med vårt sena festade. Och alla hoppades att han utan vidare kunde sova ensam under däck trots allt oväsen vi förde.

En kväll fick jag syn på honom då han kom upp och smygtittade på oss. Han såg precis så övergiven ut som han faktiskt var. Men jag insåg också något mer om honom.”

”Vad var det?”

”Han älskade morgnar. Han ville egentligen sova, för dagen var ju slut och han ville kunna möta en ny dag med värdighet.”

”Så du såg till att han fick lagt sig?”

Vide skrattar förläget.

"Nej, den kvällen ville jag att han skulle få känna sig delaktig i gemenskapen. Men därefter följde jag hans exempel och vi delade morgnarna tillsammans. Kvällarna lät vi ta avsked med solen. Alejo brukade arbetat hårt på morgnarna för att slippa tänka så mycket på egen hand, för han hade inga glädjefulla minnen att hämta fram. Så vi började samtala med varandra medan vi hjälptes åt med bestyren ombord. Jag försökte ge honom nya, gladare minnen och samtidigt ... Samtidigt fick jag faktiskt egna. De här stunderna förändrade mitt liv och jag är fortfarande mån om att möta varje ny dag med värdighet och tacksamhet."

"Tänk så många morgnar du förlorade fram till dess", säger Ansioso och skakar på huvudet.

"Jag hade levt många år på samma vis. Var de åren bortkastade? Nej, den dag jag kom till ny insikt var glädjen desto större. Fråga dig själv när du skulle känna störst lättnad och tacksamhet: då du fått ställa ner den fullastade vinkorgen efter en ansträngande vandring uppför berget, eller om du aldrig ens behövt lyfta korgen?

Vi lever bara i ögonblicket och skulle jag komma till en ny befriande insikt just som vi står här så får jag ju uppleva glädjen här och nu!"

Vide sätter sig på huk och fångar upp en handfull sand som han låter strila mellan fingrarna. Han vänder sig hastigt om och Ansioso rycker till.

"Ansioso, vissa anser att livet är en ständig ström av sandkorn som måste räddas innan de runnit klart i timglaset. Jag ser i stället nuet som det fallande sandkornet. Det kommer att lägga sig tillrätta ovanpå bädden av alla de ögonblick jag hittills fått uppleva.

Vi mäter och vi upplever, det är så vi förstår vår värld. Men ju noggrannare vi mäter desto mer riskerar vi att begränsa själva upplevelsen."

Ansioso ser ut att försöka fånga alla de bilder hon ser framför sig.

"Lyssna", fortsätter Vide och reser sig upp. "Minns du inte vad du själv läste för oss vid Alejos dödsbädd? Livet kommer som droppar från det eviga. När vi låter dessa droppar få falla över oss så tar vi del av detta eviga. Hur skulle ditt liv kunna vara meningslöst? Du har ju älskat och du kan fortfarande älska."

"Mina barn, ja. Och en gång min man. Men inte ens honom kan jag älska längre. Han har slukat min kärlek och rapat utan att ens se upp från fatet."

"Iratus är full av förakt. Mot sig själv främst, men när den egna baljan har fyllts med förakt tömmer han den över andra. Då lättar den för honom, men fylls snart på igen eftersom han låter det ske.

Vad vi älskar visar vilka vi innerst inne är. När du bejakar det som är just din längtan så älskar du, och då älskar du det som är du. Och när du lärt dig älska dig själv kan du även älska de du möter.

Om det vi älskar visar vilka vi är, så visar det vi omger oss med vilka vi tror oss vilja vara. Det är ett samspel, i grunden en god strävan efter harmoni mellan vårt inre och vår omgivning. Den handlingskraftige ser till att skaffa sig en omgivning som överensstämmer med den riktning han vill färdas i. På gott och ont. Glada människor vill ha glädje omkring sig, arga vill ha ilska. Den bittre ser till att dela sin bitterhet tills även omgivningen blivit bitter."

Vide plockar upp en oliv ur skålen framför sig.

"Hur kan oliverna undvika att få sin smak från den lag de ligger i? Och tar inte lagen smak av oliverna? Till slut känner du knappt skillnad på smaken hos oliverna och den lag de ligger i. Vill du och Amare bli del av den bitterhet Iratus delar med sig av?"

"Jag tror som du, Vide. Men jag vill också tro att vi kan omge Iratus med kärlek som kan förändra honom. Varför måste just det onda segra?"

"Så måste det inte vara. Men en bitter oliv plockar man normalt bort ur lagen, annars tar övriga oliver smak. Iratus är förvisso inte en oliv, men väl bitter. Om en bitter oliv är kvar bland de friska, då är det desto viktigare att ny lag ständigt får fyllas på och den gamla sköljs bort."

Ansioso reser sig hastigt upp och ställer sig med armarna i kors medan hon ser ut över dalen.

"Ansioso, känner du att du själv fylls på, så att du orkar vara den du är?"

"Vad ska jag göra då, menar du? Du vet ju vilket liv jag lever, Vide", säger Ansioso med en röst som brister.

"Jag har sett dig måla och har även hört dig spela flöjt, Ansioso. Det verkade som om du tyckte om det?"

Ansioso skrattar till.

"Flöjt? Det var länge sedan, Vide. Vad tror du Iratus skulle göra om jag störde hans sömn i stället för att arbeta på gården? Han blir allt stingsligare ju mindre han rör på sig, men får han inte heller sova, då …

Nej, flöjten och penseln har jag gömt. Och glömt. Det är bäst så. Det är som det är, så är det."

"Det jag sett och hört har varit mycket vackert."

Ansioso är tyst en stund innan hon skakar på huvudet.

"Vill du inte andas in, Ansioso?"

"Andas in?"

"Det låter för mig som att din längtan är kvävd. Mycket av det du älskar har tystnat inom dig. Kom och bo på den västra dalsidan, du och Amare. Ta med dig flöjten, din pensel, dina färger och dina böcker. Kom och vandra i skogen. Den hjälper dig att andas, den rymmer alla dina känslor, Ansioso. Kom och bli den du innerst inne är. *Lev* ditt liv, lev *ditt* liv."

Ansioso ser med överrumplat uttryck på Vide.

"Det du säger har bara varit en dröm för mig", säger hon trevande.

"Att drömma är att förbereda sig, Ansioso."

Ansioso verkar försöka skaka undan tanken.

"Drömmar måste väl kunna få vara bara drömmar. Hur skulle man annars våga tänka det som är omöjligt?"

"Omöjligt?" svarar Vide med en frågande blick och Ansioso vacklar till. "Det du drömmer om kommer väl från hjärtat, eller gör det inte? Varför förneka ditt hjärtas längtan? Att bejaka den är att leva ditt liv."

Ansioso stirrar framför sig.

"Man är väl rädd för att drömmen ska krossas. Då skulle ju även hjärtat krossas, det skulle det", säger Ansioso knappt hörbart.

Vide ser upp mot ett av träden, där en fågel sitter på en gren.

"Så småningom kommer duvan att bygga bo, lägga ägg och se sina ungar ta sig genom skalen. En dag kommer någon av dem vara den första som står vid kanten av boet, redo att kasta sig ut. Den längtar efter att få flyga. Och visst kan den krossas mot klipporna nedanför om den försöker. Men vad är alternativet, Ansioso? Skulle den stanna i tryggheten i boet resten av livet? Nej, duvungen vecklar ut sina små vingar och kastar sig ut. Efter den följer nästa och sedan nästa."

Ansioso ser länge på Vide utan att röra en min.

"Sa du inte en gång att du fått vingar?" frågar Vide. "Du sa också att du borde lärt dig flyga för att undvika farorna. Det är naturligtvis livsviktigt, men du lär dig inte flyga bara för att rädda livet, utan även för att finna det."
Ansioso slappnar av.

"Alejos hus står tomt, där finns en odling ni kan bruka", säger Vide. "Han planerade så att den är lättskött. På så sätt gav han sig själv tid och möjlighet att hjälpa andra. Ni kan ta vid där han lämnade, det hade han själv velat."

"Men Iratus ... Hur skulle Iratus klara ..."

"Han klarar sig, tro mig. Han måste klara sig, om han så måste ödmjuka sig."
Ansioso för hastigt upp en hand för munnen och döljer ett leende.

"Sine har ju lovat att komma och hjälpa till på er odling igen, så låt oss hoppas att Iratus inser vilken skatt han har i er alla. Men vill han återse hela skatten måste han börja med att leta efter nyckeln i sitt inre", fortsätter Vide.

"Du har höga tankar om Iratus, Vide. Hur kan du ha det, efter allt som hänt?" säger Ansioso och skakar misstroget på huvudet.

"Vi är alla människor, Ansioso. Då måste vi också tro att det finns mänsklighet i oss alla. Varje människa är skapad betydelsefull. Just därför behöver vi få bekräftat att det verkligen är sant, annars blir vi frustrerade. Men det finns inget bättre sätt att vara betydelsefull på än att vara den man egentligen är. Då är man som mänskligast."

"Det är ändå inte lätt, Vide. Det är det inte."

"Vi är aldrig längre bort från vår mänsklighet än ett steg i rätt riktning. Om vi vänt oss från ljuset skuggar vi ständigt marken där vi sätter våra fötter, så att stigen blir otydlig. Och den blomma som såg tilltalande ut på håll blir färglös då du ska plocka den eftersom du skuggar den. Men det går alltid att vända sig om.

Sine föll handlöst när han insåg hur fel han hade gått. Att förstå vad som är rätt och fel och att göra våra val därefter är något som gör oss till människor.

Det är därför som insikten att vi valt fel väg gör oss förkrossade. Men det finns en väg som alltid är meningsfull, från första till sista steget. Kärlekens väg. Enda sättet att lära sig kärlekens väg är att vandra den. Att älska. Och den vandringen börjar alltid med ett steg i rätt riktning, hur litet det än må vara.”

”Jag kan inte se hur Iratus skulle kunna lära sig att älska någon igen, Vide. Det kan jag inte.”

Vide plockar upp en käpp, sätter sig på huk mitt emot Ansioso och ristar något på marken.

”Alla kan älska det som för tillfället mättar en stark hunger. Men hjärtats form visar hur man älskar någon utav kärlek.”

Ansioso vrider på sig för att se hjärtat på marken från samma håll som Vide.

”Hjärtats ena halva innebär att lära sig se vad den andre verkligen behöver. Den andra innebär att känna det. Dessa två möts i hjärtats spets, som pekar ut en riktning, nämligen att handla utifrån denna insikt och känsla.”

Ansioso suckar tungt och Vide ser på henne.

”Det är inte du som behöver lära dig detta, Ansioso.”

”Jag vet, Vide. Det finns andra saker jag behöver lära mig. Det gör det.”

Vide lägger märke till att Ansioso drar på orden.

”Vad är det du tänker på?” frågar Vide medan han reser sig.

”Jag … jag började gå till Mediana igen. Men Vide, jag slutade verkligen efter samtalet här hos dig. Men sen …” Ansioso börjar dra i några veck i sin blus och ser bort från Vide.

”Vad hände sen?”

”Du hade rätt. Det har blivit ett gift för mig. Jag går dit för att jag känner mig tom. Men sedan känner jag mig ännu tommare när jag kommer hem. Det är som att försöka fylla en linnesäck med frätande syra.

Jag klandrar mig själv varje gång jag går tillbaka dit, för jag har ju bestämt mig. Och ändå … Jag är för svag, Vide.”

”Du har ingen orsak att klandra dig själv, Ansioso. Klander gnager bara ned grunden för din självrespekt och därmed din tillit till att kunna stå stadigt nästa gång du prövas. Sanningen är ju att du är en människa och det är storartat, ovärderligt och odiskutabelt i sig. Ingen kan någonsin ta det ifrån dig. Sedan har vi friheten att forma våra liv utifrån våra lärdomar och tankar. Den processen fortgår hela livet. Och de vägar du vandrat, de dörrar du öppnat eller stängt – oavsett vilka – kan bli till visdom för den som lyssnar till dina ord, så välj dem väl. Förstår du hur värdefullt det liv är som just du har levt?”

”Men jag måste sluta gå till Mediana för att fråga kristallen. Hur ska jag kunna det?” frågar Ansioso och skakar misstroget på huvudet.

”Det handlar inte alltid om att sluta, Ansioso. Det kanske handlar om att välja en bättre väg. En väg till din innersta längtan”, säger Vide och nickar mot en dunge. ”Ser du stigen där framme?”

”Ja, det går en stig till vänster om den stora stenen”, svarar Ansioso.

”Kom”, säger Vide och för henne med sig närmare stenen. ”Ja, till vänster går den nya stigen. Men nu ser du kanske även den gamla stigen?”

Vide pekar mot gräset till höger om stenen, där en nästan helt överväxt stig kan anas.

”Varje gång jag gick den gamla stigen för att plocka bär så kom jag hem sönderriven. För att nå bären var jag nämligen tvungen att sträcka mig över en taggbuske. Det hjälpte inte att jag klippte ner den, för den växte upp igen eftersom den hade fått fäste. När Alejo fick se mig sårig flera gånger frågade han till slut varför jag valde att gå till just den bärbuske som orsakade mig sår. Då insåg jag att jag helt enkelt valt att gå samma stig som jag alltid gått eftersom den redan var upptrampad.”

”Var skulle du annars gå?” frågar Ansioso.

”Jag bestämde mig för att leta efter en annan bärbuske. Det var ju egentligen inte just de bären som jag nödvändigtvis måste ha, så jag gick in här till vänster om stenen i stället. Då fann jag en buske med nästan lika mycket bär som den första busken”, säger Vide och ler.

”Och så blev det en ny stig?”

”Det blev det. Nästa gång jag skulle plocka bär hade riset på marken visserligen rest sig igen över mina fotspår, men jag valde att gå där ändå. Samma sak skedde de följande gångerna. Till slut var en ny stig upptrampad och jag är nu dess herre. Se hur gräs, buskar och till och med träd väjer för mina fotspår!" säger Vide och ler. "Och med tiden växte den gamla igen. Var gång jag var på väg in på fel stig sa jag till mig själv: *Välj den bättre stigen*. Nu behöver jag inte ens välja bort den gamla längre."

"Jag har tänkt flera gånger att jag borde hålla mig därifrån, från Medianas kristall", säger Ansioso.

"Det är bra", säger Vide. "Att vilja är en bra början. Men ska vi vara ärliga, Ansioso, så hade det inte hänt mycket med stigarna om jag bara hade *tänkt* vänster om stenen i stället för höger, utan att faktiskt också gå där."

Ansioso nickar och begrundar det faktum hon har framför sig.

"Men nu ...", säger hon och ser mot den upptrampade stigen till busken där de goda bären kan plockas utan rivsår.

"Ja, det går att skapa sig en ny stig, om du vet vad du egentligen längtar efter. Men det är kanske det svåraste att veta, för du måste svara ärligt på tre frågor."

"Vilka frågor?"

"*Längtar* jag verkligen? Längtar *jag* verkligen? Och längtar jag *verkligen*? Men när du väl valt din nya stig behöver den vandras, om och om igen."

Ansioso ser sig om, rör sig till synes planlöst fram och tillbaka, stannar upp och fortsätter sedan att vanka omkring. Detta pågår under en stund innan Vide stannar henne.

"Ansioso, du behöver få andas ny luft. Det finns saker på andra sidan dalen som du skulle behöva låta vara för ett tag."

Ansioso stirrar på Vide.

"Vide, jag tror inte du förstår. Iratus, han ... Han lämnar mig aldrig. Jag menar, vart jag än går så står han bakom ryggen och anklagar mig. Jag kan inte fly. Jag hör hans röst, hans fördömande ord och ibland ... ibland kan jag till och med känna hans slag mot mitt ansikte."

Vides blick blir tung.

"Vide, det är meningslöst. Om det finns någon glädje eller mening så tar han den ifrån mig. Jag ser med hans ögon, hör med hans öron. Vi är enade men kommer aldrig att bli ett, det är mitt öde."

Ansioso är på väg att falla ihop och Vide tar tag i henne. Han är allvarlig.

"Ansioso, du känner dig iakttagen av en som dömer dig. Det har han ingen rätt till. Lyssna till den röst som vill ditt liv, rösten från urtiden."

Vide håller lätt om Ansiosos ena arm och provar om hon kan stå själv.

"Jag ställer i ordning Alejos hus åt dig och Amare. En övergiven snäcka är fortfarande vacker, men ett tomt hem blir snart en sorglig syn. Gör hemmet levande igen!"

Ansioso sluter sina ögon medan hon provar ett djupt andetag. Hon ler försiktigt, utan att försöka dölja det.

"En snigel?" säger hon plötsligt och skrattar till. "Vide, vill du verkligen att jag ska bli en snigel?"

Vide skrattar med henne.

"Inte en snigel, Ansioso. Men kanske en eremitkräfta. Eremitkräftan flyttar in i ett rymligare skal eftersom hon växt ur det gamla."

"En eremitkräfta ... Hon måste väl vara väldigt sårbar när hon lämnar sitt gamla skal?"

"Det är hon. Men jag tror inte hon ångrar sig när hon funnit sitt nya hem."

"Nej, det tror jag inte hon gör. Det gör hon nog inte. Kanske upptäcker hon rent av vad som är meningen med allt, när hon ger sig lite mer utrymme."

Vide lyfter upp lerkärlet han fått av Ansioso och beundrar det åter.

"Du är vad du älskar, Ansioso. Att upptäcka dig själv är alltså att upptäcka vad du älskar. Hela livet är därför en upptäcktsfärd.

Ju mer du upptäcker dig själv, desto mer kommer du att älska livet.

Ju mer du älskar livet, desto mer kommer du att vilja upptäcka livets källa.

Ju mer du lär känna livets källa, desto mer kommer du att lära känna dig själv, allt levande och livet självt.

Och om själva döden är det fullständigt meningslösa, så är källan till livet självt det fullständigt meningsfulla."

De är båda tysta en stund

"Vide!" utbrister Ansioso plötsligt och ser på Vide. "Jag tror det är dags för mig att gå på upptäcktsfärd."

# LI

## Att vara människa

När Vide ett par dagar efter Ansiosos besök vandrar nedför stigen från sitt hem finner han Curioso lekande med några glasskärvor på marken. Pojkarna som brukat följa Maldretto står och tittar nyfiket på vid sidan om, men börjar långsamt och småpratande röra sig bort medan Vide närmar sig. Vide stannar upp och ställer sig intill Curioso.

"Hej min lilla vän, vad gör du?" frågar han.

"Jag lägger glasskärvorna i ordning. Maldretto och de där pojkarna lekte med skärvorna och försökte sätta eld på myrstacken här med dem, men jag … Jag sa åt dem att sluta och Maldretto gick till slut", säger Curioso och pekar bort längs vägen. "Eller … Egentligen viftade jag kanske lite med en pinne också, tills han sprang iväg."

Hon tittar ner i marken.

"Det var bra och modigt gjort, lilla vän", skrattar Vide som leende klappar henne på axeln medan han nickar mot Maldrettos kamrater som stannat en bit bort. "Det skulle vara obetänksamt att låta de så hårt arbetande myrorna bli hemlösa."

Curioso lyssnar med lättat samvete och får samtidigt syn på någonting hos glasbitarna som fångar hennes uppmärksamhet.

"Titta! Om jag håller en skärva på rätt sätt i ljuset, så ser man lite av solen på marken. Ibland som en liten regnbåge. Skärvorna är olika så regnbågarna blir också olika. Fast alltid vackra! Men när jag vrider en skärva lite fel så skuggar den solen i stället."

Vide ser intresserat på medan Curioso vrider på dem, en i taget.

”Tänk om jag kan få alla att ligga rätt. Då kanske hela solen visar sig här nere på marken!”

Vide plockar upp en glasskärva och ser igenom den från olika håll, medan Curioso på nära håll börjar studera en arbetande myra på väg till sin stack.

”Vide, är jag klokare än en myra?”

”Ja, lilla människa”, skrattar Vide och avbryter sina egna funderingar. ”Visst är du klokare än en myra. Men vi människor är kanske inte så mycket klokare än myrorna.”

”Hur menar du nu?” undrar Curioso och tittar upp.

”Vi människor kan visserligen bygga hem och samhällen, skaffa föda, ta hand om varandra och försvara det vi byggt upp, precis som myrorna. Men vi värnar inte alltid det som är viktigast. Vet du vad det första myrorna gör om deras bo skulle förstöras?”

Curioso skakar på huvudet.

”De räddar de mest utsatta, de försvarslösa: myräggen. Stackens framtid. Och inte nog med det …” säger Vide och ställer sin käpp på stacken.

Genast börjar vissa myror gå till anfall mot den mäktiga inkräktarpinnen och den som håller i den, medan andra börjar återställa stacken.

”Om man stör dem så fördelar de snabbt uppgifterna mellan sig så att de tillsammans ska kunna få sin by att överleva”, fortsätter Vide och byter grepp på pinnen när myrorna närmar sig. ”Ingen av dem funderar nog så mycket på hur bra det är för hennes egen del, men de känner kanske på sig att det är nödvändigt för allas skull.”

Curioso blir stående framför myrstacken tills hon måste backa undan för några närgångna myror. Vide plockar fram två frukter ur en djup ficka. Den ena ger han till Curioso, den andra luktar han en stund på, varpå han tar ett stort bett och blundar. En liten bit av frukten lägger han till myrorna, som för att ursäkta sig för att han nyss retat dem. Curioso stirrar på Vide när han strax efteråt tar upp den lilla fruktbiten med flera lyckliga myror på, stoppar allt i munnen och sväljer den med en lätt knyck på huvudet och några komiska grimaser.

"Vi människor, däremot", fortsätter Vide "tänker var och en mestadels på att överleva för egen del. Och vår klurighet tillåter oss samtidigt att vara lite klumpiga gentemot resten av vår värld."

Curioso stirrar fortfarande storögt på Vide och snart står även munnen på vid gavel då hon ser Vide trolla fram fruktbiten med alla myrorna ur ena handen. Han lägger tillbaka dem tillsammans med fruktbiten vid stacken, till glädje för dess invånare.

"Kunskap och intelligens är inte detsamma som vishet. Vishet är att förstå hur kunskapen bör användas på ett klokt sätt och ger oss vägledning när kunskap saknas. Men ju mer kunskap vi har, desto större blir också vårt ansvar för att använda den rätt."

Vide håller fram sin käpp och pekar mot myrstacken.

"Såg du hur alla myrorna jobbar utifrån sina förutsättningar för allas bästa?" frågar han. "De behöver därför inte vara så kloka var och en, de är helt enkelt konstruerade att vara kloka tillsammans. Det är lite annorlunda med oss människor. Somliga använder sin kunskap i första hand till att göra livet lättare för sig själv och kanske sina närmaste. Men vi hör ju samman. Vi är unika, som glasskärvorna du hittade, fast vi tillhör alla samma sort. Därför har vi som människor faktiskt inte kommit längre än de som har längst väg kvar från fattigdom och nöd. Och de är tyvärr många. Tro mig, Curioso, jag har sett mycket på mina resor."

"Vill man inte hellre göra det mycket bättre för alla som har det svårt än lite bättre för några få som redan har det bra?"

"För ett barn, som du, är det självklart", svarar Vide och klappar Curioso.

Vide och Curioso fortsätter att se på myrornas outtröttliga vandringar.

"Hur vet de egentligen vart de ska gå?" frågar Curioso.

"Myrorna följer spåren som andra myror lägger, fram till det som är värdefullt för dem. Samtidigt lämnar de spår åt andra. Spåren blir till glädje både för dem själva och för alla andra", svarar Vide. "Vi människor följer i stället andra som funnit det som *ser ut* att vara värdefullt. Men vi blir oftast besvikna. Se på Maldrettos kamrater. De blev besvikna på den de följde, för

det han gjorde visade sig inte vara värdefullt för dem. Vi tar efter den vi har
för ögonen. Det är ju så vi lär oss av varandra."

Vide nickar upp mot skyn.

"Det är också så de stora fågelflockarna och fiskstimmen rör sig. De tar efter
den som är närmast och på så vis bildas de samordnade rörelser och mönster
vi kan se på himlen och i vattnen. Vad kan vi lära av det?"

Curioso knycker på axlarna.

"Omge dig med dem du verkligen vill bli lik, Curioso. Kanske kommer de
omkring dig också att bli mer lika dig. Pojkarna som förut följde Maldretto
verkar ju ha fått någon ny att beundra och följa. Vem vet, kanske sprider det
sig så att även Maldretto själv ändrar riktning?"

Vide ler och ser på Curioso, som förläget betraktar sina fötter.

"Curioso, du är med och formar den här byn till en vackrare plats för alla!"

"Kanske det ..." säger Curioso och tittar upp igen. "Men finns det några
andra skillnader mellan djuren och oss människor?"

"Jo, och det är faktiskt enklare än man tror att förstå vad skillnaden är."

"Är det? Hur då?"

"Föreställ dig helt enkelt att du är ett djur. Ett rovdjur... Kan du det?" frågar
Vide.

"Ja. Jag tror det", svarar Curioso efter en stund.

"Vad tänker du på?"

"Att äta. Jag är en haj och smyger mig på några fiskar", säger Curioso och
visar tänderna medan hon slingrar sig på marken.

"Och mer då?"

"Bara det. Jag rör mig försiktigt och sedan hugger jag snabbt", säger Curioso
och hoppar upp på fötterna igen.

"Tänker du inte på att rita något fint eller berätta något roligt du varit med
om för dina hajkamrater?"

"Nej, det har jag nog glömt att man kan göra", skrattar Curioso. "Jag har ju
haft fullt upp med att leta fisk som jag ska äta!"

"Fortsätt tänka som en haj, men flytta in i din egen kropp igen. Hur känns
det?"

Curioso ser förbluffad ut.

"Oj, vad konstigt det känns! Jag tänker ju bara på att leta fisk!"

"Där ser du. Det är en stor skillnad", säger Vide och ler.

"Vilket då? Att jag bara tänkte på fisk?"

"Nej", skrattar Vide. "Men att du kan tänka dig in hos någon annan för ett ögonblick. Det är en värdefull förmåga du har, Curioso. Det hjälper dig att känna efter och förstå hur någon annan har det tänker och har det. Ditt samvete stred nyss inom dig då du tillrättavisade Maldretto. Du visste att det inte var rätt att plåga och döda något levande för nöjes skull, men du kände också att Maldretto skulle ta illa vid sig av din tillrättavisning. Därför upplevde du skuld för ett ögonblick, trots att han har behandlat dig respektlöst tidigare. Men du gjorde rätt, Curioso. Du visade mod då du värnade de hjälplösa och visade på ett bättre sätt att handla."

Curioso följer med blicken den väg som Maldretto tidigare gett sig av på.

"Men du kan också ta med dig något utanför dig själv in i dina egna tankar. Hajen kan lära sig hur den ska få fatt på fisken som för tillfället finns framför ögonen på den. Du, däremot, kan välja att ta med dig fisken in i ditt huvud och prata om den med dina vänner när du vill. Du kan till och med ändra på historien om hur du fångade fisken. Du kan också tänka ut hur du vill tillreda och äta den och sedan faktiskt göra det på riktigt. Du kan skapa en fantasi av verkligheten, Curioso. Och du kan skapa en verklighet av din fantasi."

"Jag skulle vilja göra som Delizio gör när han fångat fisk. På kvällen grillar han den över en eld på stranden och delar den med sina kamrater. De brukar ha väldigt kul tillsammans. Delizio brukar alltid överdriva om hur det gått till när han fångat den!"

Vide skrattar tillsammans med Curioso.

"På det här sättet kan vi människor dela berättelser och kunskap med andra och även använda den tack vare de olika språk vi lärt oss: tal, skrift, konst, musik, matematik … Det gör oss till de kunniga varelser vi är, med ett lite längre perspektiv än hajen. Och ett större ansvar."

Curioso står fundersam några ögonblick innan hon upptäcker att hon håller ett oansenligt frö i form av ett korn i handen.

”Vide?”

”Ja, min lilla vän?”

”Vad är det egentligen för mening med ett litet frö?”

Vide lånar fröet från Curiosos finger och ser noga på det.

”Meningen för just det här lilla fröet är att en gång få bli ett senapsträd. Det är lite svårt att föreställa sig nu, eller hur?”

”Så hela trädet finns redan inuti det här lilla fröet?”

”På sätt och vis. Möjligheten att bli något stort, som ett praktfullt träd, ligger gömt i fröet. Men det behövs något mer för att det verkligen ska hända.”

”Vad då?”

”Om fröet får rätt ljus, värme och plats att växa på, så kommer det att kunna bli en storslagen skapelse. Just en sådan som den är avsedd att bli. Det är som en berättelse som väntar på att bli berättad.”

”Vem har hittat på den?”

”Någon som är mycket klok och har mycket fantasi skulle jag tro”, säger Vide och lämnar tillbaka fröet i Curiosos hand.

”Alejo brukade kalla mig för ett litet frö”, säger hon och ser lyckligt på den gamle. ”Vide, jag är ett människofrö!”

# LII

## Ordning och frihet

Då Vide fortsätter sin vandring ser han på avstånd Audite och Medicus komma gående åt hans eget håll på bron över Lyckans å, som åter reparerats. De möts mitt på bron.

"Audite, Medicus, står allt väl till?"

"Tack, det gör det, Vide", säger Audite. "Och det är faktiskt dig vi söker."

"Då har ni sökt rätt. Vad kan jag göra för er?"

Audite ler hastigt.

"Medicus har återberättat en del av det ni talade om då vi förlorade Alejo och ... Ja, du tog upp en del intressanta aspekter som vi gärna vill tala vidare med dig om."

Vide sträcker förvånat på sig och lägger huvudet på sned.

"Du refererade ofta till orden *ordning* och *frihet*", säger Medicus.

"Det stämmer", säger Vide. "Det är mycket tacksamt att göra det."

"Skulle du kunna utveckla dina tankar kring dem, Vide? Jag har under många år studerat människor och natur noggrant och jag kan i ärlighetens namn inte direkt hitta något som talar emot vikten av balans mellan dessa begrepp, sett till kroppens funktioner. Tvärtom så är, som exempel, de allra besvärligaste sjukdomarna förmodligen de där någon del i kroppen bestämmer sig för att inte längre inordna sig i de normala processerna, utan agerar efter eget tycke.

Jag tror mig nu också ha fått en större förståelse av förhållandet mellan medfödda egenskaper och omständigheter i miljön. Men jag är också ärlig då jag säger att det är betydligt enklare att se detta mönster i fullbordade faktum än i förutsägelser om framtida förlopp."

Vide nickar instämmande.

"Inte heller jag kan säga emot dig, Vide", säger Audite. "Och kanske kan betydelsen av dessa tankar ändå kan vara till nytta då det gäller hur Casavale skall ledas i framtiden?"

"Det är en värdefull insikt. Ordning och frihet ...", säger Vide medan han samlar sina tankar. "Det ligger nog en större hemlighet i de orden än vi anar. Orden rymmer en dynamik som speglar både vidden och djupet av vår tillvaro."

"Det här gör mig nyfiken, Vide. Berätta", säger Audite.

"Ordning ... Det kan vara en tilldragande och sammanhållande kraft som kommer inifrån. Som en attraktiv gemenskap. Men det skulle också kunna urarta till en överdriven kontroll, en kontroll som riskerar att leda till oförtjänt fångenskap."

Vide gör ett uppehåll medan han med fast grepp i brons räcke låter blicken följa Lyckans å ut mot havet.

"Jag har under mina resor i unga år upplevt vad fångenskap kan göra med människor. Jag har sett människor omänskligt tätt packade innanför murarna till fängelseborgar. Och det slutar inte väl. Förr eller senare sker en explosion i dessa människors sinnen. Det kan mynna ut i fullständigt kaos."

Vide vänder sig mot Audite och Medicus igen.

"Ordet *frihet* rymmer uttryck för självständighet och en inre skaparglädje. Men friheten kan missbrukas av dem som inte vill följa någon ordning alls, de som önskar kaos och anarki. Då handlar det om otyglad frihet."

"Så det krävs rätt sorts ordning och rätt sorts frihet?" undrar Audite.

"Ordning och frihet balanserar varandra där livet fungerar så som det är tänkt. Ordning måste upprätthållas under frihet för att undvika fångenskap. Och frihet måste upprätthållas under ordning för att inte leda till kaos.

Mellan fångenskap och kaos råder en växelverkan, men ingen balans. Det liknar ett skepp i full storm med en osurrad last som far från den ena sidan till den andra. Sådant är oerhört påfrestande för alla våra sinnen.

Allt detta kan tyckas självklart, men varje naturligt och livsbejakande system följer, så vitt vi kan se, principen om ordning och frihet. Mästaren har vishet att förstå balansen på de olika planen. Ett träd är i balans med skogen och dess omgivning, en gren är i balans med övriga grenar på trädet, en kvist med övriga kvistar på grenen och ett blad med övriga blad på kvisten. Medicus, du har säkert sett vilken betydelse det har att ordning får råda inte bara i kroppen utan även i andra system i naturen?"

"Begreppen behöver antagligen vidgas något och orden anpassas för olika sammanhang, men innebörden är egentligen densamma", medger Medicus.

"Men på vilket sätt kan vi dra nytta av den här kunskapen för att leda vår by i rätt riktning?" frågar Audite.

"Redan ditt ordval tyder på att du förstått något viktigt, Audite. Byn är vi och dess framtid är vår", säger Vide.

"Men det är väl en självklarhet?"

"Det kan ju tyckas så. Men det är lätt att underskatta betydelsen av såväl den enskildes som gemenskapens roll", säger Vide och synar sina fingrar innan han visar upp dem för Audite och Medicus. "Varje kroppsdel har ju sina särskilda egenskaper, men delarna är samtidigt sömlöst sammanfogade och ordnade med varandra. Varje enskild del är med och bygger ett sammanhang där de fungerar tillsammans för att uppnå högre syften än de har möjlighet till för sig själva."

"Jo, så är det", instämmer Medicus som tankfullt följer en förbiflygande liten blå- och rödskimrande fågel med blicken.

"Att bygga en gemenskap handlar om förståelse och respekt för den enskildes frihet att vara den du eller jag är, likväl som förståelse och respekt för den ordning som krävs för att vi ska kunna fungera sida vid sida", förklarar Vide. "Och precis som kroppen använder vägar den redan bär inom sig för att förmedla upplysningar och anvisningar till sig själv, så kan det vara klokt att låta en gemenskap göra detsamma."

"Jag förstår nog inte riktigt, Vide", säger Audite.

"Det finns alltid någon som besitter en särskild förmåga att knyta kontakter med andra och som känner av varje rörelse som sker i hennes omgivning."

”Likt en spindel i sitt nät?” frågar Audite och skrattar.

”Ja, men förhoppningsvis utan att sätta giftklor i dem som fastnar”, ler Vide.

”Känner du till någon sådan person?”

”Jag är övertygad om att hon redan känner till att du och jag samtalar med varandra”, svarar Vide och breddar sitt leende.

Audite rycker till och ser upp mot ett hus på östra stranden, inte långt från brons fäste. Där får hon syn på en kvinna, till synes upptagen med arbete i sin trädgård, men med blicken riktad emot dem. Audite nickar mot henne och Mediana nickar hastigt tillbaka.

”Så … Ordning och frihet …”, säger Audite och begrundar orden.

”Ja”, säger Vide. ”Hur leder man den som har en egen vilja? En människa kan inte jaga en flock vildhästar framåt och tro att den tar vägen dit hon själv vill – såvida hon inte låter en fålla begränsa alla dess möjligheter till frihet. Men en flock följer frivilligt den ledare de tror för dem i rätt riktning.

Ordning och frihet är en viktig grund för ett gott ledarskap i en gemenskap. Och jag tror att du står på den, Audite.”

”Det är åtminstone min förhoppning”, svarar Audite och vänder sig ut mot Lyckans å för att följa virvlarnas rörelser i vattnet. ”Ordning och frihet … Ett område jag själv kan relatera till är musiken. Jag spelar flera instrument och skapar även musik, som du nog känner till”, säger hon och släpper försiktigt fram ett leende medan hennes ena hand gör lätta, nästan osynliga rörelser. ”Vi förväntar oss ju att tonerna i ett stycke ska kunna vara fria att röra sig som de vill, men vi vill samtidigt att de ska harmoniera med varandra och även följa en rytm och någon form. Fast emellanåt så …”

”Ja?” undrar Vide nyfiket.

”Då och då har jag behov av att bara låta tonerna flöda, utan att bry mig om vare sig rytm eller form. Det är oerhört befriande. Kanske behövs det för att balansera något annat hos mig”, säger Audite och märker att både Medicus och Vide ler åt henne.

”Jag har hört Ansioso spela några av de stycken du skrivit”, säger Vide.

”Ansioso? Ja, hon framför dem vackrare på sin flöjt än vad jag själv någonsin kunnat. Det är synd att hon inte längre …”

”Du kommer att få höra henne spela dem igen”, avbryter Vide milt.

”Tror du verkligen det? Det vore fantastiskt!”

Audite ställer sig vid brons räcke och omfamnar hela dalen med sin blick. Hon lägger märke till att Mediana stannat upp med sina sysslor och följer mötet mellan de tre personerna mitt på bron.

”Mediana har inte längre sin kristallsten kvar”, säger Medicus plötsligt. ”Det hela är ytterst märkligt. Ansioso fick tydligen överta den i utbyte mot en stor mängd krukor, fastän det var Mediana själv som en gång hade skapat dem. Och Ansioso valde att ge stenen till mig – det är ren bergkristall – som tack för att jag tog hand om henne då hon blivit misshandlad innan vintern.”

”Medicus, jag är övertygad om att du finner vägar att låta kristallstenen komma till större glädje än den hittills gjort”, säger Vide. ”Och Audite … Du *kommer* att få höra Ansioso spela igen.”

Medicus betraktar Vide en stund och tar sedan ett steg framåt.

”Vide, jag vill tacka dig för samtalet. Vi är nog i stort överens om vikten av ordning och frihet, men kommer kanske att tolka betydelsen på olika vis. Jag ser principen fungera och tror liksom du att den ligger till grund för en fungerande värld.”

Vide ger sina tankar spelrum ett par ögonblick innan han säger något.

”Vi gör olika tolkningar, så är det. Det är vår styrka och det är samtidigt vår svaghet som människor. Vi vill förstå vad vi ser och vad vi hör. Men vi ser och vi hör i stället vad vi tror att vi förstått.”

Medicus slår ut med armen i en instämmande gest och Vide fortsätter.

”Även två som ärligt söker sanningen kan, på till synes goda grunder, hävda fullkomligt olika svar på samma fråga. Vem har då rätt?

Vi kommer aldrig att kunna ha alla svar, men vi kan lära av tidigare lärdomar. Låt oss dra oss till minnes hur ofta vi förbluffats när ny kunskap uppenbarats för oss. Det som först verkat vara något fullständigt orimligt för mig visar sig kanske vara det enda rimliga när fler pusselbitar lagts på sina rätta platser.

Så, tillsammans kommer vi att kunna se mer, om vi håller våra sinnen öppna. Det är min övertygelse”.

”Vi delar en fascination för naturens under och för sökande efter vad som är sant” säger Medicus. ”Och jag tror, liksom du, att ny kunskap kommer att fortsätta att förbluffa oss framöver. Det är en motivation för mig att vilja fortsätta söka. Och är det kunskap vi finner så är det ju kunskap, eller hur?”

”Jag är glad att få höra er samtala på det här viset” säger Audite. ”De vägval vi gjort har utvecklat oss alla i olika riktningar, vilket kan visa sig vara en styrka vid de tillfällen vi kommer samman. Vår by är och kommer förhoppningsvis alltid att vara en plats där olika människors tankar och erfarenheter kan få mötas, bemötas och ibland kanske även förenas. Allt under värdiga former.”

”Ja, jag tror nog det kan komma att bli fler samtal framöver”, säger Medicus och sträcker fram sin hand mot Vide.

”Det hoppas jag verkligen”, säger Vide och tar hans hand.

# LIII

## Första kapitlet

Med tiden lär sig Amare att orka gå varje dag till mötes. Hon vandrar till en början länge för att hjälpa kroppen att minnas stunderna med Alejo. Under de långa promenaderna tillsammans hade han lärt henne att lyssna. Lyssna till naturen, lyssna till allt, även hennes egen längtan.

Hon går ner till havet för att se dagen födas. Just som hon stryker med handen över sin mage upplever hon för första gången på länge Alejos röst. Hon hör den varken utifrån eller inifrån sig själv, utan som om den kommer från någonstans utanför rum och tid och hon själv har en självklar plats i detta någonstans. Ord för ord hör hon honom tala till henne:

*Aldrig, min vän, aldrig hade jag kunnat tro*
*att det skulle kännas så självklart att dö.*
*Så ... Ja, faktiskt ... Vackert!*

*Och aldrig tidigare hade jag sett. Sett att alla de ögonblick då det*
*kändes som om tiden stod still,*
*då lyckan var fullständigt närvarande i ett tidlöst nu*
*— att det var droppar av evigheten.*
*Nu vet jag.*

*Alla begrepp har vänts ut och in. De har blivit förklarade.*
*Det dödliga måste dö för att det levande skall få leva.*

*Som levande var jag död. Men som död är jag mer levande*
*än jag någonsin varit.*
*Så vad är jag? Död eller levande?*

*Orden har ingen betydelse, för döden andades in mig,*
*men höll mig aldrig kvar.*
*Den förde mig över en bro och andades ut mig här.*
*Hemma.*

*Döden var för mig bara ett uppvaknande,*
*men du har fortfarande ett liv att leva.*

*Min Älskade,*
*God Morgon!*

*What we know is a drop, what we do not know is a vast ocean.*
*The admirable arrangement and harmony of the universe could only have come from the*
*plan of an omniscient and omnipotent Being.*

**Isaac Newton (1643 – 1727)**


*Det man kan veta om Gud kan de ju själva se;*
*Gud har gjort det uppenbart för dem.*
*Ty alltsedan världens skapelse har hans osynliga egenskaper,*
*hans eviga makt och gudomlighet,*
*kunnat uppfattas i hans verk och varit synliga.*

**Romarbrevet 1:19-20 (Bibel 2000)**

# Författarporträtt

**David Lewin** är mitt namn och jag föddes 1968. Under mina barndomsår älskade jag att sitta och skriva och skapa teckningar med hjälp min skrivmaskin. Den frambringade rörelse, ljud och lukter medan ord, tankar och landskap tog form, permanent inpräntade med bläck på papper.

Men min uppväxt präglades också i hög grad av en närvarande gudstro, naturupplevelser och ett ständigt växande intresse för naturvetenskap. Efter att ha utbildat mig till energi- och så småningom även civilingenjör inom mekanik med inriktning mot ljud och vibrationer, vilket idag är mitt arbetsfält, så är jag nu väldigt glad och tacksam över att få kunna ge ut denna min första bok, *Droppar av evigheten*.